파멸왕

우각 신무협 장편소설
ORIENTAL FANTASY STORY & ADVENTURE
십지신마록(十地神魔錄) 3부

10

dream
books
드림북스

파멸왕 10
종점(終點)

초판 1쇄 인쇄 / 2010년 12월 3일
초판 1쇄 발행 / 2010년 12월 13일

지은이 / 우각

발행인 / 오영배
편집장 / 허경란
편집 / 신동철, 문보람, 오미정
본문 디자인 / 신경선
펴낸 곳 / (주)삼양출판사 · 드림북스

주소 / 서울특별시 강북구 송천동 322-10호
대표 전화 / 02-980-2112 팩스 / 02-983-0660
편집부 전화 / 02-980-2116 팩스 / 02-983-8201
블로그 / blog.naver.com/dreambookss

등록번호 / 제9-00046호
등록일자 / 1999년 3월 11일

ISBN 978-89-542-4052-9 04810
ISBN 978-89-542-3767-3 (세트)

십지신마록(十地神魔錄) 3부

파멸왕

10

종점(終點)

우각 신무협 장편소설

ORIENTAL FANTASY STORY ADVENTURE

dream
books
드림북스

목차

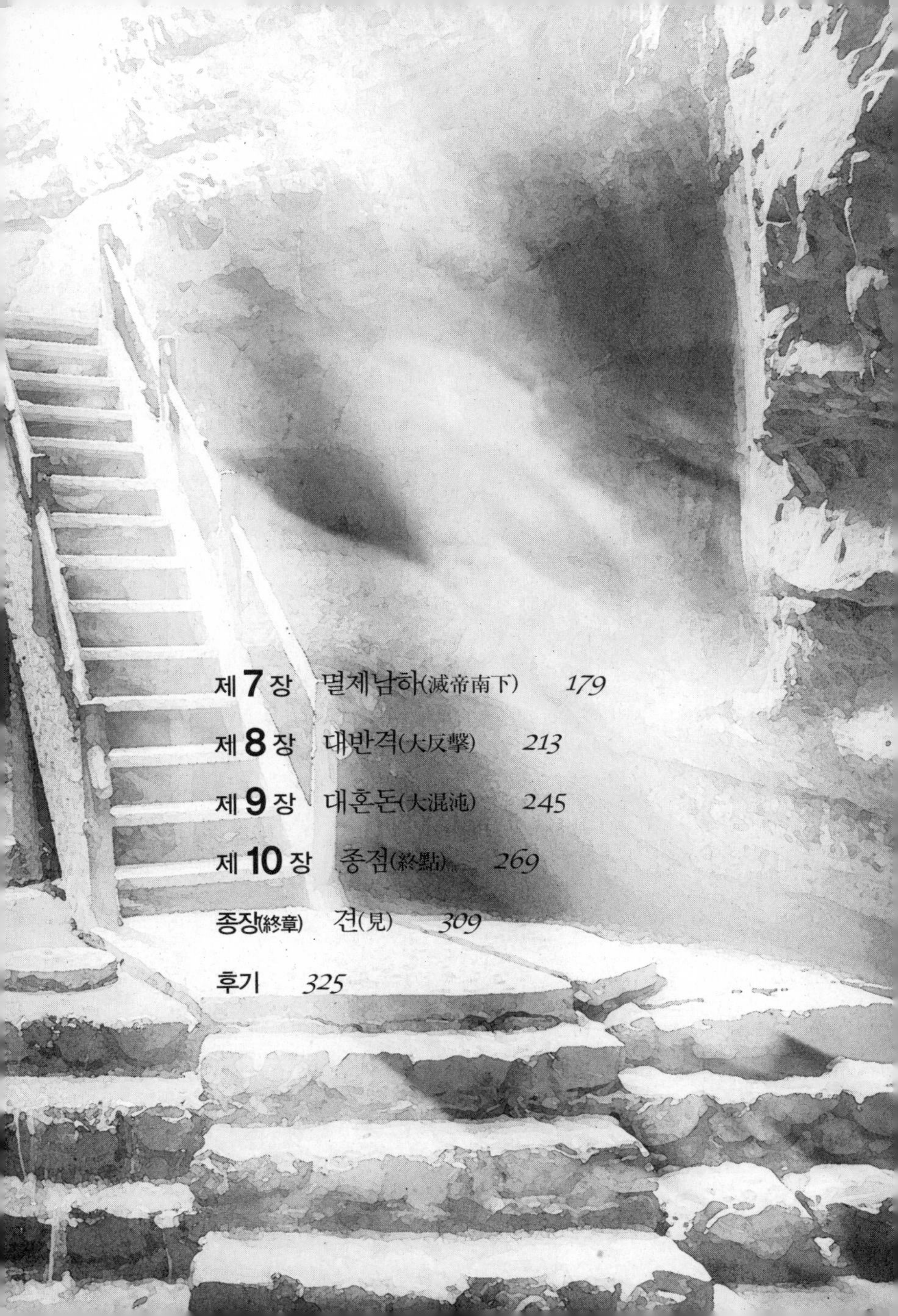

제 **1** 장

패퇴(敗退)

섬호는 고개를 들어 전면에 보이는 거대한 운무를 바라보았다. 마치 회색의 바다처럼 끝없이 펼쳐진 채 넘실거리는 거대한 운무는 보는 이의 기를 질리게 하기 충분했다.

운무를 바라보는 섬호의 눈에는 묘한 빛이 일렁이고 있었다. 그렇게 섬호가 운무를 바라보고 있을 때, 그의 곁으로 조용히 다가오는 인영이 있었다.

"무슨 생각을 하는 것이냐?"

"아무것도 아닙니다."

"아무것도 아니긴. 얼굴에 쓰여 있는데."

따스한 웃음과 함께 섬호의 곁에 털썩 주저앉는 사내는 바로 종제영이었다.

종제영은 만감이 교차하는 눈으로 섬호를 바라보았다.

"기분이 어떠냐?"

"평소와 똑같습니다."

"쯧! 재미없기는. 그래, 한월에게 연락은 해봤느냐?"

종제영의 말에 섬호가 말없이 고개를 저었다.

"저런, 왜?"

"이제 와서 굳이 연락할 필요가 있겠습니까?"

"그 아이는 너에게 있어 삶의 근거이지 않았더냐? 그 아이 때문에 저 인간에게 영원한 충성을 맹세했고."

"그 일은 지금도 후회하지 않습니다. 덕분에 한월을 구할 수 있었으니까요. 하지만 이젠 그 아이도 성인입니다. 제 앞가림 정도는 스스로 해야지요."

"쯧쯧!"

종제영이 혀를 찼다.

섬호가 무정하기 때문이 아니라 무정을 가장하여 다정을 감추고 있기 때문이었다. 정말 섬호가 무정한 자였다면 애당초 한월 때문에 목숨을 걸지도 않았을 것이고, 이제까지 은밀히 살행(殺行)을 해오지도 않았을 것이다.

섬호가 이제까지 살행을 해온 대상들을 자세히 살펴보면 모두 구주천가의 적이 될 가능성이 농후하거나 또는 마해와 연관된 이들이었다. 그들을 제거함으로써 한월의 어깨를 조금이라도 가볍게 해주려는 것이었다.

주군인 천우진이 은거를 택했기에 대놓고 모습을 드러낼 수는 없었지만, 그래도 은밀히 살행을 하면서 동생 한월을 위해 살아온 남자가 바로 섬호였다.

"자네도 정말 어지간하군. 정말 보통 사람의 신경으로는 이해할 수도, 감당할 수도 없는 삶을 살고 있어."

"어쩌겠습니까? 그 또한 제가 택한 운명인 것을."

섬호가 고졸한 미소를 지어보였다.

종제영이 나직이 한숨을 토해냈다.

"휴! 모든 것이 운명이지. 그와 만났을 때부터 자네와 나는 보통 사람의 운명과는 멀어져버렸지."

"분명 그분에겐 그런 힘이 있지요. 주변의 사람들마저 격랑으로 몰아넣는 힘이."

"그래!"

종제영이 고개를 끄덕였다.

그의 시선이 거대한 회색의 바다로 향했다. 섬호의 시선 또한 종제영이 바라보는 곳으로 향하고 있었다.

보이는 모든 것이 회색이었다.

마치 살아 있는 생명체처럼 스스로의 의지를 가지고 꿈틀거리는 거대한 회색 운무는 무류환허진(無流幻虛陣)이라는 상고의 절진을 통해서 창조되었다.

무류환허진의 중심에 한 남자가 있었다.

그가 뿜어내는 막대한 어둠에 주위의 공간이 이지러지며 아지랑이가 피어올랐다.

그 존재 자체만으로도 세상의 조화에 영향을 끼치는 남자.

천하에 이토록 이질적이면서 막강한 기도를 뿜어내는 남자는 오직 한 명뿐이었다.

천우진.

진실한 십전제(十全帝)이자, 천고의 마인.

그가 팔짱을 낀 채 전면을 바라보고 있었다. 그런 천우진의 눈빛은 짙은 어둠을 담고 심유하게 가라앉아 있었다.

그의 표정은 너무나 무심해서 도저히 무슨 생각을 하는지 알 수 없었다.

"크으!"

천우진의 시선이 향한 곳에 한 남자가 있었다.

산악을 연상케 하는 거대한 덩치를 가진 남자, 바로 철군패였다.

지금 철군패는 온몸의 혈관이 툭 불거져 나온 채 고통에 겨운 표정을 짓고 있었다. 전신의 근육은 푸들푸들 떨리고 있었고, 두 눈은 실핏줄이 온통 터져 붉게 물들어 있었다.

금방이라도 핏물을 쏟아낼 것 같은 그의 모습은 차마 꿈에서도 보기 두려울 정도였다.

위잉!

철군패의 몸 안에서는 파멸력이 분출될 곳을 찾아 폭주를 하고 있었다. 일단 가속과 폭주를 시작한 파멸력은 쉽게 진정될 기미를 보이지 않고 있었다. 철군패가 최대한 인내하며 진정시키려 했지만 소용없었다.

파멸력은 급속도로 철군패의 몸을 잠식하고 있었다.

정상적인 방법으로는 세상에 존재하지 않는 힘.

때문에 세상에 존재하는 모든 물질과 상극인 파멸력.

파멸력의 주체는 철군패였지만, 지금 이 순간은 반대였다. 파멸력이 주(主)이고, 철군패가 힘에 종속되어 있었다. 만일 철군패가 초인적인 의지로 파멸력의 폭주를 그나마 제어하지 않았다면 근방 일대는 물론이고, 이 세상을 유지하는 법칙이 깨졌을는지도 몰랐다.

그렇게 되면 단지 철군패 개인의 재앙만으로 끝나지 않을 것이다.

고통에 겨워하는 철군패의 모습을 보면서 천우진은 그런 사실을 파악했다.

"훗!"

천우진의 입꼬리가 말려 올라갔다. 세상에 존재하는 모든 것을 조소하는 천우진 특유의 웃음이었다.

그의 입이 열리며 나직한 목소리가 흘러나왔다.

"애송이."

그러나 철군패는 천우진의 말을 듣지 못했다. 그의 모든 신경이 파멸력에 집중되어 있었기 때문이다.

천우진이 다시 한 번 말했다.

"애송이."

"크!"

이번엔 철군패도 천우진의 말을 알아들었다. 조금 전과 달리 천우진의 음성에 강력한 힘이 담겨 있었기 때문이다.

"고통스러운가?"

"……"

철군패는 대답대신 이를 악물었다. 그 모습에 천우진의 미소가 더욱 짙어졌다.

"상당히 고통스러울 것이다, 애송이. 온몸이 붕괴되는 고통이라는 것은 제정신으로 감당하기엔 무척이나 끔찍한 것일 테니까."

육체의 고통보다 더욱 고통스러운 것이 있다면 그 모든 광경을 멀쩡한 정신으로 감내해야 한다는 것일 게다. 보통의 정신력을 가진 사람이라면 진작 정신을 잃었거나 고통을 견디지 못해 자결했을지도 몰랐다. 그렇게 하면 세상이야 어떻게 되든 일단 자신은 편안한 죽음을 맞이할 수 있을 테니까.

그런 면에서 보자면 철군패는 확실히 대단한 사람이었다. 그는 최소한 자신을 쉽게 포기하지는 않았으니까.

"애송이, 내 말 잘 들어라. 지금은 그런대로 견디고 있지만, 이제 그마저 한계에 달했을 것이다. 지금 네 상태는 한계에 달해 깨지기 직전인 그릇과 같다. 이대로 약간의 시간만 흐른다면 너는 자신뿐 아니라 일대를 흔적조차 없이 사라지게 만들것이다."

그나마 철군패의 파멸력이 주위에 영향을 끼치지 못하는 것은 바로 천우진 때문이었다.

지금 이 순간, 무류환허진은 철군패의 몸에서 발출되는 파멸력을 최대한 억제하고 있었다. 그리고 무류환허진의 주체가 바로 천우진이었다.

예전 십이사조 중 한 명이었던 함운월처럼, 천우진도 자신의 몸을 주체로 무류환허진을 펼치고 있었다.

사실 정상적으로 보자면 천우진에게 주어진 시간은 그리 오래 남지 않았다. 무류환허진을 벗어나는 그 순간부터 그의 멈춰져 있던 시간은 또다시 흘러갈 것이다. 그래서 그는 무류환허진을 벗어날 수 없었다.

천우진은 그런 부작용을 스스로 무류환허진의 주체가 됨으로써 모두 해소시켰다. 역대 환영의 탑주 그 누구도 생각해내지 못한 방법이었다. 모두가 불가능할 거라고 생각했던 것을 천우진은 해냈다.

무류환허진은 천우진의 공간이었다. 그의 어둠이 더해져 무류환허진은 마치 결계와도 같은 역할을 했다. 그렇기에 이제껏 철군패의 파멸력을 억누를 수 있었지만, 이대로 억누르기만 해서는 끝이 나지 않는다.

천우진이 팔짱을 풀었다.

"고통스러운가? 모든 힘을 발산하고 싶은가? 애송이, 그렇다면 덤벼."

"크으!"

철군패가 핏발이 선 눈으로 천우진을 바라보았다. 그러자 천우진의 몸에 어려 있는 어둠이 폭발적으로 확장되었다.

"홋! 애송이, 덤벼라. 너의 몸속에서 폭주를 하는 기운을 해소하려면 그 수밖에 없다. 내부에 쌓이는 기운을 먼저 분출한 뒤 회복을 시도해라. 벽을 넘지 못한다면 죽을 것이고, 벽을 깬다면 살 것이다."

"크윽! 하, 하지만……."

"애송이, 감히 내 걱정을 하는 것이라면 꿈도 꾸지 마라. 너 따위가 걱정해도 좋을 사람이 아니니까."

천우진의 몸에서 어둠의 기운이 폭발적으로 흘러나왔다. 마치 스스로 어둠이 된 듯한 천우진의 모습은 가히 어둠의 신과도 같았다. 어둠의 신이 정말로 존재한다면 지금 천우진의 모습일 것이 분명했다.

"더 이상 귀찮게 시간 끌지 말고 덤벼라, 애송이."

천우진이 철군패를 향해 손가락을 까닥거렸다.

만일 자신이 이십 년 전 무영신존(無影神尊) 관철악에게 도움을 받지 않았다면 절대로 철군패를 위해 신경을 써주는 일 따위는 없었을 것이다. 쓸데없이 동정을 표하는 것은 그의 취미가 아니었으니까. 하지만 반대로, 받은 것은 확실히 돌려주는 성격이었다.

그것이 은혜든, 원수든 말이다.

철군패는 환영류의 정당한 계승자.

비록 파멸력이라는 힘을 쓰고 있지만 그 사실에는 변함이 없었다. 그렇다면 관철악에게 받은 은혜를 철군패에게 돌려주면 된다. 그럼으로써 그들 사이의 빚은 청산된다.

"홋!"

천우진의 입꼬리가 더욱 말려 올라갔다.

이제야말로 이십 년 전의 빚을 갚을 기회였다. 누군가에게 빚을 지고 살아간다는 것은 그의 성미에 맞지 않았다.

쿠쿠쿠!

마침내 철군패가 파멸력의 제어를 풀었다.

고삐가 풀린 파멸력이 미친 말처럼 엄청난 폭주를 시작했다. 철군패의 몸으로부터 세상 전체를 파멸시킬 것 같은 엄청난 기운이 줄기줄기 뻗쳐 나왔다.

의지의 제어를 받지 않는 진정한 파멸력.

세상 모든 것을 소멸시키는 힘을 마주한 천우진의 미소가 더욱 짙어졌다.

파멸력을 앞세워 철군패가 달려들었다. 그에 맞서 천우진의 어둠이 폭발적으로 확장되었다.

"애송이."

쿠콰콰콰!

　회색의 안개가 크게 들썩였다. 회색의 안개 속에서 천지가
무너지는 듯한 굉음이 터져 나오며 안개가 크게 요동쳤다.
　종제영과 섬호가 앉아 있는 곳까지 충격이 느껴졌다. 안색
이 싹 변한 두 사람이 서둘러 몸을 일으켰다.
　"드디어 시작했군."

*　　*　　*

　쿠와앙!
　거대한 화산이 분출하듯 엄청난 기파가 주위를 휩쓸고 지나
갔다. 대지는 거죽을 뒤집으며 초토화가 되었고, 대기는 미친
듯이 요동쳤다.
　인간의 상식으로는 도저히 있을 수 없는 광경이 그들의 눈
앞에서 펼쳐지고 있었다.
　인간과 인간의 대결.
　하지만 그들은 보통 인간이 아니었다. 그들은 한계를 뛰어
넘어 인간이라 부를 수 있는 영역을 벗어난 지 오래였다.
　"아아!"
　"음!"
　곳곳에서 탄식과 한숨이 터져 나왔다.

정(正)과 마(魔)를 대변하는 두 존재.

천우경과 소운천은 서로를 말살하기 위해 자신의 모든 것을 걸고 부딪쳤다. 그들이 격돌할 때마다 엄청난 충격파가 발생해 사람들의 고막을 자극했다.

내공이 약한 자들은 충격파를 이기지 못하고 고막이 찢겨져나갔다. 무공이 고강한 자들마저 두 사람의 전역에서 물러나기에 급급했다.

제아무리 고강한 무공을 가졌더라도 두 사람의 격돌에 휩쓸린다면 목숨을 보장할 수 없었다.

"이것이 십전제와 천마의 격돌…… 정말 무시무시하구나."

"저들은 이미 인간이 아니다. 인간이라면 이럴 수 없다. 이건 정말 너무하지 않은가."

그들은 절망했다.

자신들은 절대 넘볼 수 없는 영역에 존재하는 두 사람. 그들의 대결 결과에 따라 자신들의 생사여부도 갈리리라. 그들의 대결에 삼만이 넘는 사람들의 운명이 걸린 것이다.

사람들은 대결을 멈추고, 그들의 격돌을 바라보았다.

쿠콰콰!

또다시 엄청난 기파가 폭풍처럼 들이닥쳤다. 그 근원에 소운천과 천우경이 있었다.

"천마."

천우경의 눈이 침중하게 가라앉았다.

그가 자신의 오른팔을 내려다보았다. 옷은 흔적조차 찾을 수 없게 찢겨나가고, 상처가 종횡으로 어지럽게 그어져 있는 모습이 보였다.

공력을 운용하면 금강불괴에 버금가는 단단함을 자랑하는 육신도 천마의 엄청난 공격 앞에서는 소용없는 것 같았다.

"하지만……."

천우경이 주먹을 꽉 쥐었다. 그러자 막강한 투기가 피어올랐다. 그런 천우경을 바라보면서 소운천은 웃고 있었다. 그가 걸쳤던 옷도 천우경의 옷과 마찬가지로 걸레쪽처럼 해어져 있었다. 하지만 그의 육신은 너무나 멀쩡했다. 천우경처럼 상처를 입었다는 흔적조차 보이지 않았다.

그 역시 천우경과 마찬가지로 상처를 입는다. 한 가지 다른 점이라면 상처를 입기 무섭게 원래대로 회복된다는 것뿐. 그 작은 차이가 두 사람의 우열을 갈랐다.

스스로조차 죽지 못하는 불사의 힘.

인간임을 부정하고, 죽음마저 부정했다.

이제는 죽고 싶어도 그럴 수 없다. 그에게 영원한 안식 따위는 존재하지 않는 것이다.

"스스로 안식을 얻을 수 없다면 모두를 죽여 안식을 얻을 수밖에."

소운천의 입고리가 뒤틀려 올라갔다.

인간의 정신으로 칠백 년을 살아왔다. 소운천이 아닌 다른 사람이었다면 이미 정신이 붕괴해도 몇 번이나 붕괴했을 것이다.

"영원의 삶은 나에게 주는 형벌. 소중한 것을 지키지 못한 나에게 내리는 단죄. 그래서 세상의 모든 유한한 것들을 저주한다."

소운천의 눈이 번뜩였다.

폭풍과도 같은 광포한 살기가 미친 듯이 뻗쳐 나왔다. 그의 가공할 살기에 혈야평에 대립하고 있던 전 무인들이 몸을 떨었다. 그들은 마치 알몸으로 설원에 서 있는 듯 아찔한 느낌을 받았다.

모든 것을 얼려버리는 얼음폭풍처럼 소운천의 살기가 혈야평을 휩쓸고 지나갔다.

소운천의 시선이 천우경을 향했다.

"최선을 다하라. 네가 죽는다면 저들의 생명 또한 더 이상 존재하지 않게 될 테니까."

"천마."

"네가 죽는다면 나는 저들을 단 한 명도 살려두지 않을 것이다."

천우경의 눈빛이 깊이 침전됐다.

그는 소운천의 말이 결코 거짓이 아님을 알고 있었다. 몸으로 부딪쳐 싸우면 사람에 대해 더욱 잘 알게 된다. 그는 소운천의 절망을 이해할 수는 없었지만, 그가 스스로 한 말을 반드시 지킬 거란 사실쯤은 알 수 있었다.

"좋다."

천우경이 단호한 음성을 토해내며 허리를 쭉 폈다. 그러자 그의 몸에서도 소운천에 못지않은 막강한 기도가 흘러나왔다.

칠백 년 구주천가의 모든 정화가 천우경의 한 몸에 집약되어 있었다. 천우경은 가문으로부터 이어받은 모든 유산과 무공을 하나로 집대성했다.

구천신마결(九天神魔決).

구주천가에 전해져 내려오는 수많은 무공들에서 장점을 뽑아내어 하나로 취합하고, 단점은 철저히 배제시켰다. 그 결과 천우경은 서로 다른 아홉 가지 종류의 강기를 합일해 전혀 새로운 형태로 만들어낼 수 있었다.

광륜을 뛰어넘어, 그는 마침내 빛을 완전히 이해하고 그 광대한 무리(武理)를 구천신마결이라는 무공에 녹여냈다. 그 결과, 천우경은 월륜의 끝자락에 도달할 수 있었다.

이제 천우경이 소운천에게 자신의 존재를 증명할 차례였다. 소운천을 제압함으로써 그는 자신이 가장 존경하는 형 천우진과 어깨를 나란히 하는 위치에 오를 것이다.

"챠핫!"

천우경이 기합성을 내뱉으며 몸을 허공으로 띄웠다. 그러자 소운천의 몸 역시 둥실 떠올랐다.

모두가 숨을 죽이고 그 광경을 바라보았다. 그들 중에는 천우경의 부인이자 구주천가의 책사인 온유하도 있었고, 그의 아들인 천위강도 있었다. 그리고 구주천가의 전 무인들이 간절한 염원을 담은 시선으로 그를 바라보고 있었다.

마해의 무인들 역시 마찬가지였다. 그들은 경외의 시선으로 소운천을 바라보았다.

칠백 년 전에 그들을 잉태하게 만든 마의 제왕.

스스로 인간임을 부정하고, 하늘을 거부한 남자. 그 때문에 마해가 태동했고, 마해의 무인들이 이 땅에 나타날 수 있었다. 소운천이야말로 그들의 존재 이유였다. 그 때문에 그들은 소운천의 승리를 염원했다.

허공 오십여 장 상공에서 소운천과 천우경은 서로를 바라보았다.

휘잉!

차가운 바람이 불어왔다. 하지만 그 누구도 추위를 느끼지 못했다. 이미 그들의 몸에서 흘러나오는 열기가 일대를 지배하고 있기 때문이었다. 몰아치는 바람조차도 그들의 몸에서 흘러나오는 기운에 감히 접근하지 못하고 주위를 휘돌았다.

그 때문에 그들의 주위에 와류(渦流)가 형성됐다. 거대한 바람의 소용돌이가 형성돼 주위에 있는 모든 것을 허공으로 뽑아 올렸다.

하늘과 대지를 관통하고 있는 거대한 바람의 기둥 중앙에 소운천과 천우경이 있었다.

천우경이 구천신마결을 극성으로 운용했다. 그러자 그의 몸 주위로 은은한 빛무리가 형성됐다. 마치 달무리가 낀 것처럼 뿌옇게 보였다.

"월륜인가?"

빛을 이해하고 갈무리를 할 수 있을 때 인간의 육신은 진화라고 부를 정도의 파격적인 진보를 하게 된다는 사실을 소운천은 잘 알고 있었다. 그리고 그런 경지를 일컬어 월륜이라고 부른다는 사실도 말이다. 하지만 그런 사실을 알면서도 그는 전혀 두려운 표정이 아니었다.

그가 손을 뻗었다. 그러자 육안으로는 보이지 않는 검이 하나 형성됐다.

소운천의 의지가 만들어낸 검.

어떤 이들은 심검이라고도 부르지만, 소운천은 그렇게 부르지 않는다.

천마삼검(天魔三劍).

소운천의 집념이 만들어낸 지고의 검공이 발현하는 모습이었다.

소운천은 검을 펼치지도 않았건만 천우경은 수천 개의 검이 꽂혀 있는 검림(劍林)에 홀로 서 있는 듯 아찔한 느낌을 받았다. 하지만 그것도 잠시, 이내 그는 단호한 표정을 지었다.

천우경이 손을 들었다.

츠츠츠!

아홉 가닥의 강기가 발출되고 있었다.

청록백자흑황적남회(青綠白紫黑黃赤藍灰).

서로 다른 아홉 가지 색깔의 강기가 한데 꼬이고 엮이더니 곧 거대한 빛무리를 토해내며 소운천을 향해 발출됐다.

쿠콰콰!

눈을 어지럽히는 빛의 해일이 밀려오고 있었다. 눈이 부시도록 현란하고 아름답지만, 그 속에 담긴 파괴적인 힘은 이루 말로 형용할 수 없을 정도였다. 소운천은 피부로 천우경의 힘을 느꼈다.

소운천의 눈이 가늘어졌다.

그가 보이지 않는 검이 들린 손을 횡으로 그었다.

쉬가악!

순간 비단폭이 찢어지는 듯한 소리와 함께 천지를 압도하던 천우경의 구천신마결의 기운이 갈라져나갔다.

천마삼검 제일검(第一劍) 인멸검(人滅劍).

세상의 모든 인간을 말살하기 위해 만들어진 검에는 천우경의 구천신마결의 기운도 역부족이었다.

"크윽!"

천우경이 입술을 질겅 깨물었다.

그는 급히 남아 있는 모든 진기를 끌어올려 구천신마결에 투입했다.

"차핫! 구천신마기(九天神魔氣)."

천우경이 펼친 것은 구천신마결의 결정체라고 할 수 있는 구천신마기였다.

푸화학!

은은한 빛무리가 마치 빛의 날개처럼 천우경의 등 뒤로 활짝 펼쳐져 있었다. 그와 함께 소운천을 향해 발출한 구천신마기가 폭발적으로 증가했다.

대지에 있던 모든 무인들이 그 광경을 봤다.

마치 하늘이 내리는 신벌처럼 소운천을 향해 쏟아지는 빛무리를 보며 사람들은 입을 다물지 못했다.

"가주님."

"천 대협!"

이 순간, 구주천가 측의 무인들은 천우경의 승리를 믿어 의심치 않았다. 그도 그럴 것이, 천우경이 발출한 거대한 기운은 감히 인간이 감당할 수 있는 수준이 아니었던 것이다.

지금 이 자리에 있는 구주천가의 무인, 그리고 정도의 무인들 중 천우경이 발출한 기운을 감당할 자신이 있는 자는 단 한 명도 없었다. 심지어는 천우경과 같은 반열에 올랐다고 자부하는 혁련청화조차도 아찔한 느낌에 정신이 다 아득해졌을 정도였다.

그때였다. 누구도 예상치 못한 극적인 반전이 일어난 것은.

소운천이 다시 허공에 검을 그었다. 이번엔 종(縱) 방향이었다.

천마삼검 제이검(第二劍) 생멸검(生滅劍).

이 땅에 존재하는 모든 생명체를 말살하기 위해 소운천이 만들어낸 초식.

위잉!

마치 톱날이 돌아가는 듯 나직한 소리가 허공에 울려 퍼졌다. 그리고 두 기운이 격돌했다.

퍼석!

모든 것이 사그라졌다.

마치 좀 전의 상황이 모두 한여름 밤의 환상이었던 것처럼 흔적도 없이 모두 사라졌다. 그리고 누군가 대지를 향해 추락하고 있었다.

사람들의 눈이 크게 떠졌다.

날개 잃은 새처럼 무서운 속도로 대지에 떨어져 내리는 남자의 모습은 모두에게 충격적이었다.

"가주님."

구주천가의 무인들이 추락하는 남자를 향해 몸을 날렸다.

만신창이가 된 채 추락하는 남자.

그는 바로 천우경이었다.

천우경의 추락에 가장 놀란 사람은 바로 온유하와 천위강이었다. 그들은 급히 천우경이 추락하는 방향으로 달려갔다. 그러나 누구보다 먼저 천우경을 받아낸 사람은 바로 구주천가의 태상장로인 남무해였다.

"가주."

남무해가 믿을 수 없다는 표정을 지었다.

누구보다 천우경의 무력에 대해 잘 알고 있는 그도 전혀 예상치 못했던 결과였다.

그의 눈가가 파르르 떨렸다.

그렇게 모두가 경악하고 있을 때, 소운천이 사뿐히 내려앉았다.

얼굴 표정 하나 변하지 않았고, 숨소리도 거칠어지지 않았다. 모르는 사람이 봤다면 방금 그렇게 엄청난 격전을 치른 자라고는 믿지 못할 것이다.

소운천이 바닥에 내려서는 순간, 마해의 무인들이 구주천가의 무인들을 향해 해일처럼 밀려들었다.

"와아아!"

"모두 죽여랏!"

무공의 고하나 세력의 많고 적음은 문제가 되지 않았다. 천우경이라는 수장이 패퇴한 그 순간부터 승기는 마해에게 넘어갔다.

*　　　*　　　*

구주천가 전체가 동요하고 흔들렸다. 말단 무인들뿐 아니라 각 조직을 이끄는 수뇌부들 역시 예외는 아니었다. 그들에게도 천우경이라는 존재는 구주천가의 가주 그 이상이었다. 정신적인 지주나 다름없는 천우경의 패배는 그들에게 엄청난 충격을 던져주었다.

사도광천은 그 틈을 놓치지 않았다.

"이때가 기회다. 지존의 의지를 시행하라."

사도광천이 구주천가의 말살을 명하고 있을 때도 온유하는 별다른 조치를 취할 수 없었다. 천우경이 쓰러지면서 구주천가에 극심한 혼란이 야기됐고, 그로 인해 그녀의 명령이 제대로 먹혀들지 않았던 것이다. 더구나 그녀 역시 천우경에게 온 신경이 집중되어 제대로 된 명령을 내릴 수 없었다.

"이럴 수가!"

그녀의 입술이 파르르 떨렸다.

천우경의 패배.

작게 보면 일개인의 패배였지만, 그가 강호에서 차지하는 비중을 생각한다면 엄청난 사건이었다. 그의 패배는 곧 구주천가 전체의 패배나 마찬가지였다.

쿠콰콰!

해일처럼 마해의 무인들이 밀려들었다. 천우경이라는 구심점을 잃은 구주천가의 무인들은 제대로 된 대응 한 번 하지 못하고 속절없이 밀렸다.

"문상, 어서 대책을……."

문상부의 책사들이 온유하를 재촉했지만, 그녀라고 뾰족한 수가 있는 것은 아니었다. 무엇보다, 그녀의 신경은 온통 천우경을 향해 있어 다른 생각을 할 수 없었다.

그 순간, 소운천의 무심한 시선이 온유하를 향했다.

부르르!

소운천과 눈이 마주친 순간, 온유하는 자신도 모르게 몸을 떨었다. 그제야 그녀는 소운천이 자신이 생각했던 것과는 차원이 다른 존재라는 것을 깨달았다.

조그만 머릿속에 천하의 모든 것이 들어 있었다. 그래서 한때 오만에 빠지기도 했다. 자신의 머리와 구주천가의 힘이라면 천하를 무리 없이 경영하고, 마해를 물리칠 수 있을 거라고.

그러나 소운천을 직접 보고야 깨달았다. 그는 인간으로 규정할 수 없는 존재라는 것을. 당연히 인간의 머리와 힘으로는 그를 어찌할 수도 없다는 사실을 말이다.

'하늘은 어찌 이런 자를 세상에 내렸단 말인가?'

온유하의 몸이 크게 휘청거렸다.

그녀를 지탱해주던 모든 것이 무너지고 있었다.

의지와 신념, 그리고 정의까지도.

이 순간, 그녀의 머릿속에 떠오르는 사내는 오직 한 명뿐이었다.

'천……우진.'

그녀가 진실을 묻어버린 진짜 십전제.

천우경의 그림자로 살다가 흔적도 없이 사라진 진정한 거인.

'이 모든 것이 나의 업보인가?'

그녀가 무너지려는 신형을 억지로 일으켰다.

소운천이 그녀, 아니, 정확히는 천우경이 있는 곳을 향해 걸어왔다. 가벼운 발걸음이었지만 항거할 수 없는 거대한 기운이 깃들어 있었다.

그가 가까이 다가올수록 온유하와 구주천가 무인들의 얼굴이 파리하게 질렸다.

그때였다.

"지금이다."

마치 까마귀의 울음처럼 전장에 울려 퍼지는 카랑카랑한 목소리가 있었다.

순간적이지만 모두의 시선이 목소리가 들려온 방향을 향했다. 목소리의 주인은 바로 금정태태였다.

금정태태의 시선은 소운천을 향하고 있었다. 아니, 정확히는 바로 소운천의 뒤에 있는 해여령을 향하고 있었다. 덩달아 모두의 시선이 해여령에게 향했다.

모두의 시선이 자신을 향하자 해여령의 얼굴이 파리하게 질렸다. 금정태태의 음성이 무엇을 의미하는지 모를 그녀가 아니었다. 더구나 그녀를 바라보는 구주천가와 정도의 무인들의 눈빛이 사납게 빛나고 있었다. 그 모습이 해여령에게는 구주천가와 정도를 버리고 소운천을 택한 자신을 질책하는 것처럼 느껴졌다.

해여령은 그런 시선을 감당할 수 없었다.

스릉!

해여령이 조용히 봉황비를 꺼냈다. 그 순간, 소운천의 걸음도 딱 멈췄다.

모두의 시선이 봉황비에 모였다.

그리고……

푹!

소름끼치도록 차가운 쇳소리.

해여령의 눈이 크게 떠졌다.

그녀의 망막 가득 채워지는 한 남자의 영상.

그녀가 손을 허우적거려 남자를 향했다. 그러자 남자가 손을 뻗어 그녀의 허리와 손을 잡았다.

"왜?"

남자, 소운천이 물었다. 그러자 그녀의 입가에 처연한 미소가 떠올랐다.

"내…… 손으로 어떻게 당신을…… 차라리 내가……."

"바보 같은."

소운천이 입술을 질근 깨물었다.

그의 시선이 해여령을 가슴을 향했다.

해여령의 심장 어림에 시퍼렇게 날이 선 봉황비가 박혀 있었다. 그녀의 가슴이 어느새 붉게 물들어 있었다. 소운천이 떨리는 손으로 지혈을 하려 했지만 소용없었다.

"왜 그랬느냐? 차라리 나를 찌르지 그랬느냐?"

소운천의 목소리가 절로 떨려나왔다.

금정태태가 소리칠 때부터 이상함을 느꼈던 소운천이었다. 그가 해여령이 봉황비를 뽑는 소리를 듣지 못했을 리 없었다. 그랬음에도 불구하고 그냥 두었던 것은 차라리 그녀가 자신을 찌르길 바라서였다. 이미 불사의 영역에 들어선 그의 몸은 금장혈괴에 찔려도 죽지 않는다. 단지 상처와 고통이 좀 더 오래 갈 뿐.

해여령이 자신을 찔렀다면 정을 뗄 수 있을 거라 생각했다. 그녀는 제자리로 돌아갈 것이고, 자신은 여전히 마의 종주로 남을 것이다. 그런데 그녀의 선택은……

"바보 같은……"

"미안해요. 하지만 더 이상 당신을 아프게 할 수는 없었어요. 차라리 내가……"

해여령의 얼굴이 점점 창백하게 변해갔다. 소운천이 그녀의 상처를 틀어막았지만 소용없었다. 소운천은 자신의 공력을 주입하려 했지만 그럴수록 해여령이 당하는 고통은 커져만 갔다.

그의 공력은 어둠과 파괴의 성질을 갖고 있었다. 상처를 회복시키는 데는 전혀 도움이 되지 않는 힘이었다.

소운천의 눈동자가 떨렸다.

불사의 힘을 얻은 그였다.

스스로 죽을 수조차 없는 존재인 그가 자신의 품에 안긴 여인이 죽어가는 모습을 무기력하게 바라보고 있었다.

해여령의 눈에 어려 있던 생명력이 빠져나가는 모습이 보였다. 손을 뻗어 그녀의 눈에 어린 생명력을 잡고 싶었다. 하지만 그럴수록 그녀의 죽음을 더욱 가속화시킬 뿐이었다.

소운천의 어깨가 떨렸다.

해여령이 마지막 힘을 내어 소운천의 얼굴을 어루만졌다. 그녀의 손끝에 소운천의 이마와 코, 입술이 닿았다. 그렇게 해여령은 소운천의 얼굴을 마지막으로 각인시키는 듯했다.

"부디 세상을 용······."

그녀의 입술이 마지막으로 달싹이더니 이내 숨이 잦아들었다. 절명한 것이다.

소운천의 어깨에 떨림이 일어났다.

인간의 감정을 잃어버렸던 마인이 처음으로 진한 슬픔을 느끼고 있었다. 칠백 년 만에 그가 다시 느낀 감정은 처절한 상실감뿐이었다.

"인간은······."

소운천의 떨림이 어느 순간 멈추더니 스산하도록 차가운 음성이 흘러나왔다.

그가 해여령의 시신을 안고 일어났다.

"······도저히 용서할 수 없다. 미안하구나. 너의 마지막 부탁을 들어주지 못해서."

소운천의 시선이 금정태태를 향했다. 그와 눈이 마주치는 순간, 금정태태는 몸을 돌려 도주하려 했다. 소운천의 분노는 해여령에게 죽음을 강요한 금정태태에게 향했다.

푸스스!

"아악!"

하지만 이내 처절한 비명성과 함께 그녀의 몸이 가루로 변해 바람에 흩날렸다. 소운천이 눈빛만으로 인멸검을 펼친 것이다.

"아아!"

사람들의 눈앞에서 가루로 변해 사라지는 금정태태. 그녀의 처절한 최후에 모두가 몸을 떨었다.

몸이 먼지로 변해 사라지는 그 순간까지도 금정태태는 자신의 죽음을 믿지 못했다. 하지만 그녀의 눈앞에서 봉황문의 제자들마저 먼지로 변해 사라지자 절망의 표정을 지었다.

"아아! 봉황문이······."

그 말을 끝으로 금정태태의 몸 역시 완전히 사라졌다. 이 세상에 존재했었다는 흔적마저도 남지 않았다.

소운천의 시선이 천우경과 온유하를 향했다. 이제 그에게 인간의 감정은 존재하지 않았다. 남은 것은 오직 살아 있는 모든 존재들에 대한 분노뿐이었다.

해여령이 죽어가면서 세상에 대한 용서를 구했지만 소용없었다. 오히려 소운천의 분노의 겁화에 기름을 끼얹었을 뿐이다.

온유하의 눈이 절망으로 물들었다.

다시 한 번 소운천의 인멸검이 펼쳐졌다. 그의 시선에 닿은 모든 것이 가루로 변하기 직전이었다.

"멈춰랏!"

외마디 외침과 함께 누군가 소운천과 온유하 사이에 끼어들었다. 동시에 소운천을 향해 빛의 구체(球體)가 떨어져 내렸다.

소운천의 시선이 떨어져 내리는 구체로 향했다. 인멸검이 펼쳐진 것이다. 그러나 구체는 결코 평범한 것이 아니었다. 구체에는 상상할 수도 없을 만큼 엄청난 거력이 담겨 있었다.

소운천의 인멸검과 격돌하는 순간, 구체는 엄청난 폭발을 일으켰다.

쿠콰콰콰!

지진이라도 일어난 것처럼 대지가 격렬하게 흔들리고, 대기가 미친 듯이 소용돌이쳤다. 일진광풍이 일어나 시야를 가리고, 말들이 놀라 날뛰었다.

그렇게 한바탕 일진광풍이 가라앉은 뒤 초토화가 된 전장의 모습이 드러났다. 벽력탄 수십 개가 일제히 터진 것처럼 대지에 직경 오십 장의 거대한 구덩이가 생겨났다. 구덩이의 중심에 소운천이 서 있었다. 비록 옷이 여기저기 찢겨나갔지만, 그는 여전히 건재했다.

하지만 그에게 기습공격을 했던 자와 천우경, 그리고 온유하의 모습은 어디에도 보이지 않았다. 습격자가 기습공격을 함과 동시에 그들을 빼돌린 것이다.

소운천의 눈썹이 꿈틀거렸다.

"얼마든지 도망가거라. 나는 너희들이 존재하는 이 세상 자체를 멸망시킬 테니까. 인간의 마지막 도의마저 사라진 이따위 세상은 더 이상 존재할 이유가 없다."

소운천의 분노가 하늘을 관통했다.

세상에 남은 마지막 미련까지 모두 잃은 소운천의 처절한 외침에 일대에 존재하는 모든 생명체가 죽음의 공포를 느끼고 벌벌 떨었다.

"크윽!"

혁련청화가 나직히 신음을 흘렸다.

그녀의 입가로 시커멓게 죽은피가 흘러내리고 있었다. 내장이 진탕되고, 온몸의 뼈란 뼈는 모조리 어긋난 것 같았다. 마치 온몸이 해체되는 것 같은 충격에 숨을 쉬는 것조차 쉽지 않았다.

결정적인 순간에 기습을 해서 천우경과 온유하를 빼돌린 이는 바로 혁련청화였다. 그녀의 품에는 온유하가 안겨 있었고,

남무해의 품에는 천우경이 안겨 있었다.

혁련청화가 온유하에게 물었다.

"괜찮아요?"

온유하는 말없이 힘겹게 고개를 끄덕였다. 그녀에게 별반 상처가 없음을 확인하고 나서야 혁련청화의 시선이 남무해를 향했다.

"태상장로님?"

"노부는 괜찮네. 덕분에 살았네. 하지만 노부보다는 가주께서 문젤세."

남무해의 품에 안긴 천우경은 기식이 엄엄했다. 호흡이 겨우 이어지는 것이, 언제 숨이 끊어져도 이상하지 않을 정도였다.

"구주천가로 돌아가야 합니다."

이미 구주천가는 마해에게 패했다. 그나마 마지막으로 저항을 하거나 일발역전의 수를 노릴 수 있는 곳은 구주천가밖에 없었다.

더 이상 구주천가의 전력이 손실되기 전에 돌아가야 했다.

"후퇴를 명하십시오. 본가에서 나머지 전력을 추슬러야 합니다."

"알겠네. 무상께 가주님을 부탁하겠네."

"뒤를 부탁드리겠습니다, 태상장로님."

"걱정하지 마시게."

남무해가 굳은 얼굴로 고개를 끄덕였다.

                    *   *   *

　혈야평의 전투에서 구주천가는 마해에게 패했다.
　이 한 번의 격돌에서 구주천가와 정도는 무려 오천 명에 달
하는 병력을 잃었다. 하지만 더 큰 손실은 두 절대자 간의 싸
움에서 천우경이 패했다는 것이었다.
　수장의 패배는 곧 휘하의 무인들에게도 절대적인 악영향을
끼쳤고, 그 결과 구주천가의 무인들은 별반 힘도 써보지 못하
고 후퇴를 해야만 했다.
　이 전투로 인해 혈야평은 이름처럼 피로 물들어 온통 붉게
변했다. 혈야평의 참사라고 이름 붙여진 전투에서 패함으로써
구주천가는 절대적인 열세에 처했다.
　그들은 구주천가로 후퇴를 했고, 마해의 무인들은 그런 구
주천가의 뒤를 추격했다.
　혈야평의 참사는 천하에 엄청난 충격을 던져 주었다.
　칠백 년 동안 이어져 내려오던 정도의 시대가 저물고, 마도
의 시대가 시작되었다는 증거였기 때문이다.
　하지만 사람들은 몰랐다. 소운천이 진짜로 원하는 것을.
　진짜 공포는 이제부터 시작이었다.

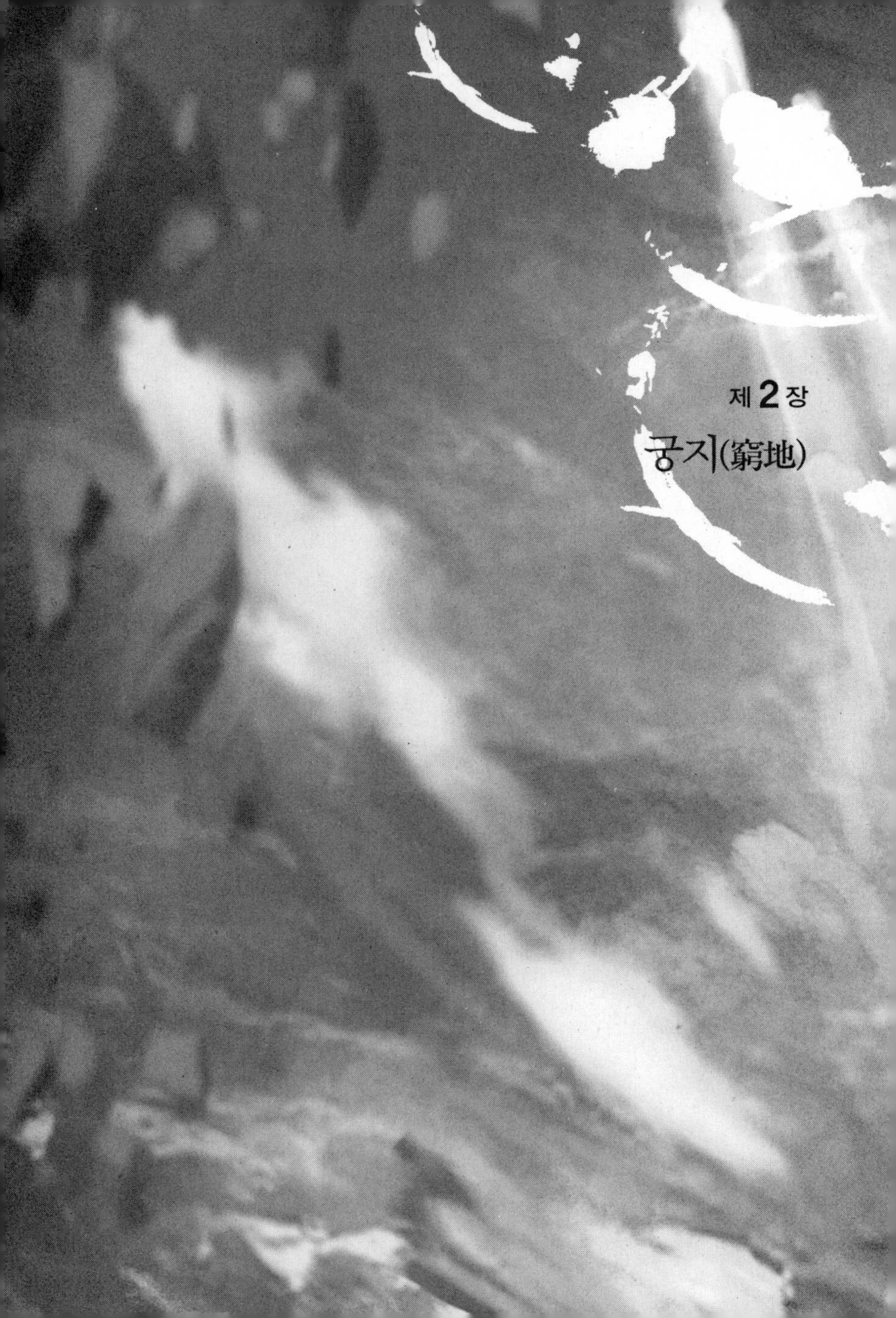

제 2 장

궁지(窮地)

천하는 급속도로 혼란으로 빠져들었다. 마지막 보루라고 믿었던 구주천가가 무너지면서 기존의 모든 질서가 송두리째 파괴되었다. 정도의 무인들은 숨을 죽이고, 반대로 이제까지 숨을 죽이고 있던 마도의 무인들이 속속 세상에 모습을 드러냈다.

칠백 년 동안 천하의 질서를 유지하던 구주천가의 장악력이 사라지면서 곳곳에서 살인과 약탈, 강간과 방화가 일어났다. 이제껏 숨을 죽이고 있던 마도의 무인들은 그동안의 보상이라도 받겠다는 듯이 거침없이 파괴의 욕구를 분출했다.

수많은 이들이 죽어나갔다. 힘없는 자들은 눈물과 비명을 집어삼켰다. 그들에겐 그런 인간의 기본적인 욕구마저도 사치였다.

혼란이 극에 달한 세상이었다.

사람들에게 더 이상 희망은 존재하지 않았다. 모든 희망이 사라진 암흑의 세계, 그것이 현 무림이었다.

마해는 몰이를 하듯 구주천가의 무인들을 뒤쫓아 구주천가로 향했다. 구주천가의 본성마저 무너진다면 천하에 마지막으로 남은 희망마저 사라져 버릴 것이다.

구주천가의 무인들의 깊은 패배감을 안고 본성으로 향했다. 그래도 그들은 한 가닥 희망을 잃지 않았다. 그래도 일단 본성에 도착하기만 한다면 어떻게든 재기를 도모할 수 있을 거라고 생각했다.

구주천가의 본성은 세상에 알려졌다시피 철옹성이었다. 이십 년 전에도 구주천가의 무인들은 본성에 의지해 마해의 공세를 훌륭히 막아냈다. 이십 년 전에 가능했으니 지금도 가능할 것이다.

그런 마지막 희망을 품고, 무인들은 구주천가로의 귀환을 서둘렀다. 그들의 선두에는 천위강이 있었다.

그의 표정은 이제까지와는 달랐다. 이전의 그가 치기어린 영웅심을 가지고 있었다면, 지금의 그는 근본적인 사고에서부터 변화가 있었다.

'지금의 나는 껍데기나 다름없다.'

그가 입술을 악물었다.

그가 야심차게 끌고 나갔던 동심회는 마해와의 격전에서 철저하게 박살이 났다. 동심회원들 중 상당수가 혈야평의 참사에서 목숨을 잃었고, 살아남은 자들도 상당수가 재기불능의 상처를 입었다.

철군패에게 패배를 당했을 때도 이렇게 참담하지는 않았다. 그때는 단지 개인의 치욕에 불과했기에 오히려 적의를 불태울 수 있었지만, 지금은 달랐다. 너무나 처절한 패배감에 온몸이 무기력해서 움직이는 것조차 힘들 지경이었다.

그래도 그는 선두에서 구주천가의 무인들을 이끌었다. 그가 하늘처럼 믿고 의지했던 아버지 천우경의 목숨이 위험했다. 어머니 온유하는 지금 천우경을 간호하고 있느라 전면에 나설 수 없는 실정이었다. 꼭 그런 이유가 아니더라도, 소운천과 정면으로 시선을 마주한 직후부터 그녀는 심신이 피폐해져 남들을 이끌 만한 상태가 아니었다.

그가 나서지 않는다면 그나마 남아 있는 구주천가의 전력은 구심점을 잃고 산산이 와해될 수밖에 없었다. 그런 사실을 잘 알고 있었기에 천위강은 이를 악물고 선두에 서서 퇴각하는 구주천가의 무인들을 이끌었다.

그나마 신속하게 퇴각이 이뤄졌으니 망정이지, 그렇지 않았다면 더욱 많은 무인들이 목숨을 잃을 뻔했다. 하지만 이젠 그마저도 한계에 달한 듯했다. 구주천가의 무인들은 지쳐서 행군속도가 더뎌진 데 반해, 마해의 무인들은 지치지도 않는지 구주천가의 지척까지 따라붙었다.

이대로 반나절만 더 지난다면 구주천가는 마해의 접근을 허용하게 될 것이다. 그런 사실을 알면서도 별달리 실행할 대책이 없다는 것이 문제였다. 구주천가의 무인들 대부분이 지치고 탈진해 가용 병력이 거의 없었다.

"구주천가까지는 하루 거리. 하지만 반나절이면 저들에게 후미를 잡히고 말 것이다. 어떻게 해야 하는가?"

천위강의 얼굴에 고뇌의 빛이 떠올랐다.

반나절의 시간이 필요하다. 누구라도 좋으니 반나절의 시간만 벌어주면 된다. 하지만 그렇다고 아무에게나 희생을 요구할 수도 없다. 누구에게나 목숨은 소중한 것이고, 무엇보다 저들의 진격을 잠시나마 막아서 시간을 벌어줄 만한 실력을 지닌 사람은 몇 명 되지 않았다.

"역시 내가 남아야 하는가? 마침 곧 있으면 협곡이 나온다. 한 명의 병사로 능히 백 명의 병사를 막을 만한 좁은 협곡이다. 구주천가로 가기 위해서는 반드시 거쳐야만 하는 곳이니, 그곳에서라면 능히 시간을 벌수 있을 것이다."

천위강이 입술을 질근 깨물었다.

마땅히 떠오르는 사람이 없었다. 그렇다면 자신이어야 했다. 자신이 시간을 번다면 다른 사람들은 무사히 구주천가 본성으로 들어갈 수 있을 것이다.

그때였다.

"내가 남겠소."

갑자기 등 뒤에서 낯익은 목소리가 들려왔다.

천위강이 서서히 뒤를 돌아봤다. 그러자 낯익은 사내의 모습이 보였다.

"당신은?"

"누군가 남아야 한다면 소가주보다는 내가 더 어울릴 것이오."

나직한 목소리로 말하는 남자는 바로 혈포사신대주 화진천이었다.

천위강의 얼굴이 딱딱하게 굳었다.

"하지만……."

"가주께서 저 지경이 되셨으니 실질적으로 구주천가를 이끌 사람은 소가주이오. 소가주에게는 이들을 무사히 구주천가의 본성으로 데려갈 의무가 있소."

화진천은 단호했다.

화진천 역시 온몸에 적잖은 상처를 입은 데다 많은 수하를 잃은 상태였지만, 그의 표정에는 전혀 변화가 없었다. 여전히 강인하고, 여전히 흔들리지 않는 모습이었다.

한때 천위강이 가장 신경 썼던 사내. 만일 자신의 자리를 위협하는 존재가 있다면 바로 화진천일 것이라 생각했다. 그래서 의도적으로 그와 함께하는 자리를 피했었다. 그런데 그가 남겠다고 나선 것이다.

"화 대주."

"누군가 남아야 된다면 바로 나여야 하오. 나는 구주천가의 검. 최후까지 남아서 저들의 심장에 검을 꽂을 것이오."

화진천은 더 이상 어떤 말도 필요 없다는 듯이 몸을 돌렸다. 굳건한 등이 그의 의지를 대신 보여주고 있었다.

천위강은 그를 붙잡을 수 없었다. 그 자신도 화진천의 말이 최선임을 아는 까닭이다.

대신 화진천의 등을 향해 한마디 했다.

"미안하오."

그러나 화진천은 멈춰 서지 않았다. 잠시 멀어지는 화진천의 뒷모습을 바라보던 천위강이 이내 소리쳤다.

"전진하라. 본성까지는 이제 하루 거리다. 모두 힘내라."

화진천과 혈포사신대의 희생을 결코 헛되이 할 수는 없었다. 그들이 벌어주는 시간을 최대한 활용해야 했다.

화진천과 혈포사신대는 멀어지는 구주천가 본진을 바라보았다.

멀어져가는 본진을 바라보는 화진천의 표정은 무심하기 그지없었다. 때문에 얼굴만 봐서는 그가 무슨 생각을 하는지 도저히 알 수 없었다.

마침내 본진의 모습이 보이지 않자 화진천이 혈포사신대를 향해 말했다.

"어쩌면 오늘 이곳이 우리의 무덤이 될지도 모른다. 두려운 자는 지금이라도 빠져라. 아무도 뭐라 하지 않을 것이다."

그러나 그 누구도 빠지겠다고 하지 않았다.

혈포사신대는 화진천과 동고동락해온 형제나 마찬가지였다. 그만큼 강력한 유대감을 가지고 있기에 누구 한 명 자신의 목숨을 아까워하여 물러나지 않았다.

화진천이 미소를 지었다. 혈포사신대가 그와 비슷한 미소를 지었다. 뼛속 깊은 곳까지 구주천가의 피가 흐르고 있었다. 구주천가를 위해서 목숨을 바치는 것은 결코 수치가 아니다. 그들에겐 오히려 영광이었다.

혈포사신대원 한 명이 다가왔다.

"여기에서 적들을 맞이하시겠습니까?"

"아니다."

"그럼?"

"협곡의 입구를 틀어막고 적을 기다린다."

혈포사신대의 수는 모두 백 명.

누가 봐도 중과부적일 수밖에 없었다.

그러나 화진천은 결코 포기하거나 절망하지 않았다. 끝나는 그 순간까지는 결코 끝난 것이 아니었다. 마찬가지로, 죽는 그 순간까지도 끝난 것이 아니었다.

아직 그는 숨을 쉬고 있고, 무공을 펼칠 힘이 남아 있다. 그 정도면 충분했다.

화진천은 혈포사신대를 이끌고 협곡의 입구 바로 안쪽에 포진했다.

그곳에서 그는 적들을 기다렸다.

처음으로 모습을 드러낸 이는 바로 마해의 척후조직이었다. 본진에 앞서 정찰을 하며 위험요인을 탐지 및 제거하는 것이 바로 그들의 역할이었다.

척후조직을 이끄는 나엽상은 협곡의 길목에 포진한 혈포사신대를 발견하고 눈을 빛냈다. 한눈에 봐도 그들이 범상치 않은 기도를 가지고 있다는 사실을 알 수 있었다.

나엽상이 외쳤다.

"본인은 마해의 나엽상이다. 그곳에 있는 자들은 정체를 밝혀라."

"본인은 구주천가의 화진천이다."

"혈포사신대주?"

나엽상이 나직한 신음성을 흘렸다.

혈포사신대주 화진천은 마해에서도 유명 인사였다. 그가 이끄는 혈포사신대는 불패의 조직으로 유명했다.

"혈포사신대주가 왜 여기에?"

그러나 나엽상은 이내 화진천이 이곳에 있는 이유를 깨달았다.

"결사대인가?"

나엽상의 얼굴 근육이 씰룩거렸다.

구주천가의 잔당을 추적하기 위해서는 반드시 이곳을 지나가야 했다. 그런데 호리병의 목처럼 좁아지는 지형 한가운데를 혈포사신대가 가로막고 있었다. 결국 이들을 쓰러트려야만 전진할 수 있다는 뜻이었다.

나엽상이 주위를 살폈다. 혹시나 매복이 있을까 해서였다. 하지만 어디서도 인기척은 느껴지지 않았다. 결국 이곳을 막고 있는 이들은 저들이 전부라는 뜻이었다.

나엽상이 무기를 꺼내들었다. 이미 저들의 의중을 알았다. 그리고 자신들은 이곳을 통과해야 한다. 그렇다면 남은 답은 한 가지밖에 없다.

"화진천, 언제고 당신과 맞붙고 싶었다."

그의 검이 화진천을 향했다. 화진천 역시 고개를 끄덕이며 검을 꺼내 들었다.

본래대로라면 본진에 이곳의 상황을 알려야 했지만 나엽상은 그러지 않았다. 이미 전세가 기운 데다 화진천과는 개인적으로 승부를 내고 싶었기 때문이다.

"챠앗!"

나엽상과 척후대가 화진천과 혈포사신대를 향해 달려들었다.

쩌엉!

이름 없는 협곡에서 그들이 격돌했다. 그러나 이것은 겨우 시작에 불과했다.

"와아아!"

사람들의 함성 소리가 협곡 안에 가득 울려 퍼졌다.

*   *   *

소운천은 무겁게 가라앉은 눈으로 전면을 바라보았다.

가만히 보고만 있어도 숨이 턱턱 막혀왔다. 그것은 금청사를 비롯한 마해의 해주들 역시 마찬가지였다. 그들은 소운천의 곁에 있는 것만으로도 질식할 것만 같은 기운을 느꼈다.

지금 소운천은 분노하고 있었다. 해여령의 죽음 앞에서 진심으로 분노하고 있었다. 그의 분노는 끝을 알 수 없을 정도로 깊고 넓어 감히 가늠할 수조차 없었다.

확실한 것은 단 하나, 지금 이 순간 그의 심기를 건드리는 그 어떤 이도 살아남을 수 없다는 것이다.

해여령이 합류했던 것은 실로 우연이었지만, 그녀의 존재가 소운천에게 얼마나 커다란 영향을 끼쳤는지 그들은 절감할 수 있었다. 해여령이 죽은 이상 소운천을 제어할 수 있는 존재는 전무하다고밖에 볼 수 없었다.

'지존이시여.'

금청사가 입술을 질근 깨물었다.

누구보다 소운천의 가장 가까운 곳에서 보좌해온 그였다.

그런 그조차도 소운천이 얼마나 큰 분노와 슬픔을 느끼고 있을지 도저히 가늠할 수 없었다.

문득 금청사가 뒤를 돌아봤다. 천마십위가 급조한 나무 관에 해여령의 시신을 조심스럽게 눕히고 뒤따라오고 있었다. 행여라도 해여령의 시신이 훼손될세라, 천마십위는 최대한 조심스럽게 걷고 있었다.

금청사의 시선이 다시 소운천을 향했다.

소운천이 바라보는 곳은 바로 이름 없는 협곡이었다. 협곡에서는 치열한 전투가 벌어지고 있었다. 바로 소운천이 이끄는 혈포사신대와 마해의 정예들이 격돌하고 있는 것이다.

나엽상이 이끌던 척후대는 소운천과 혈포사신대에 의해 패퇴당했다. 화진천이 이끄는 혈포사신대는 그야말로 놀라운 저력을 발휘했다. 그들은 가히 일당백의 기백을 내뿜으며 해일처럼 밀려오는 마해의 무인들을 상대로 한 치도 물러서지 않았다.

일만 명의 무인이 단 백 명에 의해 가로막힌 상황이었다. 이미 죽음을 각오하고 배수진을 펼치는 그들의 각오에 마해의 무인들이 오히려 기가 질린 표정을 하고 있었다.

화진천과 혈포사신대가 한 시진을 벌면 그만큼 구주천가의 무인들이 안전해진다. 그렇기에 그들은 더욱 필사적일 수밖에 없었다.

스무 명 이상의 혈포사신대가 자신이 흘린 피웅덩이 속에 몸을 누였지만, 그 누구도 겁을 집어먹거나 물러서지 않았다. 그들의 각오와 기백은 마치 철벽과도 같았다. 단시간 안에 그들이 만들어낸 철벽을 깰 수는 없을 듯했다.

금청사 역시 적이지만 그들의 그런 모습을 보고 감탄을 금치 못했을 정도였다. 하지만 소운천의 반응은 금청사와 달랐다.

소운천의 눈이 더욱 서늘한 빛을 뿜어내고 있었다. 잘 벼린 명검과도 같이 날카로운 눈빛은 보는 이의 가슴을 난도질할 듯했다.

쿵!

소운천이 무거운 발소리와 함께 앞으로 나섰다. 그의 존재감에 마해의 무인들이 분분히 몸을 비켜 길을 열어주었다. 사람들 사이로 열린 길을 걸어 소운천은 화진천과 혈포사신대 앞으로 갔다.

소운천이 나서자 화진천과 혈포사신대를 공격하던 마해의 무인들의 움직임이 딱 멈췄다. 소운천이 별다른 말을 하지 않았는데도 그들은 당연하다는 듯이 뒤로 물러섰다.

꾸욱!

소운천의 등장에 화진천과 혈포사신대가 무기를 꼬나든 손에 더욱 힘을 주었다.

단지 존재하는 것만으로도 모든 이들을 절망에 빠트리는 인간. 아니, 그는 더 이상 인간이라고 볼 수도 없었다. 모든 이에게 내려지는 평등한 죽음조차도 거부한 이를 계속 인간이라 부를 수는 없었다.

"천마."

화진천이 소운천을 보며 이를 드러냈다. 마치 맹수가 으르렁거리는 듯했다.

아직도 그는 이십 년 전의 그날을 잊지 않고 있었다.

화천검문(華天劍門).

백여 명의 식솔들이 오순도순 살아가던 그곳이 바로 화진천의 본가였다. 이십 년 전 마해의 침공으로 인해 멸문을 당했던 비운의 가문.

화진천은 그 마지막 생존자였다. 화천검문이 멸문당한 이후로 마해에게 복수를 하기 위해 이제까지 살아왔다 해도 과언이 아니었다. 이제 마해의 수괴인 소운천을 대면하게 됐다. 그러니 어찌 기쁘다 하지 않을 수 있을까?

화진천은 이를 드러내고 웃었다. 섬뜩하리만치 살기 짙은 미소였다. 그토록 고대하던 순간이었다. 그래서 화진천은 웃을 수 있었다.

"천마."

화진천의 외침이 협곡을 쩌렁쩌렁 울렸다. 그럼에도 불구하고 소운천의 표정에는 변함이 없었다. 세상 전체를 아래로 내려다보는 무심한 눈동자가 화진천을 향했다는 것을 빼고는 말이다.

소운천의 눈동자와 마주한 순간 화진천은 자신의 몸이 깊은 바닷속으로 한없이 가라앉는 느낌을 받았다. 주위의 모든 것이 시커메지고, 엄청난 압력이 전신을 짓누르는 그 압박감에 감히 숨도 크게 쉴 수 없을 지경이었다.

'숨을 쉬어라. 결코 주눅 들지 마라, 화진천. 네가 위축되면 구주천가의 무인들 전체가 위험해진다.'

화진천은 주문처럼 자신에게 되뇌었다.

그리고.

"타하핫!"

어깨를 펴며 크게 기합을 내질렀다. 소운천의 속박을 깨고 나오는 외침이었다.

그의 외침에 소운천이 뜻밖이라는 표정을 지었다. 하지만 이내 그의 표정이 다시 무심해졌다. 비록 자신의 존재감과 장악력을 깬 것이 뜻밖이기는 하지만 그렇다고 달라지는 것은 없기 때문이다.

소운천이 화진천 등을 향해 다가갔다. 그러자 화진천이 외쳤다.

"옥쇄(玉碎)!"

"옥쇄!"

으스러지고 부서질지언정 물러서지 않겠다는 그들의 의지가 담긴 외침이었다.

탓!

화진천이 대지를 박차고 달려 나갔다. 그 뒤를 나머지 혈포 사신대가 따라 달렸다. 팔십여 명의 무인들이 일제히 소운천을 향해 무기를 휘둘렀다.

 위잉!

 그들의 무기에서 흘러나오는 공명음이 허공을 울렸다.

 혈포사신대의 무기에서 흘러나온 빛의 편린이 허공을 가득 수놓으며 부서져 내렸다. 그 한가운데 화진천이 있었다.

 화진천은 공간을 단축해 소운천을 향해 검을 펼쳤다. 인간의 상상보다 빠르게 펼쳐지는 검.

 화진천의 깨달음이 고스란히 담겨 있는 검이었다.

 빛보다 빠르게, 화진천의 검이 소운천을 향해 떨어져 내렸다. 그의 검은 인간의 상상보다 빠르게 소운천의 목에 다다랐다.

 그 순간이었다.

 턱!

 화진천의 검이 허공에서 딱 멈췄다. 화진천의 검이 소운천의 손에 막힌 것이다. 금강불괴라도 베어버릴 수 있는 화진천의 검이 소운천의 맨손에 잡혀 있었다.

 소운천의 손에 상처가 나고 피가 흘러내리고 있었다. 하지만 그것도 잠시, 이내 그의 상처가 화진천이 보는 앞에서 급속도로 아물었다.

 그리고.

퍼석!

화진천의 검이 유리처럼 부서져 나갔다. 모래처럼 으스러져 바람에 흩날리는 검의 모습이 비현실적으로 보였다.

이어서 화진천은 온몸이 해체되는 듯이 엄청난 통증을 느끼며 뒤로 나가떨어졌다. 그리고 들려오는 목소리.

"구주천가의 무인이여, 너에게 내가 만들 세상을 보여주겠다. 너와 구주천가가 지켜온 세상이 어떻게 변하는지, 그 두 눈으로 지켜보거라."

정신이 가물가물해져 가는 화진천의 뒤로 소운천의 목소리가 환청처럼 들려왔다.

화진천이 감겨 가는 눈을 억지로 뜨고 소운천을 바라보았다. 화진천의 단 일수에 혈포사신대가 가루로 변하는 광경이 여과 없이 눈에 들어왔다.

'아…… 안…… 돼.'

그러나 그의 목소리는 결코 입 밖으로 흘러나오지 않았다. 그리고 화진천은 정신을 잃었다.

"전진하라."

"존명!"

소운천의 스산한 목소리가 바람에 흩어졌다.

* * *

남겨진 혈포사신대를 뒤로하고 하루 밤낮을 달린 구주천가의 무인들은 마침내 본성 인근에 도착했다.

　저 멀리 웅장한 성이 보였다. 이제 조금만 더 가면 그들은 천하에서 가장 안전한 성의 보호를 받을 수 있다. 그런 안도감이 구주천가 무인들의 얼굴에 떠올랐다.

　"힘을 내라. 이제 멀지 않았다."

　천위강이 구주천가의 무인들을 독려했다. 그에 구주천가의 무인들이 있는 힘을 다해 대답했다. 비록 패배하기는 했지만 구주천가의 본성에 의지한다면 다시 한 번 승부를 겨룰 수 있을 거란 생각이 그들을 움직이게 만들었다.

　그렇게 구주천가의 무인들은 본성을 향해 한 발 한 발 걸어갔다. 그리고 마침내 본성의 정문 앞에 도착할 수 있었다.

　선두에 섰던 무인이 크게 외쳤다.

　"문을 열어라. 가주님과 본대가 귀환했다."

　"……."

　그러나 본성에는 어떠한 대답도 없었다. 그러고 보니, 정문을 지키는 경비무인도 없었다.

　다시 한 번 무인이 소리쳤다.

　"가주님께서 귀환하셨다. 어서 성문을 열어라."

　"……."

　이번에도 대답은 들려오지 않았다. 그에 다시 한 번 무인이 소리치려 할 때였다.

피슉!

갑자기 성문 위에서 암기 하나가 날아와 그의 머리를 관통했다. 힘없이 쓰러지는 무인.

뜻밖의 상황에 구주천가의 무인들에게 동요가 일어났다. 구주천가의 본성에서 공격을 받다니? 그들의 상식으로는 도저히 일어날 수 없는 일이었다.

흑영대주 지영정이 앞으로 나섰다.

"이 무슨 짓인가? 본가의 무인들에게 암기를 날리다니."

"호호호! 죄송해요. 환영 인사가 너무 과해서 많이 놀라신 모양이네요."

성벽 위에서 뜻밖에도 여인의 목소리가 들려왔다.

지영정의 미간이 찌푸려졌다. 기억이 확실히 나진 않지만, 언젠가 한 번 들어본 듯한 목소리였기 때문이다. 지영정이 고개를 들어 성벽 위를 올려다봤다.

그곳에 낯익은 인형이 보였다. 늘씬한 교구에 이목구비가 무척이나 아름다운 중년 여인이 성벽 위에 서 있었다. 묘하게 색기어린 눈동자가 인상적인 여인을 보는 순간, 지영정은 자신의 기억 속에서 한 인물을 떠올릴 수 있었다.

"너는 설마 서문화영?"

"호호! 그래요. 오랜만이네요, 지 대주님."

여인, 서문화영의 교소가 구주천가의 성벽 위에 울려 퍼졌다.

"마녀, 네가 어떻게?"

이십 년 전에 서문화영이 어떻게 천우경을 죽이려 했는지 모두 알고 있는 지영정이었다. 이십 년 전, 서문화영은 실로 무서운 계략으로 구주천가를 통째로 집어삼키려 했었다. 하지만 계략은 끝내 실패했고, 그 이후 구주천가 사람들에게 서문화영은 죽은 사람으로 알려졌다. 지영정 역시 그렇게 알고 있었다.

"호호! 왜, 죽은 사람이 멀쩡히 살아 있어서 놀랐나요?"

서문화영이 짜랑짜랑한 교소를 흘렸다. 그녀의 웃음소리에는 승자의 여유와 오만이 담겨 있었다.

지영정을 비롯한 구주천가 무인들의 얼굴에 침중한 표정이 떠올랐다. 그들은 불길한 느낌을 떨칠 수가 없었다. 그리고 그들의 불길한 느낌은 곧 현실이 되었다.

서문화영의 뒤로 수백, 아니, 수천이 넘는 무인들이 모습을 드러내기 시작했다. 그들은 구주천가의 무인들이 아니었다.

"설마?"

"호호! 그래요. 구주천가는 이미 우리가 점령했어요."

"어떻게? 구주천가에 암약했던 자들은 이미 제거했는데."

"호호! 그들이 전부인 줄 알았나요? 천만에요. 그들은 구주천가의 시야를 흐려놓기 위한 미끼에 불과했어요. 덕분에 당신들이 구주천가를 비우고 나가줘서 장악하는 게 수월했어요."

서문화영이 번뜩이는 눈으로 천우경을 바라보았다. 그때까지도 천우경은 정신을 차리지 못하고 있었다.

"호호호! 꼴좋군요. 이십 년 전에는 운 좋게 형의 도움으로 살아났지만, 이젠 그런 행운도 기대할 수 없을 듯하군요."

그녀는 마음껏 천우경을 비웃었다. 구주천가의 성벽 위에서 구주천가의 가주를 조소하는 것이 그렇게 통쾌할 수가 없었다. 지금 이 순간이야말로 그녀가 그토록 고대해오던 순간이었다. 어쩌면 그녀의 지난 이십 년은 오늘을 위해서 존재한 것이었는지도 몰랐다. 그녀는 척추부터 머리끝까지 관통하는 짜릿한 희열을 느꼈다.

"호호! 천우경, 당신은 설마 오늘 같은 날이 올 거라고는 생각하지 못했겠지? 이젠 당신의 형 차례다. 호호호!"

"마녀, 무슨 헛소리를 하는 것이냐?"

"호호호! 지 대주님, 지금 당신의 두 손바닥으로 하늘을 가리겠다는 건가요? 이젠 그만 구주천가의 무인들에게 진실을 이야기해주지 그래요? 당신 스스로 밝히기 그렇다면 내 입으로 이야기해줄까요?"

"마녀!"

서문화영은 천우진의 존재를 구주천가의 무인들 앞에서 터트릴 생각이었다. 그녀가 입을 연다면 그나마 바닥까지 주저앉은 구주천가 무인들의 사기가 남아나지 않을 것이다. 그런 사태만은 반드시 막아야만 했다.

"챠아앗!"

지영정이 성벽 위의 서문화영을 향해 검강을 날렸다. 날이 설 대로 선 그의 검강을 서문화영이 막는다는 것은 불가능해 보였다. 하지만 서문화영은 믿는 구석이 있는지 피하거나 막지 않았다.

콰앙!

검강이 서문화영에게 닿기 직전, 큰 소리를 내며 산산이 깨져 나갔다. 검강을 해소한 이는 서문화영이 아니었다. 그녀의 등 뒤에 누군가가 나타나 대신 검강을 해소한 것이다.

"흐흐! 누구도 그녀를 상처 입힐 수는 없다."

마치 그림자처럼 서문화영을 등 뒤에서부터 감싸 안는 남자는 바로 대사조 신도제원이었다. 신도제원의 곁에는 바로 관설이 있었다.

철군패와의 격전 이후 신도제원은 최대한 빨리 남하를 했고, 이미 구주천가를 장악하고 있던 서문화영은 그를 위해 성문을 열었다. 그렇게 그들은 구주천가에서 구주천가의 정예 무인들이 귀환하기만을 기다리고 있었다.

뒤에서는 마해의 무인들이 해일처럼 밀려오고 있었고, 최후의 보루라고 믿었던 눈앞의 구주천가는 대사조가 점거하고 있었다. 구주천가의 무인들은 양 절대세 사이에 끼어 있었다.

"소가주?"

지영정이 천위강을 바라봤다.

천위강 역시 냉정하게 사태를 파악하고 있었다. 그는 자신과 구주천가가 막다른 궁지에 몰렸다는 사실을 통감했다.

"크윽! 구주천가가 어쩌다가……."

하지만 지금은 비통해하기보다 결단을 내려야 할 때였다.

그가 구주천가의 거대한 성벽을 올려다봤다. 자신들이 안에 있을 때는 그 어떤 울타리보다 든든했지만, 밖에 있는 지금은 절망감만 주고 있었다.

"소가주!"

지영정이 다시 한 번 천위강을 불렀다. 그에 천위강은 정신이 번쩍 드는 듯했다.

그가 흐트러진 정신을 추스르며 외쳤다.

"갑호령(甲護令)을 발동한다. 각 수장들은 휘하의 무인들을 데리고 갑호령 비상수칙에 의거해 퇴각한다."

갑호령은 문상 온유하의 주도로 입안된 구주천가 최후의 비상대책이었다. 구주천가의 본성이 적에게 점거된 상황을 예상해 만들어진 이 대책은 구주천가의 수뇌부들만이 숙지하고 있는 비밀 중의 비밀이었다.

갑호령이 발동되면 구주천가의 무인들은 수장들의 지휘 하에 흩어져 탈출한 뒤 미리 약속한 비상 거점에서 다시 모이게 된다. 생존율이 얼마나 될지는 미지수였다. 아직까지 단 한 번도 갑호령이 발동된 적도 없을 뿐더러, 그 결과에 대해서는 생각해본 적도 없었기 때문이었다.

그때, 후방에서 외침이 들렸다.

"마해의 무인들이 나타났습니다."

"더 늦기 전에 갑호령을 시행하라."

"존명!"

그렇게 구주천가 각 무인들의 목숨을 건 탈출이 시작되었다.

그중에는 구주천가의 가주인 천우경과 온유하도 있었다. 구주천가의 무인들이 뿔뿔이 흩어져 빠져나가는 모습을 보면서도 대사조는 별다른 대응을 하지 않았다.

보다 못한 서문화영이 휘하의 무인들에게 명령을 내리려 하자 신도제원이 제지했다. 그러자 서문화영이 원망스런 눈으로 신도제원을 바라봤다.

"왜 그러시나요? 제가 얼마나 이 순간을 고대해왔는지 잘 아시잖아요."

"물론이다. 하지만 굳이 이런 상황에서 우리의 전력을 소모할 필요는 없다. 봐라. 저들이 우리가 해야 할 일을 대신 해주지 않느냐?"

신도제원이 가리킨 곳에 구주천가의 무인들을 추격하는 마해의 무인들이 있었다. 그들은 맹렬한 기세로 구주천가의 무인들을 추격하고 있었다.

신도제원이 웃었다.

"이미 큰 복수가 이뤄졌다. 그리고 구주천가의 가주는 반천련주가 숨통을 끊을 것이다. 그는 너만큼이나 그에게 큰 원한을 가지고 있으니까. 그러니까 우리는 다음을 기약할 필요가 있다."

"다음 기회라면?"

"후후! 천마와의 만남이 있지 않느냐? 이번 한 번은 손을 잡았지만, 언제까지고 그와 함께한다는 보장은 없지 않느냐?"

서문화영은 정신이 번쩍 드는 느낌이었다.

그랬다. 지금은 손을 잡았지만 앞으로도 마해와 함께 간다는 보장은 없었다. 마해와의 연수는 그저 한시적일 뿐이었다. 언젠가 그들은 갈라설 것이다. 지금의 연수는 그리 오래가지 않을 것이다.

"어떡할 생각이십니까?"

"후후! 일단은 천마를 맞아야겠지. 그리고 내 눈으로 그의 강함을 가늠해야겠지. 그런 후에는……."

그랬다. 아직 신도제원은 단 한 번도 소운천을 만나지 못했다. 그의 시선이 마해의 본진 한가운데를 향했다. 그곳에서 이제껏 단 한 번도 상상해본 적이 없는 거대한 존재감이 느껴진다.

문득 그가 철군패와의 격전을 떠올렸다. 생전 처음 자신에게 위기감을 느끼게 만들었던 철군패. 그를 죽일 수 있는 기회를 놓쳤다는 사실이 안타까웠다.

'그때 그 운무만 아니었다면…….'

신도제원이 서문화영 몰래 주먹을 꽉 쥐었다.

지금도 그 순간을 떠올리면 살이 다 떨려 온다. 운무 안에 있던 존재가 누군지 알 수 없지만, 일순 신도제원이 압도당한 것은 결코 착각이 아니었다.

'우린 분명 다시 만나게 될 것이다. 그때는 반드시……'

               *   *   *

끼기긱!

경첩이 맞물리는 소리와 함께 구주천가의 거대한 성문이 열렸다. 무너진 거인의 성이 고스란히 그 속살을 내보였다.

먼저 마해의 정예들이 입성을 했다. 대부분의 무인들이 구주천가의 무인들을 소탕하는 작전에 나서 몇 명 되지는 않았지만, 그 기세만큼은 하늘을 찌를 정도로 드높았다.

구주천가에 입성한 마해의 무인들은 정문에서부터 이열로 도열했다. 이제 구주천가의 새로운 주인은 바로 그들이었다.

금청사와 마해의 해주들을 앞세운 소운천이 서서히 구주천가로 들었다. 마해의 무인들이 일제히 부복하며 소리쳤다.

"천마현신(天魔現身) 만인앙복(萬人仰伏)."

그들의 쩌렁쩌렁한 외침이 구주천가에 울려 퍼졌다.

그들 한가운데를 소운천이 걸어왔다.

마해의 무인들이 만든 길을 걸어오는 소운천의 표정은 여전히 무심하기만 했다. 그의 얼굴에는 승자라면 당연히 가져야 할 기쁨이나 성취감 같은 감정의 빛이 전혀 존재하지 않았다.

구주천가의 거대한 성벽과 고루거각도 그에게는 어떤 감흥도 주지 못했다. 그에겐 승리를 했다는 성취감보다 오히려 상실감이 크게 작용하고 있었다.

그때였다.

구주천가의 안쪽에서 신도제원과 서문화영이 모습을 드러냈다. 그들이 소운천을 향해 똑바로 걸어오고 있었다.

소운천의 무심한 시선이 그들에게 향했다.

그의 시선을 정면으로 받으면서 두 사람이 다가왔다. 멀리서도 서문화영의 몸이 눈에 띄게 떨리고 있었다. 실제로 소운천에게 가까워질수록 서문화영은 감당할 수 없는 공포를 온몸으로 느끼고 있었다.

소운천의 몸에서 발산되는 살기나 기운 때문이 아니었다. 차라리 그런 유형의 기운에 노출된 것이었다면 이렇게 공포를 느끼지도 않았을 것이다.

단지 같은 공간에 존재한다는 것 자체만으로도, 같은 공간에서 숨을 쉰다는 것 자체만으로도 소운천은 공포를 전염시키고 있었다.

이제까지 단 한 번도 상상해본 적 없는 엄청난 공포에 서문화영은 자꾸만 신도제원의 등 뒤로 숨게 됐다.

신도제원 역시 서문화영과 같은 압박감을 느끼고 있었다.

한 가지 다른 점이 있다면 신도제원은 자신의 무력을 바탕으로 소운천의 존재감에 대항하고 있다는 것이다. 하지만 그런 그의 얼굴 근육도 끊임없이 미약하게 떨리고 있었다.

'천마!'

신도제원의 표정이 침중해졌다.

칠백 년의 악연을 간직한 두 절대자의 시선이 허공에서 마주쳤다.

한여름의 폭풍 같은 기운을 담고 있는 신도제원의 눈빛과 아무것도 보이지 않는 끝없는 어둠을 간직한 소운천의 시선이 허공에서 마주치면서 불꽃이 튀는 듯했다.

덜덜!

문득 신도제원의 손등이 떨려왔다. 그제야 신도제원은 자신의 손바닥이 땀으로 흥건히 젖어 있단 사실을 깨달았다.

"기다리고 있었습니다. 안으로 드시지요."

먼저 고개를 숙인 이는 신도제원이었다. 십이사조 측 무인들에게 그것은 매우 충격적인 사실이었지만, 마해의 무인들 중 그 누구도 그것을 이상하게 생각하는 사람은 없었다.

소운천은 당연하다는 듯이 신도제원을 지나쳐 구주천가 안으로 들어갔다. 뒤에 남은 신도제원의 얼굴이 굴욕을 못 견뎌 악마 같은 표정으로 변해 있었다.

"으득! 천마."

"대사조님."

서문화영과 관설이 신도제원을 조심스런 표정으로 바라보
았다.

신도제원의 시선은 멀어지는 소운천의 등 뒤에서 떨어질 줄
몰랐다.

'나는 안중에도 없다는 것이냐?'

이미 소운천은 십이사조와 칠백 년 전에 엮인 은원 따위는
잊어 버린 듯하다. 그렇지 않았다면 이렇게 아예 본 척도 하지
않을 수 없었다.

가늘게 경련을 일으키는 신도제원의 어깨.

'두고 보거라. 반드시 너의 그 오만한 얼굴이 절망으로 일
그러지게 만들 테니까. 나는 대사조 신도제원이다.'

그제야 신도제원이 허리를 쭉 폈다.

이미 그의 얼굴은 평소의 표정을 회복하고 있었다.

그가 서문화영과 임관설에게 말했다.

"가자."

신도제원이 소운천이 걸어간 방향으로 걸음을 옮겼다.

제 **3** 장

마인배사(魔人拜賜)

콰아앙!

또다시 회색의 안개 속에서 굉음이 터져 나왔다. 마치 뇌성 벽력이 터져 나오는 것 같았다.

종제영이 미간을 찌푸렸다.

"정말 지치지도 않는 모양이군."

어지간히도 귀가 간지러운 듯, 그가 새끼손가락으로 귀를 후비적거렸다. 사실은 간지럽다기보다는 아픈 것이었지만.

그의 말처럼 벌써 며칠째 회색의 운무 속에서 뇌성이 터져 나오고 있었다. 그 소리가 무엇을 의미하는지 모를 종제영이 아니었다.

겉으로는 태연한 척하고 있었지만, 사실 종제영의 가슴은 그 어느 때보다 심하게 두근거리고 있었다. 그에 반해 섬호의 표정은 너무나 무심해 어떤 생각을 하고 있는지 도저히 알 수 없었다. 하지만 종제영은 섬호 역시 자신만큼 가슴이 뛰고 있을 거라고 짐작했다.

비록 회색의 안개 속에서 벌어지는 일을 두 눈으로 볼 수는 없었지만, 짐작을 할 수는 있었다.

십전제와 멸제.

둘다 제왕의 칭호를 받고 있는 자들이다.

그런 이들이 공전절후의 대결을 벌이고 있었다. 사실은 폭주하는 파멸력을 분출하고 받아주는 것이지만, 그런 것 따위는 아무런 상관이 없었다. 종제영과 같은 인물에게는 두 사람이 힘을 겨루고 있다는 사실이 가장 중요했다.

'아무런 접점도 없던 그들에게 접점이 생겼다. 그것만으로도 충분하다.'

종제영은 그렇게 생각하며 하늘을 올려다봤다.

"음?"

그때였다.

이제까지 석상처럼 아무런 표정 없이 앉아만 있던 섬호가 갑자기 몸을 일으켰다.

"아니, 왜 그러는가?"

종제영이 의아한 얼굴로 물었지만 섬호는 대답하지 않았다.

대신 그의 시선은 전방을 향해 고정되어 있었다. 종제영의 시선이 그를 따라 이동했다.

섬호의 시선이 향한 곳을 보던 종제영의 얼굴이 덩달아 딱딱하게 굳었다.

"저건?".

그들의 시선이 닿은 곳에 누런 먼지가 피어올라 하늘을 뒤덮고 있었다.

꾸욱!

섬호의 손에 힘이 들어갔다. 어느새 그의 손은 소도의 손잡이를 잡고 있었다.

"적인가?"

섬호는 사람을 아군과 적군으로 분류한다. 인근에 아군은 자신들뿐이다. 그렇다면 남은 것은 적뿐. 적이라면 당연히 이곳에 당도하기 전에 제거하는 것이 최선이다. 지금 이곳의 주인은 천우진이니까. 섬호는 상대가 그 어떤 존재라도 천우진의 평안을 방해하는 행위를 용납할 수 없었다.

"잠깐!"

종제영이 금방이라도 뛰어나가려고 하는 섬호의 팔을 붙잡았다. 섬호의 시선이 종제영의 얼굴을 향했다. 설명을 요구하는 것이다.

"잠깐만 기다려보게. 왠지 저 광경이 익숙해서 그러네."

종제영의 시선이 누런 먼지가 피어오르는 곳을 향했다. 허공 가득 먼지를 피워 올리는 존재들이 가까워지고 있었다. 그들이 가까워질수록 종제영의 얼굴에 떠올랐던 경계의 빛이 옅어졌다. 그리고 입가에 떠오르는 한 줄기 웃음.

"그들이군."

"아는 사람들입니까?"

"물론이네."

종제영이 고개를 끄덕였다.

물론 그는 누런 먼지를 피워 올리며 다가오는 이들의 정체를 알고 있었다. 어찌 모를 수가 있겠는가?

"저들은 북풍대라고 하네. 바로 멸제의 군대지."

"으음!"

섬호의 표정이 침중해졌다.

수백 명에 이르는 무인들이 마치 하나의 생명체처럼 유기적으로 움직이고 있었다. 호흡 하나, 마주치는 눈빛 한 번만으로도 서로의 의중을 알 수 있을 정도의 강력한 유대감으로 연결된 존재들. 지영정이 이끄는 흑영대 이후 이 정도의 유대감을 지닌 집단을 보는 것은 처음이었다.

"북풍대라……."

저들이 정말 북풍대라면 자신들의 주인을 찾아 이곳까지 온 것이리라.

섬호가 소도의 손잡이에서 손을 뗐다. 명검처럼 시리게 흩뿌리던 날카로운 기도도 씻은 듯이 사라졌다.

종제영의 예상대로, 누런 먼지를 피워 올리며 나타난 이는 바로 북풍대였다. 삼백 명에 이르던 북풍대는 이백여 명 정도로 줄어 있었다. 고초를 겪은 듯 초췌하기 이를 데 없는 행색이었지만, 눈빛 하나만큼은 형형하기 그지없었다.

북풍대의 선두에 양천의와 검운영이 있었다. 두 사람의 옷은 여기저기가 찢겨나가 얼마나 험한 일을 겪었는지 보여주고 있었다.

사실 그들은 죽을 고비를 넘기고 철군패의 흔적을 찾아 이곳까지 왔다. 살곡(殺谷)의 함정은 그야말로 무시무시했다. 청월단과 혈월단을 대동한 자청과 기무외의 함정은 그야말로 상식 이상의 것이었다. 더구나 그들은 마을사람들을 인질로 잡고 있었다.

북풍대는 그들과 상상을 초월하는 격전을 치렀다. 각종 함정이 발동되는 와중에도 수많은 양민들을 인질로 잡은 채 비열한 수를 쓰는 자청과 기무외에 맞서 양천의와 검운영도 양동작전으로 응했다.

양천의가 정면으로 들어가 적들의 이목을 끌고 있을 때, 검운영이 수하들을 이끌고 절벽 위로 돌아들어가 그들의 배후를 급습했다. 하지만 적들 역시 만반의 준비를 갖추고 있었기에 쉽게 승부를 가리지 못했다.

격전이 진행되면서 희생자가 속출했다. 북풍대라고 예외는 아니었다. 그들은 백병도라는 훌륭한 무공을 익히고 있었지만, 적들의 수가 너무 많았다. 더구나 지형적인 불리함을 안고 있었기에 열세에 처할 수밖에 없었다.

그러나 북풍대는 초인적인 의지와 분노를 자양분 삼아 광기를 발산하며 몰려오는 적들에 맞서 싸웠다.

산처럼 쌓이는 시신들과 강을 이루며 흐르는 선혈. 그 속에서 북풍대는 짐승이 되어 날뛰었다. 어떻게 우여곡절 끝에 사람들을 구출해서 내보내긴 했지만, 대신 그들의 발목이 묶였다. 자청과 기무외는 정말 작심한 듯 북풍대를 극한까지 몰아붙였다.

그 때문에 한때 북풍대는 전멸의 위기에까지 몰렸었다. 하지만 다수의 북풍대원들이 자발적으로 희생을 하면서까지 퇴로를 열었고, 그 결과 북풍대는 기적적으로 위기에서 벗어날 수 있었다.

그렇게 북풍대가 위기에서 벗어나기까지 자발적으로 희생한 북풍대원의 수가 백여 명이 넘었다. 이제까지 단 한 번도 경험해보지 못한 엄청난 희생이었다. 물론 그 대가로 자청과 기무외의 목숨을 빼앗긴 했지만, 죽은 사람들이 다시 살아 돌아올 수는 없는 법이었다.

동료들의 숭고한 희생 덕분에 목숨을 부지한 북풍대가 느끼는 슬픔과 참담함은 이루 말로 표현할 수 없을 정도였다. 하지만 그들은 슬퍼할 겨를도 없이 대주인 철군패를 찾아 나섰다.

신도제원과 철군패가 격돌한 흔적은 있는데, 어디서도 철군패의 모습은 보이지 않았다. 그들은 바로 철군패의 흔적을 추적하기 시작했다. 그리고 마침내 이곳까지 찾아왔다.

종제영과 섬호를 바라보는 북풍대의 눈빛에 살기가 감돌았다. 그도 그럴 것이, 그들은 종제영과 직접 만난 적이 없기 때문이었다.

종제영은 일이 커지기 전에 나서야 한다는 사실을 직감했다.

"자네들이 북풍대군."

"우리를 아십니까?"

대답을 하는 검운영의 음성에 가시가 돋쳐 있었다. 그에 종제영이 급히 대답했다.

"물론일세. 나는 그에게서 자네들에 대한 이야기를 들은 적이 있다네."

"그라면?"

"멸제. 본인에게서 들었네."

"역시 군패는 이 근처에 있는 겁니까?"

"그렇다네."

"존성대명이 어찌 되십니까?"

"노부는 무영신투라는 허명을 얻고 있는 종제영이라네. 멸제와는 천산에서 인연을 맺었지."

"종 대협이십니까? 실례했습니다."

그제야 검운영이 살기를 누그러트리며 정중하게 포권을 취했다. 그 역시 철군패에게 종제영에 대한 이야기를 들은 적이 있었던 것이다.

종제영 역시 포권을 취하며 말을 이었다.

"만나서 반갑네. 더 좋은 상황에서 만났으면 좋았을 것을."

"군패에게 무슨 일이 있습니까?"

"그는 저 안에 있네."

종제영이 손가락으로 거대한 회색 운무를 가리켰다. 마치 살아 있는 생명체처럼 꿈틀거리며 요동치는 회색 운무를 바라보는 북풍대의 얼굴에 놀람의 빛이 떠올랐다.

이제껏 수많은 경험을 하고 사선을 헤쳐 나온 그였지만, 단 한 번도 이런 종류의 안개가 있다는 이야기를 들어본 적이 없었다.

"이 안에 군패가 있다는 말입니까?"

"그렇다네."

"그가 왜?"

"사정을 이야기하자면 길다네. 이곳까지 오느라 힘이 들었을 텐데 말들에서 내려 좀 쉬게나. 내 자세한 이야기를 해줄 테니."

검운영이 양천의를 바라봤다. 그러자 양천의가 고개를 끄덕였다.

검운영이 외쳤다.

"전원 휴식한다."

그의 명령이 떨어지고 나서야 북풍대가 하나둘 말에서 내렸다. 말에서 내린 검운영과 양천의가 종제영에게 다가왔다. 그러자 종제영이 바로 곁에 있는 섬호를 소개했다.

"이 사람은 섬호라고 하네. 천하에서 가장 무서운 살수지."

그의 소개에 검운영과 양천의가 언뜻 놀란 표정을 지었다.

섬호라는 이름에 놀란 것이 아니라 종제영이 그를 소개하기 전까지 섬호라는 존재를 의식조차 못했기 때문이다. 그것은 매우 놀라운 일이었다. 검운영과 양천의와 같은 이들이 바로 앞에 있는 자를 인지조차 하지 못하다니. 이제까지 단 한 번도 경험해보지 못한 일이었다.

'분명 눈앞에 있으면서도 인지하지 못하게 하는 능력이라니. 종 대협의 말처럼 그는 천하에서 가장 무서운 살수일지도 모르겠구나.'

그런 두 사람의 마음을 읽었는지 종제영이 친근한 미소를 지으며 말했다.

"모두가 같은 편이니 경계할 필요가 없네. 우리는 이제부터 할 이야기가 꽤나 많을 것 같네."

종제영 주위로 사람들이 몰려들었다.

*   *   *

쿠우우!

철군패의 몸 주위로 시커먼 기운이 일렁였다. 온몸으로 분출되는 파멸력이었다. 이제 그의 파멸력은 안정기로 접어들고 있었다. 분출하는 파괴력은 여전했지만, 이전처럼 불안하거나 위태로워 보이지 않았다.

어딘지 모르게 정련되고 안정된 느낌. 덩달아 철군패의 표정도 한결 편안해 보였다.

시야와 머리를 가리고 있던 검은 안개가 가시고, 개안하는 느낌에 철군패는 크게 숨을 내쉬었다.

"애송이, 이제 정신이 드나?"

그 순간 들려오는 조소가 담긴 목소리.

철군패의 철안이 목소리가 들려오는 방향을 향했다.

그곳에 그가 있었다.

세상의 모든 어둠을 떠안은 듯 한없이 어둡게만 보이는 사내, 천우진이.

"당신은?"

"내 이름은 천우진이다, 애송이."

"천우진? 진짜 십전제?"

"훗! 나를 아는 모양이군. 설령 그렇다고 해도 꼴사납군. 덩치는 곰 같이 큰 녀석이 겨우 그 정도 사인(邪人)의 술수에 말려들어서 자멸의 길을 걸으려 하다니."

천우진의 조소에 철군패가 얼굴을 붉혔다. 허나 그것도 잠시, 이내 그의 시선이 다시 천우진을 향했다.

두근!

심장이 거세게 뛰고 있었다.

십전제.

진짜 십전제다.

이십 년 전 난세를 평정한 뒤 쌍둥이 동생에게 모든 것을 물려주고 영원히 어둠 속으로 모습을 감춘 사내가 그의 눈앞에 있었다.

어린 시절 철군패의 심장을 거세게 뛰게 만들었던 그 사내가 말이다. 아무리 억제하려 해도 심장은 이십 년 전 그때와 마찬가지로 미친 듯이 고동치고 있었다.

이미 전설과 신화가 된 사내, 천우진. 단지 그를 보는 것만으로도 온몸에 전율이 일었다.

"부끄러운 줄 알아라. 일영(一影)의 진전을 이었으면서 겨우 십이사조 같은 자에게 고전을 하다니."

"그건……."

"변명은 패배자들이나 하는 것. 변명을 하려거든 스스로에게나 하거라. 겨우 네놈의 변명을 듣고자 이곳까지 온 것이 아니니까."

천우진은 무섭도록 오만했다. 철군패도 오만하다는 이야기를 많이 들었지만, 천우진에 비할 바는 아니었다.

"억울한가? 그렇다면 스스로를 원망하라, 애송이. 지금 네놈의 모습을 일영이 본다면 지옥에서 땅을 치고 한탄할 것이다. 자신의 후인이 겨우 이 정도의 그릇에 불과했다면서 피눈물을 흘릴 것이다. 네놈은 어설프다. 너무 어설퍼서 꼴불견일 정도다."

"나는……."

"말했지? 변명 따위는 필요 없다고."

천우진이 철군패를 조소했다. 그에 철군패의 얼굴이 일그러졌다. 그의 굵은 팔뚝위로 힘줄이 지렁이처럼 툭툭 불거져 나오면서 파멸력이 요동쳤다.

"후후! 분한가? 그래, 분해야지. 약자란 본래 그런 거니까."

"나는 약자가 아니오."

"하지만 진정으로 강한 것도 아니지. 네놈은 파멸력이란 명검을 가지고 있으면서도 제대로 활용을 할 줄 모르는 곰 같은 녀석일 뿐이다. 천마를 죽일 수 있는 무기를 갖고 있으면서도 어설픈 강함에 취해 겨우 대사조 따위에게 고전을 하다니. 겨우 그 정도냐? 일영이 겨우 그 정도의 무공밖에 전수해주지 않았단 말이냐?"

"닥치시오!"

쿠우우!

철군패의 외침에 회색 운무가 크게 일렁였다. 하지만 천우진은 눈 하나 깜빡이지 않았다.

"꼴에 자존심은 있는 모양이군. 애송이, 억울한가? 그렇다면 덤벼. 진짜 무공이란 게 무엇인지 가르쳐주지."

천우진이 철군패를 향해 손가락을 까닥거렸다. 그에 철군패의 눈빛이 더욱 침중해졌다.

천우진은 분명 철군패를 도발하고 있었다.

천우진은 마인이었다.

천마 소운천과 같은 길을 걷는 마인. 단지 다른 것이 하나 있다면 소운천이 세상을 향한 증오를 불태우는 데 반해 천우진은 세상을 조소하고 있다는 것뿐이다. 그 어느 쪽이든 철저하게 뒤틀린 것은 분명했다.

철군패는 천우진의 도발에 넘어가주기로 했다. 어릴 적에 우상으로 삼은 사람일지라도, 이젠 넘어야 할 대상이었으니까.

지난 며칠간 천우진과 겨루기는 했지만, 그때는 이성이 없는 상태였다. 그저 본능에 의지해 천우진에게 무차별적으로 파멸력을 발산했을 뿐이었다.

그러나 지금은 달랐다. 그는 냉정을 되찾았고, 제어가 되지 않던 파멸력도 안정을 찾은 데다 오히려 더욱 진일보했다. 지금이라면 천우진과 맞서 싸울 수도 있을 듯싶었다.

언젠가는 넘어야 하는 산.

자신과 마찬가지로 칠백 년 전의 유산을 이어받은 남자.

철군패는 천우진을 향해 거대한 주먹을 날렸다.

쿠콰콰!

파멸력이 해일처럼 천우진을 향해 밀려갔다. 하지만 파멸력을 보면서도 천우진은 눈썹 하나 까닥하지 않았다.

"말했잖아. 겨우 이 정도라면 곤란하다고. 아무리 소 잡는 칼을 갖고 있으면 뭘 하는가? 제대로 사용할 줄을 모르는데."

동시에 천우진이 손을 휘둘렀다. 그러자 칠흑처럼 시커먼 어둠이 일어나 철군패의 파멸력에 부딪쳤다.

쩌엉!

마치 유리가 깨어지는 듯한 소리와 함께 공간이 흔들리더니 철군패의 파멸력이 눈 녹듯 사라졌다.

"이건?"

철군패의 눈동자가 흔들렸다.

본능적으로 알 수 있었다. 천우진이 자신과 같은 힘으로 무공을 펼쳤다는 사실을. 그런데도 자신의 파멸력은 아침 햇살에 노출된 안개처럼 사라졌고, 천우진의 어둠은 멀쩡했다.

"운용의 차이란 말인가?"

"그렇다, 애송이."

천우진이 철군패를 조소했다. 그의 뒤틀린 미소가, 내려다보는 눈빛이 철군패를 자극했다.

철군패가 다시 천우진을 향해 달려들었다. 허리가 활처럼 휘어지는가 싶더니 일격포가 폭발했다. 이제까지 수많은 적들을 무참히 쓰러트렸던 일격포였다. 하지만 천우진은 별로 힘을 들이지 않고도 일격포를 소멸시켰다.

"겨우 이 정도냐? 젖 먹던 힘까지 모조리 끌어내봐."

쿠우우!

철군패는 정말로 파멸력을 모조리 끌어올렸다. 이 세상에 존재하지 않는 힘, 존재하는 모든 물질에 상극인 힘, 그런 파멸력이 천우진을 향해 해일처럼 밀려갔다.

쿠와앙!

회색 안개가 미친 듯이 요동쳤다.

"으음!"

종제영의 안색이 침중해졌다.

이전과는 차원이 다른 존재감이 회색 안개 안에서 느껴졌다. 북풍대도 종제영과 같은 기운을 느꼈다.

"군패야."

양천의가 벌떡 일어섰다.

그의 눈이 살기로 번들거리고 있었다.

회색의 운무 안에서 느껴지는 기운은 분명 철군패의 파멸력이었다. 철군패가 파멸력을 펼친다는 것은 적과 싸울 때뿐이었다. 더구나 이렇듯 파멸력을 전력으로 발휘하다니. 양천의가 알기로 철군패는 그 어떤 생사대적과 맞서 싸우더라도 이렇게 혼신의 힘을 다하지 않았다. 이것은 그가 위기에 처했음을 뜻했다.

양천의가 당장이라도 회색의 안개 속으로 뛰어들 것 같았다. 종제영이 그런 양천의를 막아서며 만류했다.

"아서게."

"비키시오. 안에 군패가 있단 말이오."

"말하지 않았는가? 회색 안개 속에는 누구도 들어갈 수 없다고."

"비키시오. 군패는 내 친구요. 내 친구가 위기에 처했는데 가만있으란 말이오?"

"그는 위기에 천한 것이 아니네. 오히려 일생일대의 기회를 맞고 있는 것이지."

"무슨 말이오?"

"믿고 기다리게. 천우진, 그는 결코 아무 생각 없이 이런 일을 벌이는 이가 아니니까."

종제영의 시선이 회색의 안개를 향했다.

그는 천우진을 믿었다.

그가 아는 천우진은 집요하면서도 치밀했다. 언뜻 무모하고 즉흥적으로 보이는 행동 역시 모두 계산을 끝마친 후에 하는 것이다. 괜히 그를 십전제라고 부르는 것이 아니다.

그가 이와 같은 행동을 한다면 반드시 이유가 있을 것이다.

"형님, 종 대협을 믿읍시다. 군패 형님은 종 대협이 믿을 만한 사람이라고 이야기했었습니다."

검운영이 양천의를 진정시켰다.

종제영이 천우진을 믿는 것처럼, 검운영은 철군패를 믿었다. 철군패는 이제껏 단 한 번도 그에게 실망을 준 적이 없었으니까.

검운영의 침착한 말에 양천의가 성질을 누그러트렸다. 그가 힘없이 고개를 끄덕였다.

"알겠다."

양천의가 진정했다.

쿠와앙!

다시금 회색 안개 속에서 굉음이 울려 퍼졌다.

그 후로도 회색 안개 속에서는 쉴 새 없이 굉음이 터져 나왔다.

처음 삼 일은 마치 뇌성벽력이 치는 것처럼 터져 나왔고, 다음 삼 일 동안 그 모든 소리가 점차 잦아들었다. 그리고 다시 삼 일 동안은 마치 예리하게 벼린 칼날이 바람을 가르는 것처럼 소리가 날카로워졌고, 다시 삼 일이 지난 후에는 그 어떤 소리도 들리지 않게 되었다.

그렇게 시간은 흘러갔다.

그동안 북풍대와 종제영, 그리고 섬호는 무척이나 가까워졌다.

*   *   *

철군패가 주먹을 뻗었다.

당연히 파멸력도 함께 일어났다. 그런데 철군패가 주먹을 펼치는 방식이 예전과는 달랐다. 활처럼 휘는 등줄기나 폭발적인 박력은 예전과 다름없었지만, 동작이 놀라울 정도로 간결해져 있었다.

쩡!

폭음도 예전처럼 크게 울리지 않았다. 그러나 어딘지 모르게 단단하게 응축된 느낌이었다.

실제로 천우진이 느끼는 충격은 예전과 확연히 달랐다. 예전의 철군패의 공격이 그냥 크게 뭉뚱그려서 힘으로 밀어붙인 것이었다면 지금은 단단하게 응축되어 무게감이나 폭발력에서 확연한 차이를 보였다.

더구나 주먹을 뻗으면서 살짝 비틀리는 손목, 그러자 파멸력이 나선형으로 꼬여서 밀려왔다. 마치 송곳이 빙글빙글 돌면서 날아오는 느낌이다.

그에 맞서 천우진도 십야마정기를 펼쳤다. 열 개의 어둠이 철군패의 파멸력을 분쇄시켰다. 하지만 철군패도 이전처럼 순순히 당하고 있지만은 않았다.

일격포에 이어 천중벽을 이용한 온몸 공격이 펼쳐졌다. 철군패와 같은 거구가 자신의 덩치와 몸무게를 한껏 이용하는 공격이었다. 당연히 평범할 리 없었다.

콰앙!

천우진이 손을 들어 철군패의 어깨를 막았다. 천우진의 손목이 약간 뒤틀리며 몸이 주르륵 뒤로 밀려나갔다. 그가 밀려나간 자리에 길게 고랑이 패여 있었다. 하지만 결국 천우진은 철군패의 가공할 몸통 공격을 막아냈다.

이어 천우진의 반격이 이어졌다. 혈야(血夜)와 함께 광야(狂夜)의 마조(魔爪)가 동시에 펼쳐졌다.

찌이익!

공간이 천우진의 손톱에 찢겨나갔다. 철군패라고 예외는 아니었다. 그의 어깨에 기다란 상처가 생겨났다. 하지만 철군패는 당황하지 않았다. 이미 지난 시간 동안 충분히 경험해보았기 때문이다.

천우진은 천성이 어둠이었다. 그는 약간의 허점만으로도 자신의 어둠을 감염시켰다.

어둠은 그의 영역.

바꿔 말하면 이곳이 그의 영역이다.

그의 영역에서 싸우기 위해서는 철군패도 각오를 다지지 않을 수 없었다. 그리고 이 정도의 상처쯤은 너무나 익숙한 일이었다.

천우진은 철군패를 단련시키고 있었다. 자신과 같이 어둠에 물든 자와 싸우기에 가장 적합한 형태로 철군패를 단련시키고 있었다. 물론 철군패도 그 사실을 알고 있었다.

천우진과 싸우는 동안, 철군패는 자신을 철벽처럼 막아서던 벽을 몇 번이나 넘어섰다. 분명 싸우는 동안 깨달음을 얻어 벽을 넘는 일이 무인들 사이에서 종종 일어나는 일이었지만, 이렇듯 몇 번이나 벽을 뛰어넘게 할 수 있는 이는 없었다. 최소한 철군패가 아는 상식으로는 그랬다.

그러나 천우진은 불가능을 가능케 했다. 그의 의지가, 그의 권능이 불가능을 가능으로 만든 것이다.

이젠 철군패도 천우진에게 승복하고 있었다. 하지만 승복한다는 것과 도전한다는 것은 별개의 문제였다. 그에게 천우진은 넘어야 할 벽이었다. 우상이자 벽을 뛰어넘기 위해 철군패는 혼신의 힘을 다했다. 그 과정에서 철군패는 자신의 파멸력을 더욱 다듬고 완벽하게 만들어나갔다.

그야말로 파격이라고 부를 수밖에 없는 극단적인 진보였다.

철군패의 파형권은 더욱 예리해지고 날카로워졌다. 그리고 더욱 폭발적인 파괴력을 갖게 되었다. 그런 파형권을 이용해 철군패는 천우진을 압박했다.

이젠 천우진도 이전처럼 쉽게 철군패를 상대할 수 없었다. 그 역시 잠시라도 방심하면 당할 수 있을 정도로 철군패는 무섭게 성장해 있었다.

철군패를 상대하는 천우진의 몸에서 열 개의 어둠이 연이어 펼쳐졌다. 그가 열 개의 어둠을 거의 동시에 사용하는 것은 실로 이십 년 만의 일이었다.

천우진의 입가에 한 줄기 미소가 어렸다.

비록 당돌하기는 하지만, 철군패는 자신의 눈앞에서 무서운 속도로 성장하고 있었다. 그제야 그는 왜 일영과 전대의 천하

제일인이었던 관철악이 철군패를 후계자로 삼았는지 이유를
알 수 있었다.

"좋다."

천우진의 어둠이 폭발적으로 확장되는가 싶더니 이내 갑옷
형상이 되었다. 이십 년 만에 펼쳐지는 십야마정갑(十夜魔淨
鉀)이었다.

이것이 천우진의 마지막 시험이었다.

마지막 시험을 통과한다면 철군패는 소운천과 상대할 자격
을 획득하는 것이고, 그렇지 못한다면 이 자리에서 죽을 수밖
에 없었다. 만일 철군패가 죽는다면 천우진이 다시 소운천을
상대할 것이다. 설령 죽이지 못하고 봉인에 그친다고 할지라
도 말이다.

천우진의 십야마정갑에 맞서 철군패가 천공패를 펼쳤다. 그
역시 이것이 마지막 시험이라는 사실을 인지하고 있었다.

철군패는 목숨을 걸었다.

쩌어엉!

공간이 충격으로 뒤틀렸다.

마인배사(魔人拜賜) 93

제 **4** 장

천마음모(天魔陰謀)

　소운천은 천원각(天元閣)에 앉아 있었다.

　예전 천우경의 거처가 바로 천원각이었다. 천우경의 거처에
서 그는 승자의 권리를 누리고 있는 것이다.

　태사의에 앉은 소운천의 앞에는 마해의 해주들, 그리고 낙
일사주인 사도광천이 무릎을 꿇고 있었다. 소운천의 곁에는
늙은 금청사가 조심스럽게 서 있었다.

　구주천가를 병탄했음에도 불구하고 소운천의 표정에는 별
반 변화가 없었다. 구주천가를 병탄하는 것은 그의 최종 목표
가 아니었다. 단지 그가 원하는 곳으로 가는 중간 과정에 불과
할 뿐이었다.

잠시 그의 목표가 흔들렸던 적도 있었다. 마음의 갈등도 한 적이 있었다. 하지만 이제 그는 마음을 굳혔다. 바로 눈앞에서 죽은 해여령의 죽음이 그 시발점이었다.

이제 그는 결코 자신의 결정을 후회하지도 않을 것이고, 철회하지도 않을 것이다.

해여령의 죽음은 그의 가슴에 마지막까지 남아 있던 인간적인 부분을 완전히 사라지게 만들었다.

소운천은 더 이상 자신이 인간이라고 생각하지 않았다.

"사도광천."

"하명하시옵소서, 지존이시여."

"대계를 진행하라."

"지존이시여, 한 번만 더 재고해주시면 안 되겠습니까?"

"사도광천."

"예!"

"나는 같은 말을 두 번 하지 않는다."

"아, 알겠습니다."

사도광천이 고개를 깊이 숙였다.

그의 어깨가 잔경련을 일으키고 있었다. 그 역시 마해에서 평생을 지낸 마인이었다. 소운천의 수족과도 같은 그가 다시 한 번 재고를 요청했을 정도로 소운천의 계획은 실로 엄청난 것이었다.

대계를 대략적으로나마 알고 있는 세 명의 해주들도 몸을 떨었을 정도였다. 그나마 평온을 유지하고 있는 이는 금청사뿐이었다. 하지만 그런 금청사도 속으로는 많은 걱정을 하고 있었다.

'주군께서 결국……'

그나마 소운천을 제어할 가능성이 있던 이가 해여령이었다. 하지만 해여령은 바보 같은 그녀의 사부 때문에 자결을 했다. 이제 더 이상 소운천을 제어할 수 있는 존재는 없었다.

금청사가 눈을 감았다.

하지만 그는 갈등하지 않았다. 애당초 마해의 모든 것은 소운천으로부터 시작됐다. 그러니까 소운천이 어떤 결정을 내리든 따라갈 수밖에 없었다.

'어차피 마해는 지존과 운명 공동체. 지존의 운명이 곧 마해의 운명이리라.'

금청사는 그렇게 생각하며 마음을 다잡았다.

소운천이 금청사에게 물었다.

"그녀의 시신은?"

"심혈을 기울여 보존하고 있습니다."

"최대한의 예를 갖춰 장례를 치르도록."

"마지막으로 얼굴을 보지 않으셔도 되겠습니까?"

"이미 내 마음에 담아 놨다."

"알겠습니다."

금청사가 깊숙이 고개를 숙이며 대답했다. 소운천의 담담한 대답에도 왠지 가슴이 찢어지는 것 같은 아픔이 느껴졌다.

"모두 나가보도록."

"알겠습니다."

"그럼!"

소운천의 말에 금청사와 세 명의 해주, 사도광천이 조용히 물러났다.

혼자 남은 소운천이 천원각의 창문을 열고 밖을 내다보았다.

이제는 주인이 바뀐 구주천가가 그의 눈에 들어왔다.

구주천가를 바라보는 소운천의 눈빛에는 변화가 없었다. 그저 무심할 뿐이었다.

천원각을 나온 사도광천은 금청사와 함께 어깨를 나란히 하고 걸음을 옮겼다.

한참 후 사도광천이 무거운 표정으로 입을 열었다.

"마음이 무겁군요."

"자네도 그럴 때가 있는가?"

"저 역시 인간입니다."

"그렇지. 자네도 인간이었지. 나도 그렇고……."

금청사가 말끝을 흐렸다.

그는 사도광천의 마음을 짐작하고 있었다. 어찌 그렇지 않을 것인가? 자신의 마음 역시 납덩이를 얹어놓은 것처럼 무거운데.

"힘내게."

"전혀 도움이 되지 않는군요."

"그런가? 하긴 나도 그런데."

오늘 벌써 두 번째 쓰는 말투였다. 평소의 금청사라면 절대로 쓰지 않을 말이다. 그만큼 금청사의 마음 역시 심란하다는 뜻이었다.

"저는 어떻게 해야 합니까?"

"지존의 뜻대로 하시게."

"하지만 그렇게 하면 어떻게 될지 너무나 잘 알고 계시지 않습니까?"

"나는 지존을 믿네."

"하지만……"

"자네와 나는 그분의 피조물이나 마찬가질세. 그분의 진심이 어떤지는 아무도 알 수 없고, 감히 헤아릴 수조차 없다네. 그저 믿고 따라가다 보면 우리 역시 해답을 알게 될 것일세. 나는 이번에도 그러면 된다고 믿고 있네."

"알겠습니다. 노야께서 그러시다면야."

그제야 사도광천은 결심을 굳힌 듯했다.

"허허! 자네가 지옥에 들어간다면 그 앞에 내가 먼저 걸어가고 있을 걸세."

"그건 조금 위안이 되는군요."

"그런가?"

금청사가 웃었다. 하지만 그의 웃음은 어딘지 모르게 쓸쓸해 보였다. 그것은 사도광천 역시 마찬가지였다.

사도광천이 금청사에게 고개를 숙여 보였다.

"그럼 저는 이만 물러가겠습니다."

"가보시게."

사도광천이 물러갔다.

금청사는 고개를 들어 천원각의 창문을 바라봤다. 그곳에 소운천의 그림자가 보였다.

"지존이시여……."

그날, 마해에서 천하 각지로 비밀리에 무인들이 출발했다.

*　　　*　　　*

천문산, 옛 등천문이 있던 자리.

이제는 폐허가 되어버린 그곳에는 옛 주인은 온데간데없고, 새로운 주인들이 그 자리를 차지하고 있었다. 바로 천하를 떠돌던 낭인들이 혈란을 피해 천문산으로 들어왔고, 등천문의 옛터에 자리를 잡은 것이다.

구주천가의 패퇴와 마해의 승리는 천하에 많은 변화를 가져왔다. 그중에서도 가장 큰 변화는 바로 마도와 사파의 득세였다. 이제까지 구주천가의 그늘 밑에서 감히 숨도 크게 쉬지 못하던 그들이 거리를 거침없이 활보하기 시작한 것이다.

마도와 사파가 득세하면서 낭인들처럼 세를 이루지 않은 무인들은 궁지에 몰렸다. 개중에 몇몇은 마도와 사파에 흡수되었고, 이도 저도 아닌 자들은 번잡한 곳을 떠나 이렇게 한가한 곳으로 흘러들어왔다.

낭인들에게 옛 등천문의 터전은 무척이나 매력적인 곳이었다. 이미 망해 폐허가 되었지만, 아직도 인근에는 등천문을 잊지 못하는 사람들이 많이 있었다. 그들의 마음을 얻을 수만 있다면 먼 훗날 이곳에 새로운 문파를 여는 것도 그리 어려운 일은 아닐 것이다.

천문산에 들어온 낭인들의 우두머리는 홍염살객(紅炎殺客) 이진문이었다.

이진문은 낭인으로 천하를 떠돌면서 위명을 얻은 자로, 특히 검을 펼칠 때마다 일어나는 붉은 검기가 인상적인 남자였다. 마치 불꽃처럼 타오르는 홍염의 검기는 살기가 무척이나 짙었고, 그 때문에 얻은 별호도 홍염살객이었다.

홍염살객 이진문은 이곳에 모인 낭인들의 정신적인 지주나 마찬가지였다. 이곳에 모인 낭인들 중 상당수는 그를 우상으로 여기고 있기 때문이다.

"마해의 혈란이 어느 정도 가라앉고 나면 이곳에 문파를 여는 것도 그리 나쁘지는 않을 것이다. 누가 뭐래도 이곳 천문산은 중원을 대표하는 영산이니까."

구주천가를 짓밟고 천하를 장악한 마해는 이미 천하에 산재해 있는 전통적인 문파를 탄압하기 시작했다. 지금은 어찌어찌 겨우 버티고 있지만, 전통의 명문이 몰락하는 것도 시간문제에 불과했다.

기존에 존재하던 명문정파가 무너진다면 이진문과 같은 신흥 강자들에게도 기회가 열린다. 어떻게 본다면 마해의 등장은 기존의 단단했던 질서를 송두리째 무너트리며 이진문과 같은 자들에게도 비상할 수 있는 기회를 주는 축복이나 마찬가지였다.

이진문이 낭인들에게 말했다.

"당분간은 이곳에서 숨죽이고 살자. 제아무리 마해가 대단하다 할지라도 시간이 조금 흐르면 천하에 대한 장악력도 느슨해질 것이고, 그렇게 되면 우리에게도 문파를 세울 기회가 올 것이다."

"예, 형님! 그냥 죽치고 앉아서 시간을 보내는 것은 저희의 특기잖습니까?"

"걱정하지 마십쇼. 계집이 없는 것이 조금 아쉽기는 하지만 그것도 다섯 손가락을 열심히 놀리면 다 해결되지 않겠습니까?"

"크하하!"

이진문의 말에 음담패설이 돌아왔다.

본래 사내들이 한자리에 모이면 하는 말의 대부분이 음담패설이었다. 누군가 음담패설을 꺼내자 그것을 시작으로 곧 침을 튀기며 자신들이 겪은 경험담을 털어놓기 시작했다.

장내의 분위기는 금세 후끈하게 달아올랐다. 비록 계집은 없다고 하지만 비축해놓은 술은 많았다. 어젯밤에 그랬던 것처럼, 오늘도 술을 진탕 마시고 재밌게 보내면 될 일이었다.

낭인들의 와자지껄한 웃음소리가 옛 등천문의 터전에 울려 퍼졌다. 이진문도 낭인들과 어울려 음담패설을 하며 술을 양껏 마셨다. 그렇게 얼마나 마셨을까? 이진문 역시 걸쭉하게 취해서 비틀거릴 정도가 되었다.

방광이 극도록 팽창되어 요의가 느껴졌다. 이진문은 비틀거리는 걸음으로 밖으로 나왔다. 그가 향한 곳은 과거 등천문의 대연무장이었던 곳이었다.

그가 바지춤을 풀고 대연무장의 한가운데에 오줌을 싸기 시작했다. 마치 꼭지가 부서진 것처럼 오줌이 콸콸 쏟아져 나왔다.

이진문이 오줌을 싸며 외쳤다.

"크하하! 좋구나. 이 이진문, 머지않아 일문(一門)을 세울 것이다. 조금만 더 기다리거라, 천하여. 나라고 천마처럼 되지 말라는 법은 없을 테니."

그렇게 호연지기를 발산한 후 이진문이 바지춤을 추슬렀다. 고개를 숙이고 바지 끈을 동여매던 그의 눈이 빛났다.

"응?"

그가 오줌을 싼 바닥에 흙이 씻겨나가고 무언가 반짝이는 물건이 보였다. 그는 자신이 취해 헛것을 보는 줄 알고 눈을 비볐다. 하지만 눈을 비비고 다시 봐도 분명 무언가 흙 속에서 빛나고 있었다.

"이게 뭐지?"

"여기서 뭐하십니까?"

그때 등 뒤에서 다른 낭인의 목소리가 들려왔다. 그 역시 이진문처럼 오줌을 누러 나온 것이다.

이진문이 바닥을 가리키며 말했다.

"이것 좀 봐라. 이곳에 뭐가 있다."

"뭐가 말입니까?"

낭인이 이진문이 가리킨 곳을 바라보았다. 그의 눈에도 빛나는 물건이 보였다.

"어라? 이게 뭡니까?"

"내가 그걸 알면 너에게 묻겠냐?"

"이게 뭐지? 혹시 등천문이 멸문당하기 전에 숨겨놓은 보물이 아닙니까?"

"보물?"

이진문의 눈이 빛났다.

낭인의 말은 일견 허황되게 느껴질 수도 있었지만, 가능성도 있는 이야기였다. 등천문이 멸문당했다는 소식은 널리 알려졌지만, 그들의 재산이 어떻게 되었는지는 알려지지 않았기 때문이다. 어쩌면 그들은 멸문당하기 전에 모든 재산을 이렇게 숨겨두었을 수도 있었다.

이진문은 정신이 번쩍 드는 기분이었다.

그가 급히 명령을 내렸다.

"안에 술 마시고 있는 새끼들 모조리 나와서 땅을 파라고 그래."

"땅을요?"

"그래, 새끼야. 만일 이게 정말 등천문이 남긴 보물이라면 우리는 땡잡은 거야. 이 보물을 밑천으로 문파를 세운다면 누가 우리를 막을 수 있을 거야. 일부는 마해에 뇌물로 보내고, 나머지를 자금으로 쓴다면 우리도 번듯한 문파를 세울 수 있어."

"아, 알겠습니다."

낭인이 급히 다른 낭인들을 부르러 갔다.

곧 다른 낭인들이 우르르 몰려나왔다. 대부분이 취기에 비틀거리고 있었지만, 그래도 보물이 묻혀 있을지 모른다는 말에 눈을 번뜩이고 있었다.

이진문이 바닥을 가리키며 말했다.

"여기다. 여기를 파라."

"네!"

곧 낭인들이 삽과 곡괭이를 들고 바닥을 파기 시작했다. 바닥을 파기 시작한 지 얼마 되지 않아 곧 '텅' 하는 소리가 들렸다.

낭인들은 삽과 곡괭이를 버리고 흙을 쓸어내기 시작했다. 그렇게 해서 드러난 것은 매끈하게 처리된 금속의 표면이었다.

"이게 뭐지?"

이진문과 낭인들의 얼굴에 의혹의 빛이 떠올랐다.

그들은 단 한 번도 이런 물체가 있다는 이야기를 들어본 적이 없었다. 매끈한 금속은 어른이 양팔을 펼친 것만큼이나 크고 둥글었는데, 표면에는 아주 조그만 글씨가 깨알처럼 음각되어 있었다. 이진문과 낭인들이 글을 읽어보려 했지만 그들이 알지 못하는 문자였다.

"도대체 이게 뭐야?"

보물을 기대했던 그들의 얼굴에 실망의 빛이 나타났다. 그들이 원하는 것은 황금이었지, 이렇듯 잘 정련된 금속원반 따위가 아니었다.

"젠장! 헛수고 했잖아."

"그래도 혹시 모르니 끝까지 파봐. 이게 보물일지 누가 알아?"

그래서 그들은 다시 땅을 파기 시작했다. 하지만 원반은 겉으로 드러난 모습이 다가 아니었다. 마치 거대한 원기둥처럼 땅속에 깊숙이 뿌리를 박고 있었다.

상황이 이렇게 되자 이진문은 자신들이 무언가 심상치 않은 일에 연루되었음을 느꼈다.

등천문은 마해에 의해서 멸문을 당했다. 그리고 이곳에 있던 마해의 무인들은 다시 멸제와 그의 군대에 의해서 전멸당했다. 그 과정에서 등천문은 폐허가 되었다. 하지만 소문 어디서도 이와 같은 원기둥이 있었다는 이야기는 없었다.

"그렇다는 것은 등천문, 혹은 마해가 미리 묻어놨다는 것인데. 등천문이 자신들의 대연무장에 이런 해괴한 물건을 묻어놨을 리는 없고, 그렇다면 마해인가?"

마해를 떠올리자 온몸의 모골이 송연해지는 느낌이었다.

그가 급히 소리쳤다.

"야, 이 새끼들아. 멈춰."

"그게 무슨 말입니까?"

"땅 파는 것 멈추고 저것 다시 묻어놔."

"형님, 도대체 무슨 말씀을 하시는 겁니까? 애써 파놨는데 다시 묻으라니."

"이것, 마해의 물건이야."

"네?"

그래도 영문을 몰라 눈만 꿈뻑거리는 낭인에게 이진문이 분통을 터트렸다.

"이거 마해에서 묻어둔 거라고. 씨발, 좆됐다. 빨리 그거 묻고 여길 빠져나가자. 잘못하면 여기서 비명횡사할지도 모르니까.”

“네? 네! 알겠습니다.”

그제야 다른 낭인들도 사안의 심각성을 인지했다. 그들은 급히 허둥지둥 원기둥을 다시 파묻으려 했다.

츠으으!

그때였다.

갑자기 등 뒤에서 살기가 느껴졌다.

시리도록 차가운 살기를 느낀 순간, 이진문이 마른침을 삼켰다.

“씨팔!”

그가 욕설을 내뱉으며 조심스럽게 뒤를 돌아봤다. 그러자 어느새 자신들을 둘러싸고 있는 수십 명의 무인들이 보였다. 마치 얼음장처럼 차가운 살기를 느끼는 순간 이진문은 그들이 마해의 무인임을 직감했다.

“좆됐다.”

그가 이를 악물었다.

그의 짐작대로 낭인들을 포위하고 있는 무인들은 바로 마해에서 온 자들이었다.

그들은 이진문과 낭인들을 보며 살기를 발산하고 있었다. 그 모습에 이진문이 어색하게 웃었다.

“하하! 뭔가 오해가 있는 것 같은데…….”

“…….”

그러나 이진문과 낭인들을 포위한 마해의 무인들은 전혀 대답이 없었다. 어쩌면 철저하게 그들을 무시하는 것인지도 몰랐다. 이진문은 제발 그랬으면 좋겠다고 생각했다. 그렇다면 차라리 살 가능성이 일할이라도 있을 테니까.

스륵!

그러나 그런 이진문의 기대를 배반하고 마해의 무인들이 움직였다. 비록 말없이 움직였지만, 그들의 몸에서 발산되는 살기가 의도를 설명해주고 있었다.

쉬악!

날카로운 검기와 도기가 이진문과 낭인들을 향해 쏟아졌다. 그 모습에 대경한 이진문이 소리쳤다.

"씨팔! 튀어. 자기 목숨은 알아서 챙겨."

어차피 의리나 혈연으로 뭉친 존재들이 아니었다. 그들의 결속력이란 바닷가의 모래알만큼이나 부실했다. 그들은 뭉쳐서 싸우는 대신 사방으로 튀며 목숨을 보존하려 했다. 그러나 그들의 반응보다 마해의 무인들이 움직이는 속도가 훨씬 더 빨랐다.

"크악!"

"헉!"

낭인들은 등천문을 벗어나지 못하고 죽임을 당했다.

"빌어먹을!"

이진문이 혼신의 힘을 다해 등천문의 터를 벗어나려 발버둥

쳤지만 소용없었다. 이미 그에게는 세 명의 무인들이 달라붙어서 발목을 잡고 있었다. 잠시 발악을 하던 이진문은 몇 합을 버티지 못하고 결국 목숨을 잃고 말았다.

잠시 후, 장내는 완전히 정리되었다. 그동안 무단으로 등천문의 옛 터전을 점거하고 있던 낭인들은 모조리 죽임을 당해 바닥에 쓰러져 있었고, 그들이 흘린 피는 대지를 붉게 적시고 있었다.

그런데 그때 이상한 일이 일어났다. 바로 낭인들이 흘린 피가 등천무의 옛터에 묻혀 있던 원기둥에 흡수되기 시작한 것이다. 낭인들의 피를 잔뜩 흡수한 원기둥은 은은한 붉은 빛을 띠기 시작했다. 동시에 원기둥에 새겨져 있던 글자들이 마치 살아 있는 생명체처럼 원기둥의 표면에서 꿈틀거리며 이동하기 시작했다.

마해의 무인들을 이끌고 임효는 그 모습을 보며 나직한 목소리로 중얼거렸다.

"마침 제물이 알아서 찾아와 있었군. 덕분에 다른 곳을 찾아다닐 필요가 없어서 수월하니 좋군."

그의 목소리는 음울했다.

임효의 앞에 있는 원기둥의 이름은 천원주(天元柱)라고 했다. 이름 그대로 하늘아래 으뜸인 기둥이란 뜻이었다. 하지만 그 이름에 담긴 진짜 의미를 아는 자는 거의 없었다.

마해는 예전 이곳을 침공했을 때 천원주를 묻어뒀다. 그리고 그 위에 탑을 세워 철저하게 존재 자체를 감춰버렸다. 그 때문에 탑은 무너졌지만 천원주는 무사할 수 있었다.

"천하인들은 철저하게 속았다. 그들은 우리가 이곳을 점거함으로써 천하를 지배할 계획으로 알고 있었지만, 지존의 계획은 그보다 더욱 원대하고 무섭다. 이제 천하인들은 그 사실을 알게 될 것이다."

임효조차도 계획의 실체에 대해 알았을 때는 공포로 치를 떨었을 정도였다. 할 수만 있다면 그는 이 계획을 막고 싶었다. 하지만 그에겐 계획을 막을 힘도, 의지도 없었다.

모든 것이 소운천의 의지.

그는 소운천의 의지를 대행하는 자에 불과했다.

임효가 수하들에게 명령을 내렸다.

"천원주를 작동시키고, 우리는 이곳을 지킨다. 기밀이 새어나가지 않도록 철저하게 주의하라."

"옛!"

수하들이 힘차게 대답을 한 후 천원주를 작동시켰다.

수많은 이들의 피와 원념을 빨아들인 천원주가 작동을 하며 대기와 공명하기 시작했다. 기가 요동치며 하늘과 대지를 관통하는 보이지 않는 거대한 기의 기둥이 형성됐다.

천문산뿐만이 아니었다. 거의 비슷한 시간에 다른 오악(五岳)에서도 천원주가 작동됐다. 마해가 점거했던 모든 곳에 이곳과 같은 천원주가 은밀히 설치되어 있었던 것이다.

이미 수많은 사람들의 피와 원념을 흡수한 천원주의 위력은 시간이 갈수록 극대화될 것이다. 그렇게 시간이 지난 다음에야 알게 될 것이다. 천원주의 진짜 목적을.

*　　　*　　　*

설유원은 태산(泰山)을 올려다보았다. 이름만큼이나 천하를 압도하는 거대한 태산의 위용은 설유원을 압도하기 충분했다. 하지만 설유원은 생각보다 긴장하지 않았다.

비록 태산의 규모와 높이가 대단하다고 하지만, 그는 천산에서 산 경험이 있었다. 천산은 태산보다 훨씬 높고, 훨씬 더 거칠며, 훨씬 더 웅장하다. 그런 경험이 있기에 설유원은 태산을 보면서도 평정심을 유지할 수 있었다.

"이곳인가?"

설유원이 굳은 얼굴로 잠시 태산을 올려다보다 걸음을 옮기기 시작했다.

태산을 오르는 그의 표정은 비장하기 그지없었다. 한 발, 또 한 발을 내딛는 걸음이 무겁기만 했다.

"마해."

설유원이 나직이 중얼거렸다.

오늘 그가 태산에 온 것은 한 가지 확인할 것이 있어서였다. 천하의 운명이 걸린 문제를 자신의 눈으로 직접 확인하고 진위여부를 파악해야 했다.

그 때문에 그는 태산까지 왔다.

얼마 전까지만 해도 태산은 마해가 점령했던 곳이었다. 아직까지 그들이 남아 있는지 모르지만 설유원은 아무래도 상관없다고 생각했다. 이미 그 정도는 각오하고 왔기 때문이다.

오악의 으뜸답게 태산을 오르는 길은 결코 순탄치 않았다. 악산이라 부를 정도로 좋을 정도로 산길이 험하고, 곳곳에 위험이 도사리고 있어 자칫 발을 잘못 내딛었다가는 추락할 수도 있었다.

태산에도 문파는 있었다. 비록 마해에 의해 멸문을 당하긴 했지만 이곳에는 태산파(泰山派)가 있었다. 태산파는 흔치 않게 도문과 속인들이 혼합되어 만든 문파였다.

보통 이런 큰 영산을 중심으로 일어선 문파들은 대부분이 불문이나 도문 중 한쪽으로 치우치기 마련이었다. 그러나 태산파는 도가 쪽 사람들이 중심으로 일어섰으면서도 속세의 사람들을 받아들이는 것에 적극적이었다.

좋게 말하면 현세 지향적이었고, 나쁘게 말하면 속세에 물들어 도를 닦는 데 무심한 것이다. 그러나 어느 쪽이든 태산파가 굉장한 성세를 누리던 문파라는 사실에는 변함이 없었다. 그런 태산파가 하룻밤 사이에 멸문을 당하고, 마해에 의해 태산이 점거당한 사실은 천하에 큰 충격을 던져주었다.

몇몇 뜻있는 무인들이 태산파의 터전을 수복하려고 했었지만, 모두 무위로 돌아갔다. 그 후로 마해가 태산파에서 물러났는지는 알려지지 않았다.

꼬박 하루를 걸어서야 설유원은 마침내 옛 태산파가 자리했던 봉우리에 오를 수 있었다. 태산파는 몰락했지만 그들이 세운 건물은 여전히 건재했다. 비록 곳곳이 부서지고 무너지긴 했지만, 그럼에도 불구하고 화려했던 태산파의 영화를 고스란히 간직하고 있었다.

"음!"

설유원이 나직한 신음성을 흘렸다.

태산파가 자리한 곳에서 왠지 범상치 않은 공명이 느껴졌다. 기의 파동(波動)이라고 봐도 무방한 떨림이 피부로 전해지고 있었다.

설유원이 이제까지 단 한 번도 느껴보지 못했던 느낌이었다.

설유원이 미간을 찌푸리면서 태산파의 정문으로 다가갔다. 정문에는 어떤 사람도 없었다. 문을 두드릴까 잠시 망설이던 설유원은 그냥 문을 밀고 들어갔다.

끼이익!

관리를 하지 않아 녹슨 경첩이 비명과도 같은 소리를 냈다. 태산파의 전경은 황량했다. 전각 곳곳이 무너져 있었고, 경내에는 잡풀이 무성하게 자라있었다. 오랫동안 관리를 하지 않은 것이 분명했다. 하지만 그렇다고 해서 사람의 흔적마저 없는 것은 아니었다. 단지 관리를 하지 않았을 뿐이다.

분명 곳곳에 사람이 사는 흔적이 보이고 있었다. 그것도 한 두 명이 아닌 꽤나 다수가.

설유원이 마침내 태산파의 대연무장에 도착했을 때 놀라운 광경을 볼 수 있었다. 대연무장 가득 마해의 무인들이 서 있었고, 그 한가운데 거대한 원기둥이 서 있는 모습이 보였다.

마해의 무인들은 원기둥을 향해 무어라 나직하게 중얼거렸고, 원기둥은 끊임없이 공명을 하고 있었다. 공명의 대상이 무엇인지는 알 수 없었지만, 심상치 않은 분위기를 풍기고 있다는 사실은 알 수 있었다.

그때 모여 있던 마해의 무인들 중 누군가 설유원을 발견하고 소리쳤다.

"누구냐?"

대연무장에 모여 있던 무인들의 시선이 일제히 설유원을 향했다. 그들의 모든 시선을 한 몸에 받으면서도 설유원의 표정은 흔들리지 않았다.

그의 시선은 오직 대연무장의 한가운데 서 있는 원기둥에 고정되어 있었다.

"이것이었는가? 그가 세운 계획의 정점이……."

그동안 얻은 정보를 토대로 대략의 윤곽은 짐작했지만, 이렇게 직접 눈으로 확인하자 치를 떨 수밖에 없었다.

"이런 미친. 그는 정말 이런 계획을 진행시킬 생각이었단 말인가?"

처음 마해에 납치되었던 곡혈성에게 계획의 대략적인 윤곽을 들었을 때는 완전히 믿을 수 없었다. 순순히 믿기에는 계획이 너무나 거대하면서도 황당하기까지 했기 때문이다. 하지만 이렇듯 자신의 눈으로 증거를 확인하니 믿지 않을 도리가 없었다.

"그는 정말로 이 땅의 모든 무인들과 인간들을 말살할 작정이란 말인가?"

설유원의 표정이 딱딱하게 굳었다.

멸천지계(滅天之計)라고 하였다.

하늘까지 멸절시킨다는 계획의 요체는 바로 천하 전체를 거대한 진으로 덮는다는 것이다.

진법(陣法)으로 천하 전체를 덮는다.

그 누구도 생각하지 못했고, 감히 시도조차 하지 못했던 발상이었다.

제아무리 진법의 대가라 할지라도 진으로 영향을 줄 수 있는 영역에는 한계가 존재했다. 기껏해야 일개 장원만 한 크기 정도.

진법의 규모가 커지면 커질수록 고려해야 할 것이 기하급수적으로 늘어난다. 진법이라는 것 자체가 천기와 지기를 이용하는 것이기에 지형적인 요건, 천시, 그리고 무수히 많은 변수까지 작용하는 것을 생각한다면 인간의 능력으로 천하 전체를 덮을 수 있는 진을 펼치는 것은 불가능한 일인 것이다.

　일개인의 능력으로, 그리고 머리로 천하 전체를 덮을 수 있는 진을 펼치는 것은 불가능했다. 설령 천하에서 가장 뛰어난 두뇌를 가지고 있는 천재라 할지라도 말이다.

　그러나 소운천은 달랐다. 그는 칠백 년을 살아온 불멸의 존재였다. 칠백 년 동안 금지에 갇혀 있으면서도 그는 생각하고 또 생각했다. 칠백 년이란 영원의 시간 동안 그는 수없이 많은 계획을 세우고, 다듬어왔다. 그렇게 해서 내린 결론은 가능하다는 것이었다.

　단지 그 혼자라면 불가능하겠지만, 천하에 존재하는 수많은 진법가들과 책사들의 머리를 합친다면 가능하다는 결론이 나온 것이다.

　그때부터 모든 계획이 치밀하게 진행됐다. 커다란 뼈대를 소운천이 세우고, 그에 맞춰 사도광천을 비롯한 마해의 책사들이 세부 계획을 진행했다. 그래도 모자라는 부분이 있으면 천하에 존재하는 뛰어난 진법가들을 납치해와 보완을 했다. 그렇게 납치된 진법가만 백 명이 넘어갔다.

　천재라고 부를 만한 사람들 수백 명이 이 계획 하나에 매달리고, 추진해 나갔다. 그것은 역사상 초유의 일이었다. 불가능할 것 같은 계획이 소운천이라는 인물의 주도로 세워지고, 완성되어 갔다. 그리고 마침내 실행되었다.

　그 결과가 현재 설유원이 눈앞에서 보는 거대한 원기둥인 천원주였다.

"천하오악을 비롯한 영산들을 점거해 천원주를 세워 수많은 이들의 피와 원념을 흡수시킨 매개체를 만들고, 그 기운을 이용해 천하를 덮는 진을 발동시킨다. 정말 대단하구나, 천마. 인간이 이런 계획을 세우고 실행할 수 있다니."

설유원이 나직하게 중얼거렸다.

그의 목소리를 들은 마해 무인들의 표정이 변했다. 지금 설유원이 말하는 내용은 마해 내에서도 아는 사람들이 거의 없는 극비 중의 극비였기 때문이다. 설유원이 어떻게 그런 사실을 알았는지 모르지만, 살인멸구를 해서라도 함구해야 했다.

마해의 무인들이 살기를 피워 올리며 설유원을 향해 다가왔다. 그 선두에 마해의 십대장로 중 한 명인 관적이 있었다.

얼굴을 가득 뒤덮고 있는 고슴도치 같은 수염과 차돌처럼 단단한 육체가 인상적인 관적이 설유원을 노려봤다.

"자네는 누군가?"

"설유원, 그것이 내 이름이오."

"설유원······ 현천마검(玄天魔劍). 내 생각이 맞는가?"

설유원이 말없이 고개를 끄덕였다. 그러자 관적이 살기를 피워올렸다.

"어떻게 이곳에 왔는지 모르지만, 자네는 결코 와서는 안될 곳에 왔군."

"봐서는 안 될 광경을 봤고?"

"그렇다네. 잘 알고 있군. 어디까지 알고 있나?"

"대충은."

"명줄을 재촉했군. 때로는 모르는 게 일신에 좋은 일들이 있다네. 예를 들면 자네의 눈앞에서 벌어지는 광경 같은 것 말이지."

"정말 가능하다고 생각하시오? 천하의 모든 사람을 죽이는 것이. 그것도 진을 이용해서 말이오."

"나는 그런 복잡한 생각 따윈 하지 않는다네. 지존께서 이런 일을 벌이는 데는 다 그만한 이유가 있을 거라고 생각하기 때문이지."

"미친 짓이오. 설령 이 진을 이용해 천하의 모든 사람들을 죽일 수 있다 하더라도 얻을 수 있는 게 뭐라고 생각하시오?"

"말했잖은가. 그런 복잡한 생각 따위는 하지 않는다고."

관적이 고졸하게 웃었다. 그 모습을 보며 설유원은 자신의 말이 결코 통하지 않을 거란 사실을 확인했다. 지금 마해의 무인들에게는 천하의 그 어떤 목소리도 들리지 않을 것이 분명했다.

눈을 감고, 귀를 닫았다.

그들은 오직 소운천만 보고, 소운천의 음성만 듣는다. 무서울 정도로 맹목적인 모습이었다.

설유원의 시선이 천원주를 향했다. 그러자 관적이 미소를 지으며 말했다.

"막고 싶은가? 그렇다면 막아보시게."

"최선을 다할 것이오."

"나는 그런 사람들을 좋아하지. 사소한 일 하나에도 전력을 다하는, 그런 열정을 지닌 사람을."

관적의 미소가 짙어졌다.

일흔이 넘은 나이였지만 관적의 패기는 젊은 무인을 능가했다. 그는 뼛속까지 무인이었다.

관적이 나서자 다른 마해의 무인들이 다가오는 것을 멈췄다. 십대장로인 관적이 나섰다면 그냥 기다려주는 것이 그에 대한 예의였다.

스릉!

설유원이 검을 뽑아들었다. 그에 맞서는 관적이 두 주먹을 들어보였다. 그의 무기는 맨손, 맨주먹이었다.

잠시 두 사람이 대치하고 서로를 노려봤다.

서로의 어깨, 눈, 발을 보며 잠시 간극을 재던 두 사람이 거의 동시에 움직였다.

콰앙!

허공에서 폭음이 터져 나왔다.

현천마검 설유원과 마해의 십대장로 중 일인인 관적의 격돌.

그것이 천하 운명을 좌우할 시발점이라는 사실을 아는 사람은 아무도 없었다.

제 **5**장

암흑시대(暗黑時代)

　단월은 조용히 걸음을 옮겼다. 그녀는 철저히 여인임을 감추고 있었다. 굴곡진 몸매를 감추고, 얼굴에는 일부러 검은 칠을 하고, 커다란 죽립을 썼다.

　그렇게 남장을 한 채 저잣거리를 돌아다니다 대로변의 한 객잔으로 들어갔다. 그녀는 객잔에서도 가장 경관이 좋은 창가 자리에 앉았다.

　"어서 오십시오. 무엇을 드시겠습니까?"

　주인이 득달같이 달려왔다.

　그도 그럴 것이, 객잔에는 손님이 거의 없었다. 마도천하(魔道天下)가 시작된 이후로 객잔에 손님은 뚝 끊겼고, 하루에 겨우 한두 명이나 손님을 볼 수 있을까 했다.

단월은 주인에게 간단한 음식 몇 가지를 시켰다. 그것만으로도 주인은 감지덕지했다. 손님이 준 이후로 점소이마저 내보내고 직접 일하고 있었지만, 갈수록 힘에 부치기는 마찬가지였다.

단월은 객잔 주인의 얼굴에 어린 근심과 걱정을 읽었다. 어디를 돌아다녀도 마찬가지였다. 마도천하가 된 이후로 사람들은 경제 활동을 거의 멈추고 외출을 삼갔다. 괜히 겁 없이 돌아다니다 잘못해 마도인들의 심기를 건드렸다가는 어찌될지 모르기 때문이다.

현재 정파를 지향하는 문파들은 거의 멸망 직전이었다. 정파의 무인들은 뿔뿔이 흩어져 재기를 도모하고 있었지만, 지금 상황에서는 무척이나 요원해 보였다.

구주천가의 지배력이 사라진 천하는 그야말로 무법천지였다. 마해의 힘을 빌린 마도의 문파들이 득세를 하며 사람들은 숨을 죽였다. 그렇게 세상은 활기를 잃고 어둠으로 물들어가고 있었다.

사람들은 혼란과 공포에 치를 떨었다. 마해를 등에 업은 마도인들은 갖은 악행을 자행했다. 살인과 방화, 강간이 곳곳에서 벌어졌다. 그들은 이제까지 구주천가에 억눌렸던 보상이라도 받으려는 듯했다.

구주천가가 없는 공백은 그렇게 컸다. 천하는 질서를 잃고

야만으로 치달아가고 있었다. 한 가지 이상한 것은 마해가 그런 마도의 무인들이 자행하는 악행들을 그냥 방관하고 있다는 것이다.

마해는 천하의 질서를 잡을 힘을 가지고 있었다. 제아무리 제멋대로인 마도의 무인들이라 할지라도 마해가 나선다면 통제할 수 있었다. 그러나 의도적인 것인지 모르겠지만, 마해는 마도의 무인들이 제멋대로 활보하는 것을 묵인해주고 있었다.

그렇게 천하는 더욱더 혼란으로 빠져들고 있었다. 하지만 하소연할 곳 없는 사람들은 억울한 마음을 억누를 수밖에 없었다.

단월은 그 모든 것을 자신의 눈으로 확인했다. 직접 눈으로 본 상황은 듣던 것보다 더 참혹했다. 천하 전체에 생기가 사라진 것 같았다.

'구주천가가 없는 천하가 이리 무기력했던가?'

그녀는 구주천가의 공백을 피부로 실감하고 있었다. 과연 지금 자신이 보고 있는 세상이 정말 자신이 알고 있던 세상인가 싶었다.

'군패야. 너는 지금 어디에 있니?'

철군패는 벌써 한 달째 소식이 없었다. 그 때문에 단월의 가슴은 새까맣게 타들어가고 있었다. 하지만 그녀는 철군패가 죽었다고 생각하지 않았다. 그녀의 가슴이 받아들이지 못하는 것이다.

하지만 마음이 답답했기에 단월은 간혹 이렇게 변복을 하고 밖으로 나왔다. 그래도 갑갑한 마음은 여전했지만, 이마저 없었다면 단월은 벌써 속이 터져 죽었을지도 몰랐다.

그때였다. 갑자기 객잔 밖에서 시끄러운 소리가 들려왔다.

단월의 시선이 절로 창밖을 향했다. 밖에서 벌어지는 일을 확인한 순간, 단월의 미간이 절로 찌푸려졌다.

객잔 밖에서는 눈꼴사나운 일이 벌어지고 있었다. 네 명의 사내들이 길을 가던 한 여인을 붙잡고 희롱하고 있었다. 네 명의 사내는 마도의 무인들이었고, 희롱을 당하는 여인은 어디서든 눈에 띌 만한 미인이었다.

네 명의 사내들은 대낮부터 만취한 듯 얼굴이 벌게진 채 여인을 가운데 두고 희롱하고 있었다. 거친 사내들의 포위에 여인은 어찌할 바를 모르고 바들바들 떨고 있었다.

마침 음식을 가지고 온 객잔 주인이 그 광경을 보고 혀를 찼다.

"쯧쯧! 저 개 호로자식들이 또 못된 짓을 하는구나."

"아는 사람들입니까?"

"저 네 명의 개새끼들을 물어보는 거라면 그렇습니다. 저 녀석들은 예전부터 유명한 망나니들이었습니다. 그래도 예전에는 이곳에 금천문(金天門)이라는 문파가 있어 놈들도 행동을 조심했습니다. 물론 그러다 사고 쳐서 금천문에 쫓겨서 다른 곳으로 도주했습니다만. 그런데 이번에 금천문이 몰락하면서 저 녀석들이 다시 돌아온 겁니다. 더구나 어디서 무공을 익힌 데다 마도의 문파를 등에 업고 있으니, 그 악행이 하늘에 닿을 정도입니다."

객잔 주인의 말에 단월의 시선이 다시 여인과 네 명의 사내를 향했다.

사내들의 희롱은 계속 이어지고 있었지만, 그 누구도 나서는 사람들이 없었다. 마도천하가 시작된 이후로 의인은 모습을 감췄고, 악인만 득세하고 있었다.

사내들의 희롱이 도를 더해가자 보다 못한 단월이 나서려고 했다. 그녀는 더 이상 여인이 이와 같은 희롱을 당하는 모습을 두고 볼 수 없었다.

"그냥 참으십시오."

그런 단월의 기색을 눈치챘는지 객잔 주인이 만류했다. 단월이 바라보니 객잔 주인이 고개를 저으며 말을 이었다.

"참으십시오. 저 네 명의 개새끼들은 아무것도 아니지만, 자칫해서 마도문파의 심기를 건드리면 이곳 자체가 죽음의 대지가 되고 맙니다."

객잔 주인은 단월이 여자인 것을 알아차리지는 못했지만, 몸에서 풍기는 분위기로 무인이란 사실을 유추해냈다. 수십 년 동안 한자리에서 객잔을 해온 그에게는 그 정도의 눈썰미가 있었다.

"으음!"

객잔 주인의 만류에 단월이 선뜻 일어서지 못했다. 저들 네 명을 쓰러트리는 것은 여반장처럼 쉬운 일이었지만, 문제는 그 후였다. 저들을 응징하면 뒤에 있는 마도의 문파들이 움직일 것이고, 그들마저 쓰러트린다면 마해가 움직일 것이다. 그렇게 된다면 이곳에 무영문이 있는 것을 알아차리는 것은 시간문제였다. 한순간의 의기로 이 도시 전체를 위기에 처하게 만들 수도 있는 것이다.

결국 단월은 이러지도 저러지도 못하는 상황에 빠졌다.

"흐흐! 계집, 이제 그만 앙탈을 부리고 우리를 따라오너라. 극락을 맛보여줄 테니까."

사내 중 한 명이 여인의 손을 잡아끌었다. 사내에게 손을 잡힌 여인의 얼굴이 새하얗게 질려갔다. 그녀가 급히 주위를 둘러봤지만 모두가 고개를 돌려 외면했다.

그녀가 절규했다.

"제, 제발 누가 좀 도와주세요."

"흐흐! 실컷 소리쳐봐라. 감히 누가 우리의 행사에 참견할 수 있단 말이냐? 저 겁쟁이들이? 크하하! 웃기지 말거라. 이미 세상은 우리 것이다."

사내들의 우두머리가 앙천광소를 터트렸다.

실제로 그의 노골적인 비웃음에도 누구 한 명 나서지 않았다. 그저 안됐다는 얼굴로 여인을 쳐다볼 뿐이었다.

"마해가 우리 뒤에 있다. 알고 있느냐? 구주천가마저 무너트린 마해가 우리 뒤에 있단 말이다. 그런데 감히 누가 우리의 행사에 불만을 가질 수 있단 말이냐?"

구주천가가 무너진 이 세상은 그들과 같은 악인의 것이었다. 누구 한 명 그들을 막겠다고 나서는 사람은 없었고, 정도의 겁쟁이들은 제 한목숨 보전하기 위해 꼬리를 감추고 숨어든 지 오래였다.

이와 같은 세상에서 두려울 것이 무엇이 있을 것인가?

우두머리가 여인의 손을 잡아끌며 말했다.

"자, 어서가자. 이 어르신이 극락의 맛을 보여줄 테니까."

"제발 살려주세요."

"어허! 누가 죽인다더냐? 극락의 맛을 보여주겠다는데도 이리 앙탈이라니."

"제발!"

"만일 여기서 더 버틴다면 네년의 집을 모조리 쑥대밭으로 만들겠다. 우리 뒤에 누가 있는지 알지? 바로 마해란 말이다. 마해의 뜻을 거스르고도 네년과 집안이 무사할 수 있을 듯싶으냐?"

우두머리의 말에 여인이 눈을 질끈 감고 말았다. 그녀의 얼굴에 체념의 빛이 떠올랐다.

완강히 버티던 여인의 손에 힘이 풀린 것을 느낀 우두머리 사내가 음흉한 미소를 지었다.

백이면 백 다 이렇다. 마해를 언급하는 것만으로도 사람들은 저항하는 것을 포기한다.

"흐흐! 어서 가자."

"정말 마해와 연관이 있느냐?"

"뭣이?"

갑자기 등 뒤에서 들려온 낯선 목소리에 사내들의 몸이 팩 돌아갔다. 그들은 마치 야수처럼 험한 인상을 쓰며 자신들의 말에 딴죽을 건 사람을 노려보았다.

사내들의 행사에 딴죽을 건 사람은 평범한 외모의 젊은 남자였다. 회색의 피풍의를 입고 있는 사내의 모습은 어디서나 볼 수 있을 정도로 평범해 보였다. 머리도 단정하게 묶어 한 치의 흐트러짐도 없었다.

우두머리가 소리쳤다.

"네놈은 누구냐? 우리가 마해의 무인들인 줄 알면서도 그런 망발을 하는 것이냐?"

"나는 마해에 네놈들과 같은 이들이 있다는 소리를 들어본 적이 없다. 너희들은 스스로 마해의 무인임을 증명할 수 있느냐?"

"무슨 개소리를 하는 것이냐?"

사내들의 목소리와 더불어 기세가 사나워졌다. 하지만 그들의 사나운 눈빛을 받는 남자의 모습에는 변함이 없었다.

"시류에 영합한 더러운 작자들이 마해의 이름에 먹칠을 하는구나."

"무슨 헛소리를 하는 것이냐? 쳐랏!"

심상치 않은 분위기를 느낀 우두머리가 외쳤다. 그의 말에 다른 사내들이 합세해 남자를 공격했다.

그들의 공격을 눈으로 뻔히 보면서도 남자는 움직이지 않았다.

"위험해!"

"쯧쯧!"

곳곳에서 경호성과 혀 차는 소리가 흘러나왔다. 괜히 아까운 사람이 의기 때문에 나섰다고 봉변을 당한다고 지레짐작하는 것이다. 그도 그럴 것이, 사람들의 눈에는 남자가 어떤 대응도 제대로 하지 못하는 것처럼 보였기 때문이다.

그때였다.

위잉!

사람들의 귀에 모기가 날아가는 듯한 미약한 소리가 울려 퍼졌다. 처음에 사람들은 그 소리가 무엇을 의미하는지 알지 못했다. 하지만 잠시 후 사람들은 알게 됐다. 자신들의 귀에 울렸던 그 미약한 소리가 무엇을 의미하는지 말이다.

후두둑!

그들의 눈앞에서 사내들이 두 동강이가 나서 떨어져 내렸다. 그 믿을 수 없는 광경에 사람들의 눈이 부릅떠졌다.

비명조차 없었다.

사내들은 자신들의 몸이 두동강이가 났다는 사실조차도 느끼지 못하고 죽음을 맞이했다.

혈천마검(血天魔劍)

남자가 펼친 검공의 이름이었다.

남자의 이름은 남진엽. 해여령과 함께 해가장에서 어린 시절을 보냈고, 지금은 소운천의 심복이 된 파란만장한 인생역전을 경험한 남자였다.

해여령의 비극적인 죽음 이후, 남진엽은 흔들리는 마음을 다잡기 위해 외출을 하곤 했다. 그리고 천하 곳곳에서 마해의 이름을 더럽히는 마인들을 목도했다.

그때마다 남진엽은 단죄의 철퇴를 내렸다.

마해는 그의 모든 것이었다.

소운천을 따르기로 결심한 그 순간부터 마해의 모든 것이 남진엽의 가장 소중한 것이 되었다. 그런 마해의 이름을 더럽히고 제멋대로 이용하는 자들을 용서할 수 없었다.

스릉!

남진엽이 검을 회수했다.

목숨을 구함 받은 여인은 아직도 넋이 나간 듯 멍한 얼굴을 하고 있었다. 그런 여인을 향해 남진엽이 말했다.

"이 모든 일은 마해의 이름을 빙자한 마인들이 벌이는 것. 마해와는 아무런 상관도 없다. 더 이상 돌아다니다 봉변을 당하지 말고 어서 돌아가도록 해라."

남진엽은 자신이 이런 말을 한다고 해도 여인이 믿지 않을 거란 사실을 알고 있었다. 하지만 이렇게라도 변명은 해야 할 것 같았다.

문득 남진엽이 고개를 들어 전면에 있는 객잔의 창문을 바라봤다. 하지만 그가 봤을 때, 창가에는 아무도 없었다.

남진엽이 고개를 갸웃거렸다.

*　　*　　*

츠츠츠!

거대한 회색 안개가 넘실대고 있었다. 이제까지 수도 없이 봐온 광경이었지만, 오늘은 유독 더욱 격렬하게 요동치는 것 같았다. 그들이 받은 느낌은 사실이었다.

회색의 안개는 평소보다 더욱 격렬하게 요동치며 넘실거렸다. 마치 먹이를 탐하는 괴물처럼 일렁이는 안개의 모습은 보는 이로 하여금 섬뜩한 느낌을 갖게 하기 충분했다.

"저, 저……."

양천의가 회색 안개를 보며 손가락을 가리켰다. 그의 곁에 있던 북풍대가 덩달아 회색 안개에 시선을 던졌다.

그 순간, 회색 안개의 바다에 길이 생겼다. 넘실거리던 회색 안개가 좌우로 쫙 갈라지며 길이 생긴 것이다.

꿀꺽!

그 광경을 보며 북풍대원들이 마른침을 삼켰다. 그들의 눈에는 어느새 기대의 빛이 떠올라 있었다.

쿵!

그때 묵직한 발소리가 들려왔다.

이제는 눈을 감고도 알 수 있는 그의 발소리였다. 천하에서 가장 무겁고, 천하에서 가장 강력한 파괴력을 지닌 그의 발걸음이었다.

"군패."

"형님."

양천의와 검운영이 동시에 소리쳤다.

거대한 회색의 안개 사이로 난 길을 걸어오는 남자는 분명 철군패였다. 그의 거대한 덩치가, 무거운 걸음이 그 사실을 증명해주고 있었다.

"오랜만이구나."

마침내 회색 안개 밖으로 나와 완전히 모습을 드러낸 철군패가 그들의 앞에 섰다.

"대주."

북풍대가 일제히 철군패를 부르며 한쪽 무릎을 꿇었다.

숫자가 줄어든 북풍대를 바라보는 철군패의 눈빛이 무겁게 가라앉았다. 그 모습에 양천의가 고개를 숙였다.

"미안하다. 예상외로 피해가 컸다."

"복수는?"

"복수는 해줬다."

"그나마 다행이구나."

철군패는 양천의와 검운영을 탓하지 않았다. 죽은 북풍대원들은 그에게도 친형제와 같은 존재들이었다. 그런 이들이 죽임을 당한 것은 슬픈 일이었지만, 지금은 슬퍼하는 것보다 그들의 죽음을 헛되지 않게 하는 것이 우선이었다.

종제영이 철군패에게 다가왔다.

"그는 나오지 않는가?"

철군패가 고개를 끄덕이자 종제영이 아쉬운 표정을 지었다. 하지만 이내 아무렇지 않다는 표정을 지었다. 이미 어느 정도는 짐작하고 있던 바였기 때문이다.

천우진은 회색의 안개로 자신을 숨겼다. 그가 원하지 않는 이상 그 누구도 회색 안개 너머에 있는 천우진의 모습을 볼 수 없을 것이다. 그래도 종제영은 상관없다고 생각했다. 눈에는 보이지 않았지만, 그가 없는 것은 아니기 때문이다.

천우진과 같은 공간, 같은 하늘 아래 존재한다는 사실만으로도 종제영은 용기를 얻을 수 있었다.

철군패가 검운영에게 물었다.

"천하는?"

"마해 천하입니다."

"역시 그런가?"

"구주천가가 패퇴했다는 소식입니다."

"십…… 천우경 가주는?"

"천마에게 패했다는 이야기만 들었습니다. 그 후로 어떻게 되었는지는 알려지지 않았습니다. 마해가 아직도 총력을 다해 구주천가의 잔당을 색출한다는 이야기가 들리는 것을 보면 아

직 살아 있는 것 같기도 합니다만, 정확한 사실은 아무도 알지
못합니다."

"음!"

철군패가 나직한 신음성을 흘리며 회색 안개를 뒤돌아봤다.
그 순간 회색 안개는 크게 요동치고 있었다. 그것이 무엇을 의
미하는지 모를 철군패가 아니었다.

검운영은 철군패에게 자신이 알고 있는 내용을 간단하게 요
약해 알려주었다. 그의 말을 종합하자면 구주천가는 마해에게
패했고, 천우경 역시 소운천에게 패해 생사를 알지 못했다. 마
해에서는 구주천가의 잔당을 소탕하기 위해 총력을 기울이면
서도 한편으로는 모종의 음모를 진행하고 있었다.

"신도제원은?"

"현재 구주천가에 있다는 사실이 확인되었습니다. 하지만
정확히 무엇을 하고 있는지는 파악되지 않았습니다."

"단월은?"

"현재 무영문과 함께 잘 숨어 있는 것 같습니다. 하지만 우리가
움직이기 전에는 먼저 모습을 보이지 않을 것 같습니다."

"당연히 그럴 거야."

철군패가 고개를 끄덕였다.

"현재 천하의 전력은?"

"전력이라 할 만한 문파나 무인들은 저번 혈야평의 대전에
서 마해에 의해 처참하게 무너진 상황입니다. 살아남은 자들

도 뿔뿔이 흩어져 어떻게 모아야 할지 모르겠습니다."

"온유하는?"

"일단은 살아남은 것으로 알려졌습니다만 확실하지는 않습니다. 현재 마해에서도 그녀를 잡기 위해 총력을 다하는 것으로 알려져 있습니다."

"그렇겠지. 그녀는 구주천가의 핵심이랄 수 있는 존재니까. 아마 지금쯤이면 어디선가 재기를 도모하고 있을 거야."

철군패가 아는 온유하는 결코 쉽게 포기하거나 좌절하는 성격이 아니었다. 처음에는 그런 감정을 가졌더라도 곧 얼마 지나지 않아 평정심을 회복하고 냉정하게 반격을 준비하고 있을 것이다.

철군패의 시선이 섬호를 향했다.

그때까지도 섬호는 자신의 존재감을 드러내지 않고 있었다. 그는 살수의 본능으로 철저하게 자신을 감추고 철군패를 관찰하고 있었다. 그런데 먼저 철군패가 그의 존재를 알아차리고 바라본 것이다.

"구주천가에 동생이 있다고 들었소."

"어디서 들었는가?"

철군패가 대답대신 회색 안개를 바라봤다. 그러자 섬호가 알았다는 듯이 고개를 끄덕였다.

"연락을 할 수 있겠소?"

"어렵지만……."

가능하다는 뜻이다.

어떻게 가능한 것인지 모르지만 섬호 같은 남자가 거짓말을 할 이유가 없었다. 철군패는 그렇게 알아들었다.

"어떻게 할 생각인가?"

종제영이 기대에 찬 얼굴로 물었다.

그가 회색 안개와 철군패를 교대로 바라보았다. 그는 철군패와 천우진이 어떤 교감을 나누었다고 생각하는 모양이었다.

'십전제와 멸제. 이 얼마나 대단한 이름인가? 그런 엄청난 이름을 가진 이들이 함께 하다니.'

심장이 미칠 듯이 뛰었다. 격동으로 가슴이 다 터져나갈 것만 같았다.

종제영의 기대 어린 시선을 한 몸에 받으면서 철군패가 대답했다.

"최선의 방어는 오직 공격뿐이지."

"역시!"

그렇게 두 사람의 교감이 통할 때였다.

우웅!

갑자기 주위의 대기가 크게 요동치는 것이 느껴졌다.

종제영의 안색이 변했다.

"이건?"

순식간에 피부에 소름이 돋아 오르면서 이가 절로 딱딱 부딪혔다. 머리로 상황을 인지하기도 전에 몸이 먼저 위기를 느끼고 반응을 하는 것이다.

섬호나 북풍대 역시 마찬가지였다. 그들 역시 종제영과 마찬가지로 심상치 않은 분위기를 몸으로 느꼈다.

무언가 음습하면서도 불길한 느낌. 그러면서도 머릿속에 눈으로는 보이지 않을 만큼 작은 깨알 같은 무언가가 스멀스멀 기어 다니는 느낌. 자신의 몸에 다른 누군가가 들어오는 것 같은 소름끼치는 느낌에 그들은 절로 몸을 떨었다.

철군패가 허공을 올려다봤다.

그의 미간이 잔뜩 찌푸려져 있었다.

*　　　*　　　*

그 현상은 강호 전체에서 일어났다.

마치 세상 전체가 알 수 없는 미지의 힘에 덮여버린 것처럼 이상한 울림이 계속됐다.

처음에는 기감이 예민한 사람들 몇 명만이 이 현상을 느끼고 반응했다. 하지만 시간이 흐를수록 대기의 공명을 느끼는 사람들이 늘어났다. 처음엔 그다지 많지 않았지만, 하루 이틀이 지나가는 사이 그 숫자는 기하급수적으로 늘어났다.

공명을 느꼈다고 해도 달라지는 것은 없었다. 그저 조금 더 불편하고 신경이 쓰인다는 느낌뿐이었다. 그 때문에 처음엔 신경을 곤두세웠던 사람들도 어느 정도 익숙해지자 차츰 무딘 반응을 보였다. 불편하긴 해도 이상이 없으니 원인을 규명하거나 해결하기보단 그냥 참고 넘어가는 것이다.

더구나 현재는 마도천하.

이런 현상에 대처해 적극적으로 움직일 정도의 문파나 구주천가가 거의 초토화된 상태였다.

마해는 움직이지 않았다. 그들은 구주천가의 잔당을 토벌하는 데 최선을 다할 뿐, 천하 전체에 걸쳐 일어나는 괴현상에 대해서는 어떠한 관심도 보이지 않았다. 어찌 보면 아예 철저하게 방관하는 것 같기도 했다.

그렇게 시간이 하루 이틀 흘러가던 어느 날, 마침내 사람들 사이에서 이상 현상이 나타나기 시작했다.

멀쩡하게 대화를 하던 사람들 중에서 갑자기 입을 닫고 눈을 감는 이들이 속출했다. 외부와 교류하는 감각을 모두 차단하고 자신만의 세계에 갇힌 자들의 등장에 사람들은 당황했다.

사름들이 아무리 깨우고 흔들어도 소용없었다. 한 번 외부와의 교류를 차단한 이들은 두 번 다시 깨어나지 않았다.

그렇게 감각을 차단한 자들 중에서 또다시 죽는 자가 나오기 시작했다. 상황이 이렇게 되자 사람들은 극도의 불안감과 언제 죽을지 모른다는 공포감에 시달리게 되었다.

어느 한 지역이 아닌 천하 전체에서 일어나는 일.

상황이 이렇게 되자 사람들은 대기의 이상한 공명이 이상 현상과 연관이 있다는 사실을 깨닫게 되었다. 그리고 몇몇 사람들은 유독 공명이 깊게 일어나는 곳이 천문산이나 오악과 같은 영산 주위란 사실을 깨달았다.

그제야 사람들은 마해가 그 지역을 강제로 점거했다는 사실을 알아차렸다. 비록 천문산에서는 철군패에 의해 쫓겨났지만, 다른 지역은 아직까지도 그들이 점거를 하고 있었다. 그렇다면 이 모든 현상이 마해의 주도하에 일어나고 있다는 말이기도 했다. 아니, 소운천이 이 모든 일을 주도하고 있다는 뜻이었다.

천마 소운천은 이미 사람들에게 공포의 대상이었다.

단지 그 이름만으로도 사람들은 죽음의 공포를 느끼고 두려워했다.

이미 대부분의 사람들이 그를 고금제일인(古今第一人)으로 인정하고 있었다. 고금을 통틀어 적수가 없다는 무적의 마인.

구주천가의 가주인 천우경마저 그에게 쓰러진 이상 누구도 그를 감당할 수 없을 듯했다.

그 때문에 사람들은 감히 소운천과 마해에게 원인규명을 요구조차 하지 못하고 냉가슴만 앓았다. 그리고 그 순간에도 외부와의 교류와 감각을 차단한 사람들은 급속도로 늘어났다. 그 속도가 놀라울 정도로 무섭게 번져가서, 이런 상태로 한 달 정도만 지난다면 천하인 전체가 그 영향권 안에 들 것 같았다.

외부와 감각을 완전히 차단한 사람들의 머릿속에서 무슨 일이 벌어지고 있는지는 누구도 알 수 없었다.

사람들은 언제 자신들도 그렇게 될지 모른다는 공포에 몸을 떨어야 했다. 그리고 언제부턴가 하나의 소문이 천하를 강타했다.

　천마는 이 땅의 모든 생명체들을 말살시킬 작정이다. 그는 살아 있는 어떠한 사람도 용납하지 않는다. 그래서 진법을 이용해 천하 전체를 가뒀다. 이대로 시간이 흘러 진의 위력이 강해진다면 천하인들은 그 누구도 살아남지 못할 것이다.

　누구에게서 시작된 소문인지 확실치 않았다. 하지만 공포에 떨던 사람들은 소문이 사실이라고 믿었다.
　상황이 이렇게 되자 사람들은 마해의 압제에서 자신들을 구해줄 영웅의 등장을 간절히 기원했다.
　희망이 없는 시대.
　한 치 앞도 보이지 않는 짙은 어둠에 휩싸인 시대.
　마인이 득세하는 시대.
　정상적인 사람들은 사람 구실을 하지 못하는 절망의 시대.
　그래서 사람들은 더욱 간절히 기원했다.
　누군가 자신들을 마해의 손에서 구해주길.
　누군가 이 암흑의 세상에 한 줄기 빛을 내려주길.

　그렇게 세상이 절망에 잠겨 있을 때 움직이기 시작한 사람들이 있었다. 하지만 세상은 그런 사실을 아직 알지 못했다.

제 **6**장

삼자대면(三者對面)

  사검영의 표정은 그리 좋지 않았다. 맨 마지막까지 남아서 구주천가의 잔당을 소탕하는 작전을 진두지휘했던 이가 바로 사검영이었다.

  그는 정말 악랄하게 구주천가를 밀어붙였다. 이 세상에 남아 있는 구주천가의 잔향을 모조리 지우기라도 하려는 듯 악착같이 추적하는 모습에는 마해의 무인들조차 질렸다는 표정을 지을 정도였다.

  그렇게 구주천가를 극한까지 밀어붙였다. 이제 조금만 더 하면 그들을 이 세상에서 완전히 지울 수 있을 거라고 생각했다. 실제로도 그렇게 될 뻔했다. 하지만 어느 순간 구주천가의 종적이 완전히 사라졌다.

구주천가의 무인들은 말 그대로 신기루처럼 사라졌다. 어디서도 그들의 흔적은 발견되지 않았다. 이 믿을 수 없는 사태에 사검영은 미친 듯이 분노했다.

조금만 더 하면 됐다.

조금만 더 하면 원수 같은 구주천가를 이 세상에서 완전히 말살시킬 수 있었다.

이십 년 전부터 꿈꿔 왔던 원대한 목표를 이룰 기회를 바로 코앞에서 놓친 그의 분노는 어찌 보면 매우 당연한 일이었다.

사검영은 그 후로도 한참 동안이나 구주천가의 흔적을 찾아 헤맸다. 하지만 하늘로 증발하기라도 한 것처럼, 어디서도 구주천가의 무인들을 발견하지는 못했다. 그 때문에 그는 결국 분노를 하면서 구주천가의 본성으로 돌아왔다.

귀환한 사검영을 바라보는 마해 무인들의 시선은 묘했다. 한때는 그들을 이끌던 세 명의 해주 중 한 사람이 바로 사검영이었다. 하지만 그는 지나친 야망으로 인해 모든 것을 잃었다. 명예와 지위는 물론이고 목숨까지도.

마해에서 사검영은 이미 목숨을 잃은 자였다. 그런 사검영이 멀쩡하게 살아서 그들 앞에 나타났으니 그들이 느끼는 감정이 얼마나 당혹스러운지 말하지 않아도 충분히 알 수 있었다.

사검영은 마해 무인들의 시선엔 눈곱만큼도 신경 쓰지 않았다. 지금 이 순간 그가 신경을 쓰는 것은 오직 하나, 바로 소운천과의 대면뿐이었다.

구주천가의 잔당을 모조리 토벌하지 못한 것은 아쉬웠지만, 그렇다고 언제까지 거기에만 연연할 수는 없었다. 우선은 눈앞에 닥친 일부터 해결해야 했다. 그것이 바로 소운천과 대면하는 일이었다.

구주천가와의 전면전 전에 사검영은 소운천에게 호언장담했다. 구주천가를 무너트리는 데 큰 역할을 할 것이라고. 이제 자신의 장담이 이뤄졌으니 그 결과를 바탕으로 소운천과 새로이 협상을 해야 할 터였다.

사검영의 입가에 한 줄기 미소가 어렸다.

"이제 마해만 접수하면 되는 것인가?"

구주천가를 몰락시켰다. 이제 천하의 주인은 마해였다. 그렇다면 마해의 주인이 되면 천하의 주인이 된다.

"천마에게 약속만 받으면……."

사검영은 자신 있었다.

무력으로 소운천을 어찌할 자신은 없었지만, 자신의 뛰어난 두뇌라면 소운천을 충분히 설득할 수 있을 거라 생각했다. 그리고 자신이 세운 공이라면 충분히 그에게 먹힐 것이라 자신했다.

"최악의 경우에는……."

사검영의 눈이 빛났다.

그의 걸음이 빨라졌다. 그렇게 도착한 곳은 옛 구주천가의 심처였던 천원각(天元閣)이었다. 구주천가의 가주 천우경의 거처였던 곳. 하지만 지금은 소운천이 머물고 있는 곳이었다.

천원각에 도착하자 우선 호위 무인들이 앞을 막아섰다. 소운천과 같이 인간의 한계를 벗어던진 자에게 이런 호위 무인들이 필요 있을까 싶었지만, 사검영은 그런 자신의 생각을 결코 밖으로 드러내지 않았다.

"무슨 일이십니까?"

"천마님을 뵈러 왔다."

"미리 약속하셨습니까?"

"반천련주가 도착했고, 곧 대사조 역시 올 것이라고 전하라. 그럼 알아서 판단하실 것이다."

"알겠습니다."

호위무인의 수장이 대답과 함께 안으로 들어갔다.

사검영은 유달리 반천련주와 대사조라는 단어를 강조했다. 자신이 개인 자격으로 온 것이 아니라 반천련을 대표해서 왔다는 사실을 부각시킨 것이다. 거기에 대사조 신도제원이라는 존재 또한 무시할 수 없었다. 실제로 신도제원은 지금 이곳으로 오고 있는 중이었다.

안으로 들어간 호위무사들을 기다리는 사이 멀리서 누군가의 모습이 보였다. 멀리서도 느껴지는 지독한 사기에 사검영이 살짝 미간을 찌푸렸다.

굳이 얼굴을 확인하지 않아도 알 수 있었다. 현재 구주천가에서 그 정도의 사기를 흘릴 수 있는 존재는 오직 대사조 신도제원뿐이었다.

신도제원을 바라보는 사검영의 눈가가 가늘어졌다.

구주천가라는 거대한 적을 무너트리기 위해 손을 잡은 신도제원. 그를 이용해 구주천가의 본진이 빠져 있는 본성을 장악하는 데 성공했다. 신도제원은 결코 사검영 못지않은 사인이었다. 그렇기에 서로 손을 잡았지만, 한시도 마음을 놓을 수는 없었다.

거리가 가까워지자 신도제원이 먼저 아는 척을 했다.

"여기 계셨구려, 사 련주."

"오랜만이오, 대사조."

사검영도 인사를 했다. 속내야 어쨌든 현재 그들은 같은 배를 탄 동료였다. 아직은 서로의 힘이 필요했다.

그들의 시선이 동시에 천원각으로 향했다. 굳이 말하지 않아도 그들이 공통적으로 견제하는 대상이 소운천이라는 사실을 알 수 있었다.

소운천은 거대한 벽이었다. 칠백 년 전부터 존재해온 소운천이라는 존재는 사검영이나 신도제원 모두에게 막대한 부담일 수밖에 없었다.

'천마를 견제하기 위해서는 저자가 필요하다.'

'당분간은 더 손을 잡고 있어야겠군. 최소한 이곳에서 내

입지를 확실히 할 때까지는……'

그들은 속내를 철저히 감췄다. 아니, 상대가 알아도 상관없었다. 어차피 상대 역시 자신과 같은 마음일 거라고 짐작했기 때문이다.

자신의 이득을 위해서라면 악마와도 손을 잡을 두 사람이었다. 그리고 그들은 그런 일에 무척이나 익숙한 존재들이었다. 그들이 의미심장한 웃음을 교환했다.

그때 안으로 들어갔던 호위무사들의 수장이 다시 모습을 드러냈다.

"두 분 모두 안으로 들어오시랍니다."

"무기는?"

"소지하고 들어가셔도 상관없습니다."

수장의 대답에 사검영이 입술을 질근 깨물었다.

무기를 소지하고 들어와도 자신을 어찌할 수 없다는 자신감의 표현일 것이다. 칠백 년을 살아온 괴물의 자신감은 사검영과 신도제원마저도 발아래로 내려다보고 있었다.

굴욕감이 치밀어 올랐지만, 두 사람은 꾹 참았다. 어쨌거나 현 상황에서 최고의 강자는 소운천이었으니까.

두 사람이 천원각으로 들어갔다. 천원각은 천우경이 기거할 때와 달라진 것이 없었다. 소운천의 성격이 화려한 것을 좋아하거나 변화를 즐기는 편이 아니기에 이전부터 있었던 그대로 둔 것이다.

기다란 복도를 지나 커다란 문이 보였다. 바로 소운천이 머물고 있는 곳이었다. 소운천의 거처 주위로 은밀한 기척이 느껴졌다. 바로 금청사가 키운 천마십위의 존재감이었다.

'노인네, 제법 야무진 녀석들을 키워놨군.'

사검영이 내심 감탄을 금치 못했다. 그 정도로 금청사가 키운 천마십위의 존재감이 만만치 않았던 것이다. 하지만 그것도 잠시, 이내 그는 평상시의 냉정한 표정을 되찾았다.

문이 소리도 없이 열리고 내부의 전경이 드러났다. 예전 천우경이 앉아 있던 그곳에 소운천이 앉아 있었다.

사검영과 신도제원이 거의 동시에 예를 차렸다.

"반천련주 사검영이 천마를 뵙습니다."

"신도제원이 천마를 뵈오."

소운천은 말없이 고개를 끄덕였다. 무서울 정도로 오만한 모습이었지만, 또한 소운천에게 가장 잘 어울리는 모습이기도 했다.

소운천이 입을 열었다.

"앉아."

거침없는 반말에 두 사람의 안색이 살짝 변했지만, 사검영이나 신도제원 누구도 반발하지 않았다. 소운천은 칠백 년을 살아온 괴물이었다. 칠백 살을 먹은 괴물이 반말을 하겠다는데 누가 뭐랄 수 있겠는가?

두 사람이 각자의 자리에 앉았다. 그렇게 세 사람은 같은 공간, 같은 자리에서 서로를 바라보게 되었다.

칠백 년부터 존재해온 불사의 존재 소운천.

마찬가지로 칠백 년 전의 염원을 한 몸에 이어받은 신도제원.

그리고 마지막으로 스스로 선택해 사인의 길을 걷고 있는 사검영.

결코 어울리거나 함께할 수 없을 것 같은 이질적인 존재감을 가진 그들이 한자리에 모여 서로를 바라보고 있었다.

강호사에 처음 있는 일대사건임이 분명했지만, 지금 이 자리에 있는 그 누구도 그런 사실을 신경 쓰는 사람은 없었다.

잠시 침묵이 흐른 후, 먼저 입을 연 이는 바로 사검영이었다.

"강호일통을 진심으로 축하드립니다."

"강호일통이라……."

"그렇습니다. 칠백 년 동안 눈엣가시와도 같이 군림해온 구주천가를 무너트리고, 드디어 강호의 패권을 차지하지 않으셨습니까? 이제껏 그 누구도 이루지 못한 위업을 이루신 겁니다."

사검영의 목소리는 매우 나지막하면서도 듣기 좋은 울림을 내포하고 있었다. 모르는 사람이 듣는다면 마치 연인한테 달콤한 속삭임을 한다고 느낄 정도였다.

사검영은 뱀처럼 은밀하고 달콤한 목소리로 한껏 소운천의

공을 추켜세웠다. 그 모습을 보며 대사조 신도제원은 내심 감탄을 금치 못했다.

'이자는 실로 뱀처럼 교활하면서도 자신을 철저히 감추고 타인을 현혹시킬 줄 아는구나.'

그 스스로가 반천련이라는 거대 세력을 이끌고 있으면서도, 사검영은 소운천에게 철저히 고개를 숙이면서 자신을 낮추고 있었다. 실로 감탄할 수밖에 없는 처세술이었다.

그런 사실을 아는지 모르는지, 소운천은 여전히 무심한 표정이었다. 문득 소운천의 시선이 신도제원에게 향했다. 순간 신도제원의 어깨가 움찔했다.

신도제원 역시 칠백 년을 이어 내려온 염원을 한 몸에 받았고 스스로 십이사조를 양성한 천고의 사인이었지만, 소운천의 무심한 시선 앞에선 왠지 위축되는 것을 느꼈다.

'천마…… 하늘의 뜻을 거스르는 마의 종주. 하지만 언제까지 이렇게 고개를 숙이고 있지는 않을 것이다.'

남에게 고개를 숙이며 살기에는 신도제원의 야망이 너무 컸다. 그리고 무엇보다, 그의 자존심이 용납하지 않는다. 그는 결코 남에게 고개를 숙이는 존재가 아니었다.

신도제원은 입술을 악물었다.

그 순간에도 사검영의 말은 이어지고 있었다.

"이제 강호를 병탄했으니 후일을 생각하시는 것이 어떠십니까?"

"후일?"

"그렇습니다. 강호를 병탄했으니 당연히 후일을 생각해야지 않겠습니까? 후계 구도를 세우고, 천하를 효율적으로 다스릴 방안을 구축해놓아야 하잖습니까?"

"뭔가 오해를 하고 있군."

"오해라니요?"

"진정으로 천하를 병탄했다고 생각하나?"

"구주천가를 병탄한 이상, 마해에 대항할 수 있는 세력은 존재하지 않습니다. 이제 감히 누가 있어 천마께 역심을 품을 수 있겠습니까?"

"후후! 천생 여우로군. 교묘히 타인을 기만하며 자신의 생각을 주입하려 하다니."

소운천의 말에 사검영의 얼굴이 살짝 굳어졌다. 하지만 이내 아무렇지 않다는 듯이 웃으며 말했다.

"저는 천마님께서 무슨 말씀을 하시는 것인지 모르겠습니다."

"멸제는?"

사검영의 어깨가 움찔거렸다.

다시 소운천의 말이 이어졌다.

"천우진은?"

사검영의 떨림이 눈에 띄게 일어났다.

그가 고개를 들어 소운천의 얼굴을 바라봤다. 그 순간, 소운천의 눈가가 묘한 곡선을 그리고 있었다. 그것이 눈웃음이란 사실을 모를 사검영이 아니었다.

'천마, 모든 사실을 알고 있구나.'

절로 침음성이 흘러나오려 했다.

그는 일부러 천우진의 이야기를 감췄다. 언제고 소운천에게 쓸 비장의 패로 활용하기 위해서였다. 또한 철군패에 대해서도 굳이 알려주지 않았다. 그런데 소운천은 그 모든 사실을 알고 있는 모양이었다. 더구나 천우경이 아닌 천우진이란 존재를 아는 것은 사검영에게도 충격이었다.

"아직 전쟁은 끝난 것이 아니다. 그 두 사람이 건재한 이상 언제고 불씨는 타오를 테고, 모든 것이 무(無)로 돌아갈 가능성도 존재한다. 그 사실을 분명 알 텐데도 너는 그런 말을 쏙 빼놓고 말하는구나."

"그것은 천마님을 믿기에 그랬습니다."

"나를 믿기에 그랬다?"

"그렇습니다. 천마님께서는 분명한 고금제일인, 그런데 뭐가 두렵겠습니까? 천마님께서 건재하기에 그렇게 말한 것일 뿐, 다른 의도는 없었습니다."

"그런가?"

순간적인 기지로 변명했지만 사검영은 소운천이 자신의 말을 완전히 믿으리라고는 생각하지 않았다. 하지만 그래도 상관없었다. 소운천과 같은 존재쯤 되면 그런 하찮은 거짓말을 알면서도 넘어가는 관대함이 있을 테니까. 여기에서 화를 내면 오히려 자신의 속좁음을 드러내는 것밖에 안 될 것이다.

사검영의 예상처럼 소운천은 더 이상 그 문제를 거론하지 않았다. 대신 화제를 돌렸다.

"후계 문제라고 했느냐?"

"그렇습니다. 천하를 효율적으로 다스리기 위해서는 후계 문제를 확실히 하는 것이 나으리라 생각됩니다."

"네가 후계자가 되고 싶어서 그러느냐?"

"……."

뜻밖의 말에, 사검영은 일순 목이 콱 막히는 것을 느꼈다. 그는 무언가 말을 하려 했지만, 목이 막혀 대답할 수 없었다.

"그것도 좋겠지. 네가 다스릴 사람이 있다면……."

"그, 그게 무슨 말씀이십니까?"

"후후! 이 세상에 네가 다스릴 사람이 남아 있다면 네가 후계자가 돼도 상관없다고 했다. 모두가 멸망한 세상에 너 혼자 남아 제왕 노릇 하는 것도 꽤나 재밌을 테니까."

"그럼 소문이 사실이었습니까? 천마님께서 이 땅에 존재하는 모든 생명체를 말살하기 위해 천하를 진법으로 가뒀다는 말이."

"분명 거짓은 아니지."

소운천의 대답에 사검영과 신도제원의 얼굴이 딱딱하게 굳었다. 그들이 진실을 확인하기 위해 소운천의 얼굴을 바라봤다. 그러나 그의 무심한 얼굴만 봐서는 도저히 진위 여부를 파악할 수 없었다.

"정말 천하인을 멸망시킬 생각이십니까?"

"나의 마음이 그렇게 시키고 있다."

"그런……."

처음으로 사검영의 얼굴에 당혹스러운 빛이 떠올랐다.

천하인 전체를 죽이고 난 뒤에 천하의 패권을 차지하는 게 무슨 의미가 있단 말인가? 마해의 후계자가 되어 천하의 패권을 차지하는 것도 천하인들이 온전히 존재할 때 의미가 있는 것이다. 다스릴 사람도 없는데 홀로 지배자가 되어 무엇을 한단 말인가?

그제야 사검영은 소운천의 사고방식이 자신과 근본적으로 다르다는 사실을 인지했다. 자신 역시 정파와 구주천가를 증오하지만, 그렇다고 해서 모든 사람을 다 죽여야 한다는 생각을 가진 것은 아니다.

그는 기본적으로 지배자가 되길 원한다. 그런데 지배자가 되기 위해서는 피지배자가 있어야 한다. 피지배자가 없는 지배자는 어떠한 의미도 없기에. 그런데 소운천은 백성이 되어 줄 피지배자 따위는 필요 없다고 말하고 있었다.

"재고하실 수는 없습니까?"

"왜?"

"천하인들을 모조리 죽인다면 힘들게 구주천가를 병탄한 보람이 없기 때문입니다."

"너는 무언가를 오해하고 있구나."

"오해라면?"

"나는 천하를 지배하기 위해 구주천가를 병탄한 것이 아니다. 천하인들을 말살하기 위해 구주천가를 짓밟은 것뿐이다."

"……."

소운천의 광오한 말에 사검영이 할 말을 잃었다. 그의 눈가가 경련을 일으키고 있었다. 그것은 신도제원 역시 마찬가지였다.

신도제원이 자신도 모르게 기세를 일으켰다. 사검영이 그에 반응해 기세를 피워 올렸다.

츠츠츠!

두 사람의 막강한 기세에 방 안의 모든 사물이 떨렸다. 그러나 두 사람의 기세에도 소운천은 별반 표정의 변화가 없었다. 어찌 보면 두 사람의 기세 따위는 안중에도 두지 않는다는 모습이었다.

신도제원이 입을 열었다.

"우리는 사람이 없는 강호를 지배하기 위해 마해에 힘을 더한 것이 아니오."

"나는 너희들에게 도와달라고 한 적이 없다. 너희들이 알아서 내 밑으로 왔을 뿐."

"진정으로 천하인 전체를 죽일 생각이오?"

"후후! 거짓 같은가?"

처음으로 소운천이 웃었다.

그 순간 신도제원은 가슴이 서늘해지는 느낌을 받았다. 소운천의 웃음은 일반인의 웃음과 달랐다. 무어라 꼬집어 말할 수 없지만, 그의 웃음 속에선 세상을 향한 그 어떤 지독한 감정이 느껴졌다. 증오나 광기라는 단어로는 규정할 수 없는 어떤 느낌이 물씬 풍겨 나왔다.

'이자는 다르다. 우리와는 상상하는 것이나 생각하는 것이 모두 다르다.'

그제야 신도제원은 소운천이 자신과 완전히 다른 종류의 사람임을 자각했다. 자신은 사인이 분명하지만, 소운천은 단지 마인(魔人)이라는 단어로 규정하기에는 너무나 복잡한 존재였다.

"천하인 전체를 죽이고 난 후에는 어찌할 생각이시오?"

"글세…… 그냥 홀로 오롯이 존재할까?"

소운천의 말에 신도제원과 사검영은 가슴이 콱 막히는 것을 느꼈다.

그 순간에도 소운천의 말은 이어졌다.

"후후! 진의 위력은 점차 강해질 것이다. 지금은 단지 시작에 불과할 뿐, 시간이 흐를수록 진의 위력은 기하급수적으로 강해질 것이고, 천하 전체가 영향권에 들 것이다. 그때가 되면 어떻게 될지 굳이 말하지 않아도 알겠지?"

"멈출 수는 없소?"

"후후! 딱 한 가지 방법이 있다."

"그게 무엇이오?"

"나를 죽여라. 이 진의 핵심은 바로 나. 그러니까 나를 죽이면 진은 멈출 것이다."

"그런?"

두 사람의 몸이 딱딱하게 굳었다.

그 순간, 소운천은 두 사람을 보며 웃고 있었다.

그들의 삼자대면(三者對面)은 그렇게 파국을 맞이하고 있었다.

*   *   *

사검영과 신도제원은 천원각 밖으로 나왔다. 천원각에서 멀어졌는데도 두 사람의 표정은 전혀 밝아지지 않았다.

"결국 그는 천하인을 모조리 죽이고 홀로 존재하려는 모양이구려."

신도제원의 눈이 섬뜩하게 빛나고 있었다. 사검영 역시 마찬가지였다.

그들이 마해와 손을 잡은 것은 천하의 패권을 위함이지, 천하인을 말살시키기 위함이 아니었다.

"이쯤에서 우리는 진지한 대화를 나눌 필요가 있을 것 같구려, 대사조."

"동의하오."

사검영의 말에 신도제원이 고개를 끄덕였다.

필요에 의해서 손을 잡은 그들이었다. 구주천가만 병탄하면 다른 길을 걸을 거라고 다짐했지만, 그 다짐은 조금 더 유보해야 할 것 같았다.

그들이 원하는 것은 천하의 지배였다.

그들의 천하 지배에 가장 큰 걸림돌이 되는 것은 바로 소운천이었다.

사검영이 말했다.

"내 거처로 대사조를 모시겠소."

"고맙소."

대답을 하며 신도제원이 천원각을 올려다봤다.

'천마.'

소운천은 창밖으로 두 사람이 멀어져가는 모습을 조용히 지켜보았다.

"후후!"

그의 입가로 나직한 웃음이 흘러나왔다.

"이런 것을 두고 동상이몽(同床異夢)이라고 하던가? 아니면 이해득실에 따른 이합집산(離合集散)이라고 봐야 하는가? 뭐, 아무래도 상관없겠지?"

어차피 오래갈 동맹은 아니었다.

신도제원이나 사검영 모두 개성이 강했고, 남에게 고개를 숙일 사람들도 아니었다. 그저 필요에 의해서 서로를 이용하고, 한시적으로 손을 잡고, 때가 되면 배신을 한다. 그런 일들이 그들에게는 너무나 익숙하고 당연했다.

그들은 필요에 의해서 소운천에게 접근을 했다. 이제 소운천의 의중을 알았으니 자신들끼리 부지런히 대응책을 세울 것이다. 하지만 그런 사실을 뻔히 알면서도 소운천은 그들을 그대로 지켜보았다.

그 순간, 소운천의 등 뒤로 금청사가 모습을 드러냈다.

"지존이시여, 그들을 이대로 지켜보실 생각입니까? 명만 내리신다면 노신이 그들을 처리하겠나이다."

"후후! 그냥 놔두도록. 그들 역시 이 장기판의 졸(卒)에 불과하니까. 장기가 모두 끝난 후에야 결국 상황을 이해하겠지."

"알겠습니다."

"그보다, 그는 어찌 되었는가? 소문이 그렇게 퍼졌으면 무거운 엉덩이를 움직일 때가 되었을 텐데."

"아직은 아무런 소식도 들어오지 않았습니다. 하지만 움직였다면 반드시 저희의 정보망에 걸릴 겁니다. 그리 오래 기다리지 않으셔도 될 겁니다."

"후후!"

소운천이 대답 대신 웃음을 흘렸다.

그의 웃음에 따라 주위의 대기가 같이 흔들렸다.

＊　　　＊　　　＊

철군패와 북풍대는 산을 내려왔다. 당연한 말이지만, 천우진 일행은 그들과 함께하지 않았다.

산을 내려오자 더욱 농밀한 기운이 느껴졌다. 시간이 갈수록 기분 나쁜 기운은 점점 짙어져만 가고 있었다. 마치 아교에 휩싸인 것처럼 끈적끈적하면서도 소름끼치는 섬뜩함에, 어지간히 무딘 감각을 지닌 북풍대도 몸을 떨 때가 한두 번이 아니었다.

"천마…… 미친……."

북풍대의 누군가 그렇게 중얼거렸다. 그의 말은 모두의 심정을 대변했다. 천마가 보통 사람이 아니란 사실을 알고 있었지만, 설마 천하 전체를 진으로 가둔다는 생각을 하고, 실행에 옮길 줄은 몰랐다.

그만큼 황당하고 무모한 발상이었지만, 그것을 현실로 옮긴 천마의 행동력이 더욱 두려웠다.

양천의가 철군패에게 물었다.

"이제 어떻게 할 거냐?"

"천마를 막아야지."

"어떻게? 그들의 수는 무려 만 명이 넘는다. 그에 반해 우리

의 수는 겨우 이백여 명에 불과하다. 현재로서는 역부족이
다."

어지간해서는 부정적인 말을 하지 않는 양천의의 표정이 어
두울 정도로 전력의 열세였다. 아무리 북풍대가 강하더라도
이백 명으로 만 명이 넘는 적을 상대할 수는 없었다.

그러나 돌아온 철군패의 대답은 간단했다.

"걱정하지 마라."

"어떻게 걱정하지 않을 수 있냐? 너나 나, 그리고 운영이야
그렇다 쳐도, 다른 녀석들까지 헛되이 죽일 수는 없잖아."

"누가 헛되이 죽인다고 했느냐?"

"그럼 어떻게 하려고?"

"전력을 끌어 모아야지."

"전력이 어디에 있어서? 구주천가가 개박살 났고, 정파의
무인들은 뿔뿔이 흩어졌어. 지금은 마도천하라고."

"그렇다고 모조리 죽은 것은 아니지. 지금 그들에게 필요한
것은 한 줄기 희망이다. 우리가 희망을 준다면 그들도 움직일
것이다."

"그러니까 어떻게 희망을 주느냐 말이다. 우린 겨우 이백
명에 불과한데."

"늘 하던 것처럼."

철군패의 대답은 무척이나 간단했다. 하지만 그 안에 담긴
의미마저 간단하지는 않았다.

"늘 하던 것처럼?"

"그래! 늘 하던 것처럼."

"미친놈!"

양천의가 투덜거렸다. 하지만 더 이상 토를 달지는 않았다.

그때였다.

"형님?"

이제까지 묵묵히 말을 몰던 검운영이 철군패를 불렀다.

"왜 그러느냐?"

"바닥을 보십시오."

"바닥?"

철군패의 시선이 검운영이 가리킨 바닥으로 향했다. 그러자
그의 눈이 빛났다. 바닥은 철저하게 짓이겨져 있었고, 곳곳에
접전을 치른 흔적이 있었기 때문이다.

"불과 얼마 전에 이곳에서 치열한 접전이 있었던 것 같습니
다."

검운영이 말에서 내려 바닥을 자세히 살폈다.

"흔적을 보면 한 명을 여러 명이 협공한 형태입니다. 발자
국의 모양이나 깊이로 보면 협공을 당하고 있는 남자는 검공
을 익힌 것이 분명합니다."

"그런가?"

철군패가 고개를 끄덕이며 말에서 내렸다. 그 역시 검운영
처럼 바닥에 한쪽 무릎을 꿇고 자세히 살펴봤다.

"이건?"

철군패의 눈이 빛났다.

"왜 그러십니까?"

검운영이 조심스럽게 이유를 물어봤다.

"확실한 것은 아니지만 내가 아는 사람일지도 모르겠구나."

"어째서 그렇게 생각하십니까?"

"이 발자국은 내가 아는 어떤 무공의 보법과 동일하다. 발자국에 남는 미세한 나선형의 흔적은 오직 한 가지 무공에서만 나타난다."

"그게 어떤 무공입니까?"

"한천어검류(寒天馭劍流)."

"한천어검류라면?"

"칠백 년 전의 십대초인인 파검(破劍) 한청의 독문무공이다. 그리고 현시대에는 오직 단 한 명만이 그 무공을 익히고 있지."

철군패가 몸을 일으켰다.

지금 이 순간, 그의 심장은 쿵쾅거리면서 뛰고 있었다. 그가 북풍대의 누군가에게 명령을 내렸다.

"반염."

"옛! 대주."

"지금 당장 흔적을 추적한다."

"알겠습니다."

반염은 지체 없이 대답했다.

반염은 북풍대 제일의 정보분석가이자 추적의 달인이기도 했다. 그가 앞장서 북풍대를 안내하기 시작했다.

흔적은 무척이나 길게 이어져 있었다.

산 하나를 넘고, 강을 하나 건너 맞은편 강가에 이르렀다. 강가에 이르자 흔적이 더욱 선명해졌다. 그만큼 가까워졌다는 의미였다.

반염이 말없이 손을 들어 전방을 가리켰다. 공력을 끌어올려 이목을 집중하자 멀리서 희미하게 쇳소리가 들려왔다. 누군가 무기를 들고 격돌하는 소리였다.

철군패가 화왕의 등에서 내려 격돌음이 들려오는 방향으로 향했다. 그의 걸음이 점차 빨라졌다.

우거진 수풀을 헤치고 들어가자 숲 한가운데 빈 공터가 나타났다. 그곳에서 누군가 격돌하고 있었다. 십여 명에 이르는 무인들이 한 명의 무인을 핍박하고 있었다. 열 명의 협공 속에서도 자신을 훌륭히 보호하고 있는 무인을 보는 순간, 철군패의 눈동자가 흔들렸다.

마침내 그의 입술을 비집고 흘러나오는 한마디.

"형."

"형이라니? 그게 무슨 말이냐?"

양천의가 옆에서 물었다.

"그의 이름은 설유원, 천산에서 내가 형으로 모신 사람이다."

그랬다. 십여 명의 무인들과 치열한 접전을 벌이고 있는 이는 분명 설유원이었다. 분명 예전과 많이 달라지긴 했어도, 얼굴 윤곽이라든지 굳게 다문 입모양은 설유원이 분명했다.

설유원을 바라보는 철군패의 얼굴에 감회의 빛이 떠올랐다. 십여 명의 합공 속에서도 설유원은 훌륭히 자신을 보호하고 있었다. 그가 펼치는 한천어검류는 이미 일정 이상의 경지를 넘어선 듯 보였다. 자신의 한 몸 움직이는 것조차 불가능해 보였던 사람이 이 정도로 한천어검류를 익혀내기 위해 얼마나 뼈를 깎는 고통을 인내해야 했을지 눈에 환히 보였다. 그래서 더욱 기꺼운 마음이 들었다.

설마 이런 외진 곳에서 설유원을 만나게 될 줄은 몰랐다. 하지만 그래서 반가운 마음도 두 배였다.

"엉? 네가 형으로 모신 사람도 있어?"

양천의가 뜻밖이라는 표정을 했다. 그것은 다른 북풍대원들도 마찬가지였다. 철군패가 천산을 다녀왔다는 사실은 알고 있었지만, 그가 형으로 모신 사람이 있다는 이야기는 금시초문이었다.

"그럼 도와야지, 저렇게 협공을 당하는 것을 지켜볼 거야?"

"잠시만 더 지켜보자."

설유원의 전투는 더욱 치열해져가고 있었다. 열 명의 파상공세는 집요할 정도로 설유원을 극한으로 밀어붙이고 있었다.

그러나 자세히 살펴보면 열 명 모두가 전투에 참여하고 있는 것이 아님을 알 수 있었다. 설유원과 진심으로 부딪치는 이는 오직 한 명뿐이고, 나머지 아홉 명은 설유원이 도주를 하지 못하도록 주위를 포위하고 움직이는 형국이었다.

철군패의 시선이 설유원과 진검대결을 펼치고 있는 상대에게 향했다. 한눈에 보아도 심상치 않은 마기를 물씬 풍기며 싸우는 상대는 바로 마해의 십대장로 중 한 명인 관적이었다. 태산에서 시작된 싸움이 이곳 이름 없는 야산에까지 이어진 것이다.

관적은 자부심이 대단한 남자였다. 그런 그가 설유원과 격돌을 하면서 감탄을 거듭하고 있었다. 그만큼 설유원의 실력이 예사롭지 않았기 때문이다. 적이지만 감탄하지 않을 수 없게 만드는 사내가 바로 설유원이었다.

'적만 아니었다면 벗으로 사귀었어도 충분했을 사내. 안타깝구나.'

관적이 그렇게 생각했다.

처음엔 적으로만 인식했지만, 이젠 그에게 감탄을 금치 못하는 관적이었다. 하지만 관적은 언제까지 이렇게 시간을 보낼 수만은 없다는 사실을 알고 있었다.

관적 역시 철군패와 북풍대가 나타났다는 사실을 감지하고 있었다. 이백 명이 넘는 무인들의 등장은 그와 마해의 무인들을 긴장하게 만들기 충분했다. 그들이 설유원의 응원군이라면 진짜 위기에 처한 이들은 자신들이었기 때문이다. 그러나 어쩐 일인지 그들은 전투에 참여하지 않고 지켜만 보고 있었다.

이유는 알 수 없었지만 관적에겐 절호의 기회였다.

'승부다.'

저들이 전투에 참여하기 전에 승부를 내야 했다. 관적의 두 주먹에 가공할 공력이 모여들었다.

휘류류!

혈령마정권(血靈魔淨拳).

그가 익힌 최강의 권공이었다.

관적의 돌변한 기도를 느낀 설유원의 표정이 침중해졌다. 그는 아직 철군패와 북풍대의 출현을 알지 못했다. 전투에만 집중하느라 신경을 분산시킬 여유가 없는 까닭이었다.

설유원 역시 자신이 익힌 최고의 수법을 준비했다.

비정우(非情雨).

파검 한청이 말년에 만들어낸 초식이었다. 그만큼 강력한 위력을 가진 수법이기도 했지만, 무엇보다 한청이 불완전하게 익혔기에 펼치는 것을 꺼려하던 수법이기도 했다. 설유원 역시 자신의 목숨을 거는 것이다.

팟!

두 사람이 동시에 움직였다.

관적의 주먹이 설유원을 향해 쏟아져오고, 설유원의 검이 공간을 날카롭게 갈랐다. 그리고 두 사람의 신형이 엇갈렸다.

풀썩!

교차한 직후, 설유원이 한쪽 무릎을 꿇었다. 그의 상의가 흔적도 없이 날아가 있었고, 왼쪽 어깨가 시커멓게 죽어 덜렁거리고 있었다. 환히 드러난 그의 가슴은 온통 피로 붉게 물들어 있었다. 하지만 그의 눈빛만큼은 전혀 꺾이지 않았다. 그토록 엄중한 상처를 입고서도 그는 눈을 빛내고 있었다.

설유원이 겨우 몸을 일으켜 뒤를 돌아봤다. 그 순간, 관적 역시 그를 바라보고 있었다.

"흐흐! 대……단……."

그는 말을 끝내 잇지 못했다. 그의 목젖이 갈라지며 피분수를 뿜어냈기 때문이다. 그 모습이 꼭 비정한 대지에 피의 비가 내리는 것 같았다. 그래서 초식의 이름 역시 비정우였다.

관적의 몸이 흔들거리더니 이내 '쿵' 소리와 함께 쓰러졌다. 그러자 이제까지 설유원을 견제하기만 했던 마해의 무인들이 달려들었다.

그 순간, 철군패의 명령이 떨어졌다.

"그를 보호해."

그의 명령이 떨어지자마자 미리 대기를 하고 있던 북풍대원들이 마해의 무인들을 향해 달려들었다.

그제야 북풍대의 등장을 눈치챈 설유원이 힘겹게 고개를 돌렸다. 그 순간, 설유원의 눈이 크게 떠졌다.

"너는, 군패."

"오랜만이야, 형."

"군패 맞구나. 네가 여기에 어떻게?"

"우연이야."

"우연치고는 꽤 적절한 시기에 나타났구나. 천산에서처럼."

"그러게 말이야."

철군패가 피식 웃었다. 그러자 설유원도 웃었다.

"정말 오랜만……."

설유원은 말을 끝까지 잇지 못하고 쓰러졌다. 그렇지 않아도 지치고 극심한 부상을 입었는데, 철군패를 만나게 되자 긴장이 풀린 탓이었다.

철군패는 무너지는 설유원의 몸을 안아들었다.

"또?"

사내를 안는 취미는 없는데, 설유원의 몸을 벌써 몇 번째 안는 것인지 몰랐다. 그래도 철군패의 입가엔 미소가 떠올라 있었다.

설유원이 정신을 차린 것은 세 시진의 시간이 흐른 후였다. 그동안 철군패와 북풍대는 공터에 노숙할 준비를 끝마쳤다.

"여긴?"

"아까 거기야. 몸은 좀 어때?"

철군패의 물음에 설유원이 피식 웃었다.

"괜찮다."

"상처가 심해."

"괜찮다. 너의 등에 업혀 서천환희궁에 들어갈 때보다 훨씬 괜찮다. 그 정도면 충분한 거 아니냐?"

"하긴!"

철군패가 고개를 끄덕였다.

고통이 극심할 텐데도 설유원은 아무렇지도 않다는 듯이 몸을 일으켰다. 그 모습을 처음 보는 양천의와 검운영 등이 내심 감탄사를 흘렸다.

설유원이 자신을 바라보는 북풍대원들을 발견하고 철군패에게 물었다.

"이들이 네 군대라는 북풍대냐?"

철군패가 고개를 끄덕이자 설유원이 그들을 보며 포권을 취했다.

"만나서 반갑소. 설유원이라고 하오. 군패와는 천산에서 인연을 맺었소. 앞으로 잘 부탁드리겠소."

한 치의 비굴함도 없고 예의에도 어긋나지 않게 당당한 그의 모습에 북풍대가 감탄을 금치 못했다.

제일 먼저 입을 연 이는 양천의였다.

"형님 이야기는 많이 들었습니다. 군패가 힘들 때 곁에 있어주셨다고."

"형님?"

"저희보다 연장이잖습니까?"

"그건 그렇지만⋯⋯."

"흐흐! 형님으로 모시겠습니다. 앞으로 잘 부탁드리겠습니다."

"하지만⋯⋯."

"군패를 아우라고 생각하시면 저희도 아우라고 생각해주십시오."

양천의는 그렇게 막무가내로 설유원에게 형이라 불렀다.

사실 양천의는 설유원에게 꽤나 감탄을 했다. 철군패와의 관계를 떠나, 설유원의 모습은 사내로나 무인으로나 본받을 만했다. 그리고 무엇보다 사람을 잡아끄는 인간적인 매력이 엿보였다. 그렇기에 양천의는 체면을 생각하지 않고 설유원을 형이라 부르는 것이다.

설유원이 난감한 표정을 지으며 철군패를 바라보았다. 그러나 철군패라고 별 뾰족한 방법이 있을 리 만무했다.

결국 설유원이 양천의에게 두 손을 들었다.

"알겠네. 이제부터 자네를 편히 대하겠네. 그러니 이 손 좀 놓아주겠는가?"

"알겠습니다, 형님."

양천의가 손을 놓자 검운영 등이 말했다.

"이제부터 편하게 대하십시오. 군패 형님이 형으로 모시면 저희에게도 형이니까요."

"고맙네. 그렇게 배려를 해줘서."

"아닙니다."

검운영이 고개를 저으며 설유원 곁으로 다가와 앉았다.

그렇게 인사가 끝나자 철군패가 물었다.

"어떻게 된 일이야? 형이 어떻게 마해의 무인들과 싸우게 된 건데?"

"사실은……."

설유원이 담담한 목소리로 이제까지 자신이 겪었던 일을 자세히 말하기 시작했다. 목자탑격산을 내려와 중원으로 넘어온 일, 그 과정에서 곡혈성을 만나 소운천의 음모를 알게 된 일, 그래서 직접 자신의 눈으로 확인하고자 태산에 올랐던 일까지 가감 없이 솔직히 말했다.

설유원의 이야기를 듣는 철군패와 북풍대의 얼굴이 심각해졌다. 소문으로만 떠돌던 이야기가 진실이라는 사실을 알게 되었기 때문이다.

검운영의 목소리가 높아졌다.

"그럼 정말 천마는 진법으로 천하인을 몰살시킬 작정이란 말입니까?"

"현재까지 드러난 정황으로는 그런 것 같네."

"이런 미친!"

비단 검운영뿐만이 아니었다. 북풍대 전원이 분노를 드러냈다.

철군패의 표정도 심각해졌다.

"그랬었군. 그래서 그렇게 꺼림칙했던 거야."

그는 천문산에서의 기억을 떠올렸다.

분명 천문산을 지키고 있던 마해의 무인들을 쓰러트렸지만, 왠지 모르게 불길한 느낌이 들었던 것은 이 때문이었을 것이다.

"지금이라도 진을 구성하는 천원주라는 물건을 부숴야겠군."

"나도 그렇게 생각한다. 소용이 있을지 모르겠지만, 그래도 천원주를 모조리 부수고, 이 땅에 내린 암운을 거둬야 해."

설유원의 대답에 철군패가 고개를 끄덕였다.

"시간이 얼마 남지 않았어. 마해의 장로에게 듣기로는 곧 진이 본연의 위력을 펼칠 거라고 하더군. 지금까지는 단지 시작에 지나지 않다는 이야기지."

관적이 말했다.

진법이 본격적으로 위력을 발휘하면 천하의 그 누구도 살아남지 못할 거라고. 이제 그 시기가 머지않았다고 말이다.

철군패가 자리에서 일어났다.

"그렇다면 편히 쉬고 있을 시간이 없군."

"어떻게 하려고?"

양천의가 물었다. 그러자 철군패의 눈빛이 섬뜩하게 빛났다.

"모조리 부숴야지."

제 **7** 장

멸제남하(滅帝南下)

철룡방(鐵龍房)의 옛 터전에는 수많은 마해의 무인들이 존재했다. 철룡방은 마해의 북부 총타나 다름없었다. 임시로나마 북부 총타를 건립해 혹시 있을지 모를 구주천가의 재기를 감시하고 있는 것이다.

현재 북부 총타주 역할을 하고 있는 이는 유리마겸(琉璃魔鎌) 혈산위였다. 혈산위는 마해의 고수 중 한 명으로, 해주들이나 십대장로를 제외하면 가장 강한 무인이었다. 그런 역량을 인정받아 북부 총타주의 중임을 맡게 된 것이다.

혈산위는 무척이나 잔혹한 자였다. 그는 자신에게 반하는 자를 결코 용서하지 않았다. 그 때문에 마해의 무인들 사이에서도 그는 공포의 대상으로 존재했다.

혈산위가 북부 충타주로 온 뒤 가장 먼저 한 일은 포로로 잡은 정파의 무인들을 숙청하는 일이었다. 그는 단번에 포로로 잡은 모든 무인들을 처형하지 않았다.

하루에 몇 명씩 매일 처형했다. 감옥에서 동료들이 매일 죽어나가는 모습을 지켜보는 무인들의 입은 바싹 타들어갔고, 자신이 언제 죽을지 모른다는 공포심에 몸부림을 쳐야 했다.

혈산위는 너무도 혹독하게 포로들을 대했다. 그러다보니 자연 반발이 극심했지만 혈산위는 아랑곳하지 않았다. 그는 오히려 반발이 극심할수록 더욱 혹독하게 포로를 다뤘다.

혈산위는 누군가 이런 악역을 맡아야 한다고 생각했다. 공포로 정파의 무인들이 두 번 다시 재기할 수 없도록 억눌러야 한다고 그는 믿고 있었다. 그런 악역을 맡아야 한다면 자신뿐이었다. 본래부터 성품이 냉혹하고 잔인하기에 공포심은 배가 될 것이다.

혈산위는 대연무장 상단에 놓인 태사의에 앉아 있었다. 그동안 정파 무인들을 처형하면서 흘러내린 피가 대연무장의 청석을 붉게 물들이고 있었다. 혈향이 배어 있는 대연무장의 풍경은 더욱 을씨년스럽고 공포스러웠다.

오늘도 혈산위는 포로로 잡은 정파의 무인들을 처형하려 했다. 이제 남은 포로는 십여 명밖에 없었다. 하지만 남은 자들의 면면을 자세히 보면 누구 한 명 중요하지 않은 사람이 없었다. 북부 총타의 원래 주인이었던 철룡방주 담룡해, 정파의 협객으로 이름 높은 무주신협(務周神俠) 진구원, 인근에 명망이 높은 백룡대협(白龍大俠) 정인엽 등, 이름만 대면 누구나 알 수 있는 사람들이었다.

혈산위는 이제껏 미뤄뒀던 그들의 처형을 오늘 집행하기로 하고 널리 알렸다. 그 때문에 대연무장 주변에는 그들이 처형을 당하는 광경을 보러 온 사람들로 득실거렸다.

어떤 이들은 호기심어린 시선으로 보고 있었지만, 대부분의 사람들은 안타깝다는 표정으로 지켜보고 있었다. 혈도가 제압당한 채 포승줄에 줄줄이 엮여 나오는 사람들은 모두 인망이 높은 사람들이었다. 그런 이들이 마해에 의해 참수를 당한다는 사실은 모두의 가슴을 아프게 하기 충분했다. 하지만 마해의 위세에 눌려 그런 사실을 말하는 사람들은 없었다. 그저 동정심어린 눈으로 바라볼 뿐이었다.

"이걸 어떡해? 철룡방주 담 대협은 정말 좋은 분이셨는데."

"어디 그뿐인가? 무주신협 역시 얼마나 열성을 다해 어려운 사람들을 도왔는데, 이런 처지가 되다니."

사람들은 목소리를 죽여 안타까움을 토로했다. 개중에는 눈물을 흘리는 사람들도 있었다. 그들은 진심으로 안타까워하고 있었다. 자신들이 포로로 잡힌 정파 협사들을 도울 수 없기에.

십여 명의 무인들이 바닥에 무릎 꿇려졌다. 혈산위는 태사의에 앉아 그 모습을 내려다보았다.

"후후!"

그의 입술을 비집고 나직한 웃음이 흘러나왔다. 명백한 비웃음에 무릎을 꿇은 정파의 협사들이 고개를 들고 그를 노려봤다. 그러자 혈산위가 그들을 더욱 조소했다.

"후후! 억울한가?"

"간악한 마도의 무리. 우리는 힘이 없어 이렇게 잡혔지만, 하늘이 너희들을 용서하지 않으리라."

"그것도 나쁘지는 않겠지. 하늘이 존재한다면 말이야. 물론 그전에 너희들은 이곳에서 목숨을 잃을 테지만."

"우리가 비록 여기에서 목숨을 잃을지라도, 너희들의 끝도 결코 좋지 않을 것이다."

"이제 마해의 시대다. 구주천가가 철저하게 몰락한 지금, 누가 있어 마해를 거스를 수 있단 말인가? 너희들이 원하는 바는 결코 이뤄지지 않을 것이다."

"정의는 결코 사라지지 않는다. 우리로 안 된다면 하늘이 또 다른 누군가를 내려 반드시 너희를 징벌할 것이다."

철룡방주 담룡해가 절규하듯 외쳤다. 그의 외침에 사람들이 눈시울을 붉혔다. 하지만 혈산위는 그들을 조소했다.

"하늘? 무슨 하늘을 말하는 것인가? 저 위에 있는 하늘을 말하는 것이라면 기대하지 않는 것이 좋을 것이다. 내가 칠십 평생을 살아왔지만 빌어먹을 하늘은 이제까지 단 한 번도 내 기대를 들어준 적이 없으니까. 인생은 하늘이 만들어주는 것이 아니라 스스로 만들어가는 것이다."

혈산위의 입술이 뒤틀렸다. 그의 시선이 수하들을 향했다. 그러자 수하들이 커다란 거치도를 들고 담룡해 등을 향해 다가갔다. 이제 모두가 보는 앞에서 처형하려는 것이다.

"흐흐!"

거치도를 들고 다가가는 마해의 무인들이 음소를 흘렸다. 그들의 모습에 많은 사람들이 차마 더 이상은 보지 못하겠다는 듯이 고개를 돌리거나 눈물을 흘렸다.

마해의 무인들이 담룡해 등의 목에 거치도를 겨누고 심호흡을 했다. 그들의 시선이 혈산위를 향했다. 그의 명령을 기다리는 것이다.

찰나에 불과한 시간 동안 질식할 것 같은 정적이 이어졌다. 그리고 어느 순간 혈산위의 고개가 끄덕거렸다. 그러자 마해의 무인들이 들고있던 거치도를 힘차게 내려쳤다.

쐐액!

공기를 가르는 거치도에서 날카로운 소리가 울려 퍼졌다. 더 이상 보지 못하겠는지 사람들의 눈이 질끈 감겼다.

담룡해 등의 목숨이 가을날의 꽃잎처럼 덧없이 지려는 순간이었다.

"멈춰랏!"

쐐액!

어디선가 노성과 함께 비도가 날아와 거치도를 쳐냈다. 뜻밖의 변고에 사람들의 눈이 크게 떠졌다.

이어 일단의 무리들이 북부 총타의 담장 위에 모습을 드러냈다. 그들의 모습을 확인하는 순간, 혈산위의 얼굴에 한 줄기 미소가 어렸다.

"역시!"

담장 위에 나타난 이들은 모두 인근의 무인들이었다. 마해의 등장에 도주했던 이들이 담룡해 등의 죽음 앞에 울분을 참지 못하고 드디어 모습을 드러낸 것이다.

"깊숙이 숨은 쥐새끼들을 끌어내는 덴 이 방법이 제일이지."

아마 저들도 이것이 자신들을 불러내기 위한 함정이란 사실을 알고 있을 것이다. 하지만 함정이란 사실을 알면서도 나올 수밖에 없었을 것이다. 담룡해 등이 인근에서 차지하고 있는 위치는 그만큼 중요했다.

"이놈들! 어찌해 참지 못하고 뛰쳐나왔단 말이냐?"

자신들을 구원하기 위해 나타난 무인들을 보면서도 담룡해 등은 비통한 표정을 금치 못했다. 자신들이야 어찌 되든, 그들만큼은 목숨을 부지하길 원했기 때문이다. 그래야만 훗날을 기약할 수 있지 않은가? 그런 기도가 물거품이 되고 말았으니, 담룡해 등은 억장이 무너질 수밖에.

"죄송합니다, 어르신들. 하지만 어르신들의 죽음을 더 이상 무기력하게 지켜볼 수 없었습니다."

새로이 나타난 무인들의 수장인 듯한 젊은이가 비장한 목소리로 말했다. 실제로 그는 오늘 옥쇄할 각오까지 하고 있었다. 더 이상 무림을 지탱할 어른들을 잃었다가는 영원히 무림의 정기를 회복할 수 없을 거란 판단이 그들을 움직이게 만들었다. 때문에 설령 그대가 죽음일지라도 그들은 움직여야 했다.

"죽을 자리를 찾아온 쥐새끼들을 모조리 죽여랏."

"존명!"

혈산위의 명령이 떨어졌다.

마해의 무인들이 움직이고, 새로이 나타난 무리들도 담룡해 등을 구하기 위해 움직였다. 그 치열한 모습을 보면서도 혈산위는 움직일 줄 몰랐다.

그는 태사의에 앉아서 수하들과 젊은 무인들이 격돌하는 광경을 느긋하게 지켜보았다. 젊은 무인들의 의기는 가상했지만, 애초부터 상대가 되지 않는 싸움이었다. 그들이 죽음을 각오하고 덤벼들었지만 마해의 무인들은 너무나 강했다.

처음엔 어느 정도 균형을 유지했지만, 얼마 지나지 않아 젊은 무인들은 위기에 처했다. 그 모습에 담룡해 등이 눈물을 흘렸다. 자신들 때문에 애꿎은 젊은 무인들이 죽어나가기 때문이었다. 구경하러 온 사람들도 그 참혹한 모습에 다들 고개를 돌려 외면했다.

"으아악!"

누군가의 처절한 비명성이 울려 퍼졌다. 한 가지 확실한 것은 그 비명이 마해의 무인들 것은 아니란 것이다.

비명성은 점차 늘어났다. 그리고 쓰러지는 젊은 무인들의 숫자 또한 늘어났다. 그 모습을 보며 혈산위가 비릿한 미소를 지었다.

"후후! 이로써 인근에서는 정파가 두 번 다시 재기할 수 없을 것이다."

정파의 말살.

혈산위가 예전부터 계획해오던 일이었다. 뿔뿔이 흩어져 숨은 무인들을 끄집어내기 위해 일부러 사로잡은 명사들을 공개 처형시킨 것도 같은 이유에서였다.

시간이 흐를수록 불리한 이들은 바로 담룡해 등을 구출하러 온 젊은 무인들이었다. 마해의 무인들은 끊임없이 보충이 되지만, 그들의 숫자와 전력에는 한계가 있었기 때문이다.

결국 시간이 얼마 지나지 않아 젊은 무인들은 전멸 직전까지 몰렸다.

"크윽! 제발 도망가란 말이다. 우리의 목숨 따위는 상관하지 말고."

담룡해의 처절한 목소리가 울려 퍼졌지만, 이미 소용없었다. 그와 함께 잡힌 다른 무림 명숙들도 마찬가지로 비통한 표정을 짓고 있었다. 하지만 그들의 바람과 상관없이, 젊은 무인들의 목숨은 바람 앞의 촛불처럼 위태롭기 그지없었다.

통한의 눈물이 그들의 뺨을 타고 흘러내렸다. 이제 그들에게 남은 희망은 없었다. 이제 무림은 두 번 다시 회복하지 못할 암흑기에 접어들 것이 분명했다. 자신들의 죽음은 어찌할 수 없는 것이지만, 후인들까지 그런 암흑기에 살게 해야 한다는 사실이 그들을 절망케 만들었다.

"정말 이 땅에 희망은 없단 말인가?"

쾅!

사람들의 탄식과 절망이 극에 달했을 때 갑자기 북부 총타의 정문이 부서져 나갔다.

예상치 못한 변고에 사람들의 시선이 일제히 정문 쪽으로 향했다. 거대한 정문이 포탄에라도 맞은 것처럼 처참하게 구겨지고 부서져 있었다. 부서진 정문 뒤로 거대한 그림자가 보였다.

푸르르!

뜨거운 콧김을 뿜어내는 거대한 말 위에 앉은 거대한 덩치의 남자를 보는 순간 혈산위의 미간이 찌푸려졌다.

그가 태사의에서 일어나며 소리쳤다.

"누구냐?"

"잘도 이런 짓을 벌이는군."

중저음의 묵직한 목소리가 들려왔다. 그 목소리를 듣는 순간, 혈산위는 왠지 모를 불안감을 느꼈다. 하지만 그는 애써 자신의 불안한 마음을 떨쳐버리며 버럭 소리를 질렀다.

"네놈은 누구냐?"

혈산위의 목소리는 자신도 모르게 높아져 있었지만, 정작 그 자신은 그런 사실을 깨닫지 못하고 있었다.

정문을 부수며 나타난 남자는 바로 철군패였다. 그의 등 뒤에는 예의 북풍대가 있었다. 마해와의 전쟁을 선포하기 위해서는 제물이 필요했다. 철군패는 북부 총타를 제물로 선택했다. 하지만 그런 사실을 굳이 혈산위에게 설명할 필요는 느끼지 못했다.

철군패의 등 뒤에 서 있던 설유원, 양천의, 검운영이 서서히 앞으로 나섰다. 그들의 분위기에 혈산위의 미간이 한껏 찌푸려졌다. 정체는 알 수 없었지만, 기도 자체가 예사롭지 않게 느껴졌기 때문이다.

설유원 등도 안에서 벌어지고 있던 참혹한 광경을 목도했다. 그들의 눈은 분노로 붉게 물들어 있었다.

설유원이 말했다.

"우리는 북풍대다."

"북풍대? 그럼 저자가 멸제?"

혈산위의 눈빛이 깊이 침전되었다.

그는 그제야 자신이 왜 그렇게 철군패를 보고 꺼림칙한 기분이 들었는지 이유를 알았다.

"멸제…… 이곳에 나타나다니."

구주천가가 무너진 이후, 마해의 가장 큰 방해물로 여겨진

자가 바로 철군패였다. 그 때문에 철군패는 마해의 제일 공적으로 지목된 상태였다.

혈산위가 태사의에서 몸을 일으켰다.

"마침 잘 되었군. 저들만으로는 부족하다고 여기고 있었는데. 나 역시 언제고 너와 겨루길 고대하고 있었다."

"너 정도로는 안 돼."

"뭣이?"

철군패의 광오한 말에 혈산위의 눈에 핏발이 섰다. 혈산위역시 마해에서 꽤나 중요한 위치에 있으며, 무엇보다 자신에 대한 자부심이 대단한 사람이었다. 그런 그가 철군패의 말에 자존심에 상처를 입고 말았다.

"어디, 얼마나 대단한지 시험해보겠다, 멸제."

쿠쿠쿠!

혈산위가 가공할 기도를 발산하며 철군패에게 다가왔다. 설유원이 대신 상대하려 하자 철군패가 고개를 저었다.

"저자는 내 몫이야. 형은 나머지 사람들을 구해."

"알겠다."

설유원이 고개를 끄덕였다. 그와 북풍대가 마해의 무인들을 향해 다가갔다. 마해의 무인들 역시 그들을 향해 마주 부딪쳐왔다.

쾅!

그들이 격돌하며 무기 부딪히는 소리와 육신이 찌부러지는 소리가 한데 울려 퍼졌다.

"와아아아!"

소리를 지르며 달려드는 마해의 무인들, 그와는 반대로 입을 꾹 다문 채 삼엄한 기파를 발산하는 북풍대의 모습은 무척이나 대조적이었다.

주위의 모든 것이 소란스러웠지만 혈산해에게는 다른 나라의 일 같았다. 지금 혈산위의 모든 신경은 온통 철군패에게 집중되어 있었다. 그에겐 오직 철군패의 모습만 확대되어 보일 뿐이었다.

주룩!

문득 그의 뺨을 따라 한 줄기 굵은 땀방울이 흘러내렸다. 그제야 혈산위는 자신이 긴장하고 있다는 사실을 깨달았다.

철군패는 어떠한 기도도 발산하지 않고 있었다. 그저 화왕을 타고 혈산위를 바라볼 뿐이었다. 그런데도 혈산위는 거대한 벽을 느꼈다. 그 끝과 두께가 감히 가늠되지 않는 엄청난 벽을.

그제야 혈산위는 철군패가 자신이 생각하는 것보다 훨씬 더 대단한 존재일지도 모른다고 생각했다. 그는 시간이 흐를수록 자신이 불리할 거란 생각을 했다.

"챠앗!"

결국 그런 생각이 혈산위를 먼저 움직이게 만들었다. 혈산위의 몸이 허공 십여 장 위로 치솟아 올랐다. 정점에 다다른 그의 몸이 철군패를 향해 빠른 속도로 떨어져 내리기 시작했다. 거기에 천근추까지 운용하니 그 속력이 빛살과도 같았다.

그의 손에는 어느새 투명한 낫이 들려 있었다. 이름하여 유리마겸, 그의 별호와 똑같은 이름의 무기였다.

희미한 형태와 재질로 인하여 눈에는 확연히 보이지 않지만, 그 날카로움은 천하의 그 어떤 신병이기에도 비할 바가 아니었다.

혈산위의 유리마겸이 붉은 강기를 뿜어내며 철군패를 향해 날아왔다.

쉬악!

유리마겸이 철군패를 향해 내리꽂히기 직전이었다. 혈산위는 순간적으로 철군패의 어깨가 움찔한다는 느낌을 받았다. 그리고 그것이 그가 살아서 마지막으로 느낀 감각이었다,

퍼석!

유리마겸의 날이 철군패의 몸에 닿기 직전, 갑자기 유리마겸이 산산조각 났다. 그와 동시에 혈산위의 머리가 으깬 수박처럼 터져나갔다.

후두둑!

혈산위의 몸이 바닥으로 떨어져 내렸다. 그의 몸에서 산 자의 생기란 존재하지 않았다.

누구도 철군패가 어떤 수법을 썼는지 알아보지 못했다. 그저 무언가 번쩍인다는 느낌만 받았는데 혈산위의 머리가 순식

간에 터져나간 것이다.

그러나 그것은 그들도 익히 아는 초식, 일격포(一擊砲)였다.

하지만 예전의 일격포와 많은 것이 달랐다.

속도와 자세, 파괴력까지, 모든 것이 달랐다. 같은 일격포라는 이름을 쓰는 것 자체가 어색할 정도의 엄청난 위력이었다.

천우진과의 전투는 철군패의 모든 것을 변화시켰다. 특히 그의 파형권(破形拳)은 파격적인 진보를 했다. 가히 진화라고 부를 정도의 엄청난 진보를 말이다. 예전과 같은 이름을 가졌을 뿐, 그 위력은 궤를 달리했다.

파형권은 그렇게 완성됐다. 천우진의 도움을 빌어.

철군패가 서늘한 시선으로 주위를 둘러봤다. 어느새 장내도 정리가 되어가고 있었다. 북풍대는 마해의 무인들을 거의 제압하고 있었다.

담룡해 등은 그 광경을 보고 눈을 부릅떴다.

그들은 한 줄기 희망도 없던 세상에서 빛을 보았다. 모든 희망이 사라졌다고 생각했는데, 아직 희망은 남아 있었다.

철군패와 북풍대.

그들의 유일한 희망이었다.

"오오! 하늘이시여."

"아직 희망은 남아 있구나."

그들의 목소리가 북부 총타를 울렸다.

마해 북부 총타의 괴멸 소식은 곧 천하를 강타했다.

현시대를 석권하고 있는 마해. 구주천가를 병탄한 후 누구도 그들을 막을 수 없을 거라 생각하던 사람들은 북부 총타의 괴멸 소식에 믿을 수 없다는 표정을 지었다. 하지만 곧 소문이 사실임을 확인하고 환호성을 내질렀다.

한 치 앞도 보이지 않는 암울한 세상에 한 줄기 서광이 비춰졌다. 적어도 누군가는 포기하지 않고 마해와 싸운다는 사실 하나만으로도 그들은 숨통이 다 트이는 기분이었다.

거기에 북부 총타를 괴멸시킨 존재가 철군패와 북풍대라는 사실이 밝혀졌을 때, 사람들의 놀라움은 극에 달했다.

"멸제가 움직이기 시작했다."

"드디어 그가 움직이기 시작했는가?"

숨을 죽이고 있던 무인들은 흥분했고, 마해는 철군패의 움직임에 촉각을 곤두세웠다. 북부 총타의 괴멸은 그들은 본격적으로 행보를 시작한 이후 처음으로 맛보는 좌절이었다. 그 때문에 마해는 더욱 예민하게 반응했다.

* * *

단월의 발걸음이 빨라졌다. 그녀의 얼굴은 붉게 상기되어 있었다.

"군패가 무사했어."

그동안 철군패의 소식이 끊겨 가장 애를 태웠던 사람이 있다면 바로 단월일 것이다. 그녀는 태호의 무영문 비밀 거점에서 두문불출하며 철군패의 소식을 기다렸다.

그녀의 기다림은 헛되지 않았다. 바로 어제 철군패가 마해의 북부 총타를 괴멸시켰다는 소식을 들은 것이다. 마해의 북부 총타를 괴멸시킨 후 철군패가 남하하고 있다는 소식이 이어서 들어왔다.

몇몇 사람들은 철군패와 북풍대가 공개적으로 모습을 드러낸 데 불안함을 표하고 있었다. 현실적으로 철군패와 북풍대가 아무리 강하더라도 마해의 전력을 감당할 수는 없기 때문이다. 비록 구주천가와의 격전에서 많은 사상자가 났지만, 그래도 마해의 전력은 여전히 굳건했다. 많은 사람들이 바위를 계란으로 치는 격이라고 염려하는 것도 그 때문이었다.

단월이 향한 곳은 무영문의 비밀 거점인 고월장에서도 가장 깊은 곳에 위치한 조그만 모옥이었다. 장원과 어울리지 않는 모옥은 찾는 이 없이 방치되고 있었다.

삐걱!

단월이 문을 열자 녹슨 경첩이 비명을 내질렀다.

모옥 안은 무척이나 컴컴했다. 하지만 단월은 침착하게 입구 옆에 놓인 초를 들어 불을 밝혔다. 은은한 촛불에 실내가 어느 정도 밝아지자 단월은 모옥 안 깊숙한 곳으로 걸음을 옮겼다.

이제까지 방치되었던 모옥은 금방이라도 무너질 것처럼 허름했다. 더구나 사람이 산 지 오래돼서 무척이나 음산한 기운이 느껴졌다. 하지만 단월은 두려운 표정 하나 없이 걸음을 옮겼다.

그녀는 모옥에서도 가장 심처에 위치한 방으로 들어갔다. 인근에 아무도 없다는 사실을 알면서도 단월은 다시 한 번 주위를 확인한 후 벽에 세워진 장식장을 밀었다.

그그극!

육중한 소리와 함께 장식장이 옆으로 밀려났다. 그러자 비밀통로가 모습을 드러냈다. 단월이 비밀통로 안으로 들어가자 장식장이 아무 일 없었다는 듯이 제자리를 찾아 비밀통로의 존재를 감췄다.

비밀통로는 지하로 이어져 있었다. 나선형의 계단을 따라 한참을 내려갔다. 그나마 계단을 따라 벽면 곳곳에 횃불이 걸려 있어 걸음을 옮기는 것이 한결 편했다.

그렇게 한참을 지하를 내려가자 이번에는 동굴이 나타났다. 인공적으로 만든 것이 아닌 천연적으로 형성된 동굴이었다. 단월은 동굴을 따라 한참을 걸었다. 그렇게 얼마나 걸었을까? 문득 그녀의 눈앞에 굳게 닫힌 철문이 나타났다. 천연 동굴과는 전혀 어울리지 않는 광경이었지만, 단월은 전혀 이상하게 생각하지 않았다.

쿵쿵!

단월이 철문을 두들겼다. 그러자 잠시 후, 철문 사이로 조그만 창이 열리고 누군가의 눈동자가 나타났다. 눈동자는 단월의 모습을 확인하고 문을 열어주었다.

끼이익!

둔중한 철문이 열리면서 소름끼치는 소리가 울려 퍼졌다.

"어서 오십시오, 단월 소저."

철문이 열리고 나타난 남자가 단월을 향해 포권을 취했다. 단월을 대하는 그의 태도는 정중하기 이를 데 없었다.

"오랜만이네요. 문상께서는?"

"안에 계십니다. 들어가십시오. 그렇지 않아도 기다리고 계십니다."

"고마워요."

단월이 남자에게 포권을 취해 보이고는 지나갔다.

철문 안에는 감히 상상할 수 없을 만큼 엄청나게 큰 공동(空洞)이 존재했다. 누구도 이런 지하에 이 정도 규모의 지하 공동이 존재하리라고는 상상도 못할 것이다.

지하 공동은 바로 태호 밑에 존재했다. 수천 명의 사람들이 한꺼번에 생활을 해도 부족하지 않을 엄청난 공간이 단월의 눈앞에 펼쳐져 있었다. 지하를 향해 자란 종유석 곳곳에는 희미하게 빛을 내는 야명주가 박혀 있었다.

이 지하 공동이 무영문이 태호에 거점을 마련한 이유였다. 이 지하 공동이 발견된 것은 실로 우연이었다. 태호변에 장원을 건축하기 위해 터를 파던 중 지하 동굴을 발견했고, 지하 동굴을 따라 들어오다 보니 이곳이 발견된 것이다. 무영문이 장원을 사들인 이유도 바로 이 지하 공동 때문이었다.

태호 밑에 존재하다 보니 식수를 구하는 것도 쉬웠고, 무엇보다 비상식량만 구비하면 몇 년이고 은둔생활을 할 수 있는 최고의 은신처가 되기 때문이었다. 그 때문에 무영문에서는 이곳을 관리하는 데 심혈을 기울여왔다.

지하 공동 곳곳에 사람들이 보였다. 여러 갈래로 뚫린 동굴에서 생활하는 사람들은 물론이고, 공동 중앙의 평평한 곳에서 무공을 연마하는 사람들까지, 아무리 적게 잡아도 수천 명은 될 것 같았다.

그들 중에는 익숙한 얼굴들이 꽤 있었다. 그들이 단월을 발견하고 아는 척을 해왔다. 단월은 그들에게 인사를 하면서 목표로 했던 곳으로 걸음을 옮겼다.

그녀가 향한 곳은 지하 공동 북쪽에 위치한 조그만 동굴이었다. 그녀가 다가가자 사내 한 명이 아는 척을 해왔다.

"단월 소저시구려."

"오랜만입니다, 지 대협."

단월에게 말을 건 남자는 바로 흑영대주 지영정이었다. 지영정뿐만이 아니었다. 그의 주위에는 생존한 흑영대의 무인들이 다수 보였다.

이곳 공동에는 바로 마해에 쫓겨 패주한 구주천가와 정파의 무인들이 숨어 있었다. 구주천가와 정파의 무인들이 마해의 추격에 막판에 몰렸을 때 도움의 손길을 내민 이가 바로 단월이었다.

단월은 무영문의 힘으로 구주천가를 구출하기 위해 은밀한 공작에 착수했었다. 거짓으로 정보를 조작해 흘리고, 상대의 정보를 역이용하고, 구주천가 무인들의 흔적을 지웠다.

구주천가의 무인들을 삼삼오오 흩어지게 해서 태호로 모이게 한 것도, 지하 공동으로 안내한 것도 모두 그녀의 작품이었다. 그렇게 단월은 무영문의 힘을 이용해 멸망 직전에 놓인 구주천가를 구원했다.

지영정이 지키고 있던 동굴에는 천우경과 온유하가 있었다. 천우경은 아직도 사경을 헤매고 있었다. 소운천에게 상처를 입고 난 후 많은 시간이 흘렀지만, 그는 여전히 쉽게 회복을 하지 못하고 있었다. 그 때문에 온유하가 곁에 붙어서 그를 간호하고, 모든 대소사는 천위강이 처리하고 있었다.

단월이 들어오자 온유하가 자리에서 일어났다.

"단월 소저."

"천 대협은 어떠신가요?"

"고비는 겨우 넘긴 것 같지만 아직 회복하려면 요원해요."

"안타깝군요."

"어쩔 수 없는 일이죠. 그런데 무슨 일인가요? 단월 소저."

"해드릴 말이 있어서 왔어요."

"무슨 말인가요?"

"드디어 그가 움직이기 시작했어요."

"그? 멸제를 말하는 건가요?"

"그래요. 군패가 드디어 움직이기 시작했어요. 현재 마해의 북부 총타를 괴멸시키고 남하를 시작했다고 해요. 그의 최종 목표는 바로 구주천가를 차지하고 있는 천마일 거예요."

"그가 움직이다니? 그만큼 자신이 있다는 것인가요? 그도 아니면 무언가 믿는 구석이 있다는 것인가요?"

온유하의 표정이 변했다.

그녀의 얼굴은 심각했다. 그녀는 결코 사물의 한 단면만을 놓고 판단하지 않았다. 다각도로 생각하고 검토해 이면에 숨겨진 이유와 원인까지 알아내야만 직성이 풀리는 성격이었다. 그리고 그런 성격 덕분에 이제껏 구주천가를 이끌어올 수 있었다.

장고 끝에 온유하가 입을 열었다.

"그는 아무래도 우리에게 전언을 보내는 것 같군요. 지금이 아니면 기회가 없다고."

"그래요. 이건 군패가 우리에게 보내는 신호예요. 자신이 움직일 테니 구주천가와 정파의 무인들도 움직이라는."

"하지만 너무 무모해요. 단월 소저도 알잖아요. 천마가 얼마나 강한지. 가주께서도 천마를 감당하지 못하고 중상을 입으셨어요. 그런데 멸제가 천마를 감당할 수 있으리라 믿는 건가요?"

"나는 그렇게 믿어요."

"하지만……."

"이제까지 말하지 않았지만 나는 군패, 아니, 멸제가 구주
천가의 가주인 천우경 대협보다 강하다고 믿고 있어요."

"어떻게 그런 생각을?"

"군패는 야생에서 자란 아이예요. 천우경 대협과는 근본적
으로 달라요."

"뭐가 다르다는 거죠?"

온유하의 목소리가 자신도 모르게 높아졌다. 단월의 말이
왠지 신경을 건드렸기 때문이다. 그녀의 날카로운 반응에도
불구하고 단월은 차분히 말을 이었다.

"아무리 온실 속의 화초가 강하다고 하더라도 야생에서 자
란 잡초를 이길 수는 없는 법이죠. 그리고 나도 이젠 알고 있
어요."

"뭐가 말인가요?"

"이십 년 전의 난세를 끝낸 진짜 십전제가 따로 있다는 사
실을."

"그걸 어떻게?"

순식간에 온유하의 얼굴이 새하얗게 질려갔다.

단월은 아무렇지 않게 이야기했지만, 그것은 극비 중의 극
비였다. 구주천가 내에서도 오직 소수의 몇 명만 알고 있는 사

실. 그런 극비를 단월이 어찌 알았단 말인가?

"내가 어떻게 그 사실을 알았느냐는 중요하지 않아요. 중요한 것은 멸제가 당신이 생각하는 그 이상으로 강하다는 것이고, 작금의 상황을 돌릴 수 있는 유일한 기회가 지금뿐이라는 것이죠. 더구나 밖에서는 천마가 펼친 진의 영향력이 점차 확대되어가고 있어요. 무공이 약하거나 익히지 않은 자들이 원인불명의 혼수상태로 빠져들고 있어요. 이미 태호 인근에서도 의식을 잃는 사람들이 속출하고 있어요. 이 이상 시간이 흐른다면 반격의 기회조차 잡지 못할 거예요."

단월의 음성은 나직하면서도 평이했다. 하지만 설득력이 있었다. 그녀의 조곤조곤한 음성에 온유하는 흥분했던 마음을 가라앉히고 장고에 들어갔다.

'멸제, 그가 정말로 천마를 상대할 정도로 강하단 말인가? 그래! 그가 천마를 감당할 수 있다고 치자. 하지만 천마를 제외하고도 마해의 전력은 몸서리쳐질 정도로 강하다. 그런 엄청난 전력을 구주천가의 전력만으로 감당하는 것은 무리다. 더구나 우리는 전력이 반 토막 나지 않았던가? 무언가 다른 수가 필요하다.'

온유하는 생각에 생각을 거듭했다. 그렇게 해서 내린 결론은 무언가 부족하다는 것이다. 마해를 상대하기 위해서는 지금의 전력 그 이상이 있어야 했다.

온유하는 그런 자신의 생각을 단월에게 이야기했다.

"지금으로는 부족해요. 멸제가 천마를 감당한다고 하더라도 전력이 부족한 것은 사실이에요."

"멸제가 움직이면 함께 움직일 사람들이 있어요."

"그게 무슨 말인가요?"

"문상은 몰라요. 군패, 멸제가 어떤 길을 걸어왔는지. 그가 어떤 사람들을 만났는지 말이에요."

단월의 시선이 허공으로 향했다.

야명주가 박힌 동굴 천정이 꼭 밤하늘의 별처럼 보였다.

"그가 반드시 이 난세를 끝낼 거예요."

*   *   *

철군패가 움직였다는 소식은 폭풍처럼 천하 곳곳으로 퍼져나갔다. 모든 희망이 사라진 시대에 그가 움직였다는 소식은 엄청난 충격을 던져주었다. 그리고 사람들은 한 가닥 희망을 품게 됐다.

무화장의 북관주에게도 철군패의 소식은 전해졌다.

"그가 드디어 움직였는가?"

북관주가 하늘을 올려다봤다.

무화장은 합밀에 위치해서, 사실 중원에서 벌어지는 일과는 아무런 상관이 없었다. 하지만 세상일이란 것이 매우 복잡하게 얽혀 있어서 중원에서 어떤 일이 벌어지면 합밀에까지 음으로 양으로 영향을 미치게 마련이다.

중원이 마해의 손에 넘어가면서 이미 합밀에도 많은 영향을 끼치기 시작했다. 그것도 아주 좋지 않은 방향으로 말이다. 일단 중원과의 교역이 끊겼고, 그 결과 합밀의 경제가 엉망이 되고 말았다.

합밀의 경제를 지배하는 곳은 바로 무화장. 때문에 악영향은 무화장에까지 미쳤다. 중원뿐 아니라 천하 전체가 혼돈으로 치닫는 양상이었다. 이 사태를 해결하지 못하면 합밀 경제는 파국으로 치닫고 말 것이다. 합밀의 파국은 새외 전체에 영향을 끼칠 것이 분명했다.

그리고 무엇보다 북관주에게는 이 난세를 끝내야 할 의무가 있었다. 이제까지 외면해왔지만, 세상이 어지럽게 돌아가자 대대로 내려온 자신의 의무에 대해 생각하지 않을 수 없었다.

"무화장은 북천빙궁의 후신. 천마와 같은 시대를 살았던 빙마후의 무공을 익힌 이상, 나에게도 이 싸움에 참여해야 할 의무가 있다."

북관주가 그런 생각을 갖게 된 가장 큰 이유는 바로 철군패와의 만남 때문이었다. 철군패와의 만남 이후 그는 많은 것을 생각했고, 자신이 나아가야 할 바를 결정했다.

"요 총관."

"예! 장주님."

북관주의 부름에 총관 요경의가 급히 들어왔다. 그가 북관주에게 고개를 숙여 보였다.

"당장 본장의 모든 전력에게 출진 준비를 시키도록."

"지금 당장 말입니까?"

"그래! 지금 당장."

북관주의 음성에는 거역할 수 없는 힘이 실려 있었다. 요경의가 고개를 숙이며 대답했다.

"알겠습니다, 장주님."

"무화장의 장주가 아니라 북천빙궁의 궁주 자격으로 출진할 것이다."

"오오!"

순간 요경의의 얼굴에 감격의 빛이 떠올랐다.

북천빙궁을 이었으면서도 철저하게 부정해왔던 북관주였다. 지금의 발언은 북관주가 정식으로 북천빙궁의 뒤를 잇겠다고 선포한 것이나 다름없었다.

"북천빙궁은 멸제와 함께 마해를 이 땅에서 몰아낼 것이다."

북관주의 음성이 무화장에 울려 퍼졌다.

그날 북관주와 북천빙궁은 남하하기 시작했다.

북관주와 무화장이 남하하는 그 시기, 새외 곳곳에서 심상치 않은 움직임이 포착됐다. 십이사조를 대신해 새외의 패권을 차지했던 문파들이 중원으로 대이동을 시작한 것이다.

철군패의 등장은 그렇게 천하 곳곳에 커다란 파문과 연쇄 이동을 일으켰다. 하지만 아직 그 사실을 아는 자는 거의 없었다.

* * *

철군패는 북풍대와 함께 남하를 하면서 마해의 거점을 파괴했다. 북부 총타는 시작에 불과했다. 그가 남하하는 길목에 존재하는 마해의 주요 거점들은 주춧돌 하나 남기지 못하고 모조리 멸망했다.

그 과정에서 이제껏 숨을 죽이고 숨어 있던 무인들이 하나둘 북풍대에 합류하기 시작했다. 그들은 철군패의 최종 목표가 구주천가를 점유하고 들어앉은 소운천이란 사실을 알고 있었다.

그렇게 철군패는 자신도 모르게 천하 곳곳에 영향력을 흩뿌리며 남하를 하고 있었다. 그 과정에서 설유원의 능력이 크게 부각됐다. 설유원은 합류하는 군웅들을 다독이고 이끌어나가며 하나의 조직으로 만들기 시작했다. 군웅들도 설유원의 능력과 인품에 감복을 하고 기꺼이 그를 따랐다.

그렇게 철군패를 따르는 무인들의 수는 기하급수적으로 늘어났다. 무인들의 수가 불어났지만 철군패의 표정은 밝지 않았다. 그것은 북풍대 역시 마찬가지였다.

그들의 눈앞에 생전 처음 보는 기괴한 장면이 잡혔다.

철군패와 북풍대는 남하하는 도중에 백리사(百里沙)라는 마을에 들렀다. 백리사에서 지친 몸을 쉬어갈 수 있길 고대했지만, 그들을 기다리는 것은 충격적인 광경이었다.

"이건?"

백리사의 전경을 바라보는 북풍대의 눈동자가 흔들렸다.

백리사 전체가 죽은 마을처럼 고요했다. 그 어떤 소리도 들리지 않고, 그 어떤 움직임도 보이지 않았다. 마치 시간이 멈춘 것처럼, 모든 것이 정지 상태였다. 심지어는 바람조차 백리사를 피해가는 것처럼 나뭇가지 하나 움직이지 않았다.

"마을을 확인해보도록."

철군패가 북풍대에게 명령을 내렸다. 북풍대가 마을 곳곳으로 뿔뿔이 흩어졌다. 잠시 후, 북풍대의 누군가가 소리쳤다.

"이곳으로 와보십시오."

철군패와 검운영 등이 소리가 들린 곳으로 걸음을 옮겼다. 그곳에서 그들이 본 것은 실로 놀라운 광경이었다.

마을 잔치를 준비하고 있었던 듯 공터 한가운데 모여 있는 마을 사람들. 수많은 재료들 사이로 쓰러져 있는 마을 사람들. 북풍대가 급히 다가가 그들의 상세를 살폈다.

사람들은 혼수상태에 빠져 있었다. 흔들어도 내공을 주입해도 미동 하나 없었다. 마치 의식이 육체와 분리된 듯, 어떤 외부 자극에도 반응하지 않았다.

"진의 영향인가?"

철군패의 눈빛이 더욱 깊이 침전됐다.

이 모든 현상이 소운천이 오악을 비롯한 천하 영산에 설치한 진의 영향이라는 사실을 알고 있었다. 하지만 머리로는 이해를 해도 가슴으로 받아들이는 것은 쉽지 않았다.

"이들은 모두 자신의 의식 안에 갇혀 있다. 지금 당장은 가사상태를 유지하지만 시간이 흐르면 영양분을 공급받지 못해 아사(餓死)하는 사람이 속출할 것이다."

실제로 의식을 잃은 노약자들 중에는 이미 사망한 자들이 다수 섞여 있었다. 북풍대가 헤아려보니 벌써 스무 명이 넘은 사람들이 잠이 든 것처럼 사망한 상태였다.

북풍대는 사망한 사람들을 추려 따로 한쪽에 모아 놨다.

설유원이 탄식을 토했다.

"천마는 정말 천하인 모두를 몰살시킬 생각인가 보군. 이런 터무니없는 진으로 천하 전체를 가두다니. 벌써 많은 사망자들이 속출하고 있다. 이렇게 시간이 조금만 더 흐른다면 천하인 중 살아남을 수 있는 사람은 아무도 없겠지. 그나마 무공을 익힌 자들은 영향을 덜 받고 있지만, 시간이 좀 더 흐르고 진의 영향력이 더욱 커지면 어떻게 될지는 아무도 모른다. 합류하는 사람들 중 무공이 고강한 사람들만을 따로 골라 오악으로 보내고 있지만, 그 결과가 어찌될지 장담할 수 없는 상황이다. 어쩌면 진이 해제되기도 전에 사람들이 죽을지도 몰라."

"결론은 한 가지뿐이야. 최대한 빨리 천마를 제압하는 것만이 이 사람들을 살리는 길이지."

"음!"

철군패의 말에 설유원이 고개를 끄덕였다.

철군패는 고개를 들어 허공을 올려다보았다. 다른 사람들의 눈에는 보이지 않았지만, 철군패의 눈에는 비정상적인 기의 흐름이 보이고 있었다.

평소 대자연을 흐르는 기의 흐름은 이렇게 제멋대로에 불규칙적이지 않았다. 엄격한 법도에 따라 높은 데서 낮은 데로 흐르고, 뜨거운 것은 위로 올라가고, 차가운 기운은 낮은 곳으로 흐르면서 조화를 이뤘다. 그것이 세상의 이치였다.

그러나 지금 이 순간, 세상의 이치는 철저히 부정당하고 어긋나고 있었다. 비정상적인 기의 흐름은 세상 만물의 부조화를 가져오고 있었다.

사람들이 의식이 분리되는 것은 겨우 시작에 불과하다. 이 사태를 막지 못하면 더 큰일이 일어날 것이다. 철군패의 감이 그렇게 속삭이고 있었다.

검운영이 철군패에게 물었다.

"형님, 마을 사람들은 어떻게 할까요?"

"지금 당장은 뾰족한 수가 없구나. 그냥 내버려 두거라. 대신 한시라도 빨리 천마를 제압해 이 모든 일을 끝내는 수밖에."

"알겠습니다."

대답을 하는 검운영의 표정이 어두워졌다. 하지만 검운영도 알고 있었다. 철군패가 말하는 방법이 최선이란 사실을.

결국 북풍대는 백리사에서 쉬는 대신 행군을 택했다. 비록 충분히 쉬지는 못했지만 일행의 얼굴에 피로감은 느껴지지 않았다. 대신 분노가 가득할 뿐이었다.

양천의가 중얼거렸다.

"천마는 인간이 아니야. 제정신을 가진 자라면 이럴 수 없지. 천마를 용서하면 안 된다. 반드시 내 대부로 그의 머리를 두 쪽으로 쪼갤 것이다."

북풍대뿐만 아니라 군웅들도 천마를 욕했다.

도저히 용서할 수 없는 천고의 마인이라면서 말이다. 그들에게 있어 천마 소운천은 존재 자체를 용납할 수 없는 증오의 대상이었다.

그렇게 모든 사람들이 소운천을 욕할 때, 철군패는 다른 생각을 하고 있었다.

'도대체 무슨 생각을 하는 것인가? 천마, 당신의 머릿속엔 어떤 생각이 들어 있는 거지?'

제 8 장

대반격(大反擊)

　철군패와 북풍대가 남하한다는 소문이 돌기 시작한 그 시점, 마해 역시 움직이기 시작했다.

　마해천하에 유일하게 걸리는 것이 있다면 바로 철군패였다. 철군패는 명성이나 무력에서 천마 소운천에 대적할 수 있는 가장 훌륭한 대항마였다. 이대로 시간이 흐른다면 철군패를 따르는 자들이 더욱 많아질 것이 분명했고, 아직 잔존해 있는 구주천가의 잔당들도 그에게 합류할 것이 자명했다.

　그런 이유 때문에 마해 역시 철군패와 북풍대를 제압하기 위해 적극적으로 움직였다. 많은 전력이 구주천가의 성을 나서서 철군패가 남하하는 방향을 향해 움직였다.

바야흐로 마해와 중원의 제이차 격돌이 시작되려 하고 있었다. 일차 격돌은 중원과 구주천가의 패배로 끝났다. 이차 격돌의 결과가 어떻게 될지는 아무도 알 수 없었지만, 많은 이들이 마해의 승리를 조심스럽게 예측했다. 객관적으로 전력차가 너무 큰 것이다. 하지만 그럼에도 불구하고 사람들은 철군패와 북풍대가 승리하길 기대했다.

지금은 한 줄기 빛도 보이지 않는 암흑시대였다. 많은 사람들이 진의 영향으로 의식과 육신이 분리되어 쓰러지고 있었고, 사람들의 얼굴에는 어떠한 희망도 없어 보였다. 그러나 그들은 철군패와 북풍대가 희망이 되어주길 바랐다.

철군패와 북풍대는 빠른 속도로 남하를 해서 혈야평 인근에 도착했다. 지난날 마해와 구주천가가 천하의 패권을 놓고 자웅을 겨룬 곳이다. 혈야평에는 아직도 그때의 흔적이 고스란히 남아 있었다.

혈야평 곳곳에는 미처 치우지 못한 시신들이 굴러다니고 있었다.

살점은 까마귀와 짐승들이 뜯어먹어 거의 남아 있지 않았지만, 인골이 곳곳에 널브러져 있어 섬뜩함을 더했다. 거기에 대지가 온통 핏빛이었다. 너무나 많은 사람들의 피를 흡수했기 때문이었다. 수많은 사람들의 원념이 아직도 혈야평을 떠도는 듯했다.

철군패가 혈야평을 둘러보며 말했다.

"마해는 이곳에서 구주천가를 누르고 그들의 자리를 대신 차지했다."

"아직도 피 냄새가 나는 것 같다. 정말 지독한 혈전이 이곳에서 벌어졌군."

설유원이 인상을 썼다.

어지간한 수라장을 다 경험했다고 자부하는 그였지만, 이토록 진한 혈향을 맡는 것은 이번이 처음이었다. 지독한 혈향과 비린내에 정신이 다 어지러울 지경이었다.

철군패가 설유원에게 말했다.

"이제 익숙해져야 할 거야. 앞으로 우리를 기다리는 것은 이보다 더 할 테니까."

"그래!"

"천의와 운영이도 모이라고 해. 이제부터 중요한 의논을 해야 하니까."

"알겠다."

잠시 후, 설유원이 양천의와 검운영을 대동하고 나타났다. 네 사람이 바닥에 굴러다니는 바위에 앉아 얼굴을 마주봤다.

철군패가 먼저 검운영을 바라봤다.

"무영문은?"

"조금 전 연락이 닿았습니다. 무영문도가 전서를 전해줬습니다."

"그녀가 뭐라고 하더냐?"

"형님의 행동에 보조를 맞추겠다고 하더군요. 이미 형님의 의중을 짐작하고 있는 듯했습니다."

"그럴 테지. 그녀라면 능히 그럴 줄 알았다."

검운영의 말에 철군패가 고개를 끄덕였다.

사실 철군패가 단월에게 따로 연락을 하지 않고 움직인 것은 그만큼 그녀를 믿기 때문이었다. 자신이 움직였다는 소문이 돌면 단월 역시 어떤 식으로든 움직일 거라는 확신이 있었다.

"막다른 골목에 몰렸던 구주천가의 무인들도 형수님이 빼돌리신 것 같더군요."

"역시 그랬나?"

철군패의 눈이 빛났다.

구주천가가 마해의 추적을 뿌리치고 완벽하게 잠적했다는 말을 들었을 때, 혹시 단월이 개입했을지도 모른다는 생각을 했었다. 그리고 그 짐작은 사실로 드러났다.

끼익!

그때, 허공에서 날카로운 소리가 울려 퍼졌다. 고개를 드니 깃털이 새빨간 매 한 마리가 허공을 맴돌고 있었다. 한동안 창공을 선회하던 매가 곧 철군패 등이 있는 곳을 향해 무서운 속도로 하강했다.

쏜살처럼 내리꽂힌 붉은 매가 안착한 곳은 놀랍게도 철군패의 굵은 팔뚝 위였다. 붉은 매를 보며 설유원이 말했다.

"서천환희궁의 영물인 혈응(血鷹)일세. 아마 서천환희궁에서 보낸 것 같군."

한동안 서천환희궁에서 머무른 적이 있던 설유원이었다. 그는 한눈에 혈응의 정체를 알아차렸다.

검운영이 혈응의 발을 가리키며 말했다.

"혈응의 발목에 조그만 통이 매달려 있습니다."

철군패가 손을 뻗어 혈응의 발에 매달린 통을 빼냈다. 조그만 통 안에는 곱게 말린 쪽지가 들어 있었다. 철군패가 쪽지를 펴서 읽었다.

"형님, 뭐라고 적혀 있습니까?"

"서천환희궁에서 보낸 쪽지군. 우리를 돕기 위해 정예를 보냈다는 이야기가 적혀 있다."

"서천환희궁에서 말입니까?"

"그들뿐 아니라 새외의 문파들 역시 정예를 차출해 보냈다는군. 서천환희궁주인 아도문이 새외의 문파들을 설득한 모양이다."

"아도문 궁주가……."

설유원이 감격스런 표정을 지었다.

본래 서천환희궁은 세상일에 관여를 하지 않는다. 이제까지 서천환희궁이 새외의 전설로 남아 있을 수 있었던 것도 바로 그런 이유 때문이었다. 그런 서천환희궁이 이제껏 수백 년을 이어져 내려온 불문율을 깨고 중원에 정예를 파병한 것은 실로 엄청난 파격이었다. 그 이유가 자신과 철군패 때문임을 모를 설유원이 아니었다.

아도문이 보낸 쪽지에 의하면 무사부(武師父)인 염휘가 서천환희궁과 새외문파들의 정예들을 이끌고 이미 중원에 들어왔다고 전하고 있었다.

"벌써 인근에 도착한 모양이군. 우리의 계획을 알려주면 따르겠다고 쓰여 있어."

"잘됐다. 정말 잘됐어. 서천환희궁은 분명 우리에게 큰 힘이 될 것이다."

설유원이 연신 고개를 끄덕였다.

구주천가의 생존자들에 서천환희궁을 비롯한 새외의 문파들까지 힘을 더하고 있었다. 마해를 제외한 세상의 모든 문파들이 하나로 힘을 모은 것이나 다름없었다.

새외의 문파들 역시 천마와 마해에 위협을 느끼고 있었다. 지금 당장은 중원에 한정된 일이지만, 이대로 중원의 모든 정기가 사라진다면 자신들 차례라는 것을 알고 있는 것이다.

"이제 해볼 만하군. 구주천가에 서천환희궁과 새외문파의 힘이라면 능히 마해와 자웅을 겨뤄볼 만해."

양천의가 이를 드러내며 웃었다. 그는 투지가 불끈불끈 솟아오르는 듯했다.

철군패가 설유원에게 말했다.

"형이 그들과 연락을 해서 우리의 계획을 알려줘."

"알겠다."

설유원이 고개를 끄덕였다.

그때였다.

"음?"

갑자기 철군패의 얼굴이 딱딱하게 굳었다. 그의 시선이 허공을 향했다. 나머지 세사람의 시선도 덩달아 철군패를 따라 움직였다.

철군패가 말했다.

"이만 나오지."

"……."

"다 알고 있어. 그래도 나오지 않겠다면 내가 나오게 해줄까?"

"하하! 이거, 끝까지 숨으려고 했는데, 들킨 건가요?"

그 순간, 허공이 일렁이며 누군가 모습을 나타냈다. 그의 등장에 설유원 등 세 사람의 눈동자가 잠시지간 흔들렸다.

금빛 가면을 쓴 사내가 그들의 지척에서 은신술을 펼치고 있었는데도 알아차리지 못했다는 사실이 그들의 신경을 건드린 것이다. 빛나는 금빛 가면 뒤로 차가운 눈동자가 일렁이고 있었다. 뱀의 눈동자를 확대하면 사내의 눈동자와 같을 것이다.

세 사람의 이목을 속이고 지척까지 다가온 사내는 무척이나 여유로운 태도였다.

양천의가 금빛 사내를 노려보며 소리쳤다.

"네놈은 누구냐?"

"적, 그도 아니면 조력자?"

"무슨 헛소리를 하는 것이냐?"

사내의 대답에 양천의가 노성을 터트렸다. 하지만 사내의 태도는 여전히 변화가 없었다. 그의 시선이 철군패를 향했다.

"내가 누구인 거 같소?"

"반천련주겠지."

"호! 어떻게 아셨소? 아! 무영문의 소문주께서 말씀하셨겠구려. 두 분이 그렇고 그런 사이라는 것은 천하가 다 아는 사실이니까."

금빛 가면의 사내, 사검영의 눈가에 곡선이 생겨났다. 짓궂은 미소를 짓고 있는 까닭이다.

"헛소리를 하러 왔는가?"

"이런! 분위기가 너무 딱딱해 농담이라도 하려 했더니만. 여자는 그렇게 딱딱한 남자를 그다지 좋아하지 않는다오."

그러나 사검영의 능글능글한 웃음에도 철군패의 표정은 여전히 무겁고 침중했다. 그러자 사검영이 안색을 싹 바꿨다.

"후후! 농담이 통하지 않는군. 그렇다면 본론부터 이야기하지."

사검영이 천천히 철군패를 향해 다가왔다. 그는 철군패가 손을 뻗으면 닿을 거리에 멈춰 서서 천천히 금빛 가면을 벗었다. 그러자 가면 뒤에 가려져 있던 그의 본모습이 드러났다. 오랜 세월 햇빛을 보지 못해 시리도록 창백한 얼굴이.

가면을 벗었다는 것은 자신의 모든 것을 숨김없이 보이겠다는 뜻이었다. 그도 아니면 모든 것을 내보일 정도로 자신 있다는 말이거나.

"나와 손을 잡자, 멸제."

사검영의 말투, 분위기, 눈빛이 모두 바뀌었다. 조금 전의 능글맞던 모습은 거짓말처럼 순식간에 모두 사라지고, 냉혹한 눈빛의 승부사가 존재하고 있었다.

"반천련주, 당신은 천마의 측근인 것으로 알고 있는데? 둘이서 연수한 사이가 아니던가?"

"후후! 물론 그렇기는 하지. 하지만 그가 원하는 세상은 결코 내가 원하는 세상이 아니다. 나는 구주천가를 세상에서 지우고 패권을 잡기를 원하지, 모든 사람들이 죽기를 바라지는 않는다. 천마는 지금 이 땅에 존재하는 모든 생명체를 말살시키려 한다. 나와는 전혀 다른 노선이지. 나도 스스로 미쳤다고 생각하지만, 그의 광기는 나와는 차원을 달리한다."

"그래서 배신하겠다?"

"배신이 아니다. 목적이 같아 손을 잡았으니, 목적이 달성된 지금은 갈라서겠다는 뜻이지. 어떡하겠는가? 멸제, 나와 손을 잡겠는가?"

사검영이 손을 내밀었다.

그는 철군패가 반드시 자신의 손을 잡을 거라고 생각했다. 마해의 주력이 혈야평에서 멀지 않은 곳까지 다가온 상태였다. 명백한 전력의 열세였다.

전력의 열세를 극복하기 위해서는 자신의 손을 잡는 것 외에는 도리가 없을 것이다. 일단 철군패와 손을 잡은 후 소운천을 물리치고, 그 후에 철군패를 제거하겠다는 것이 사검영의 생각이었다.

강대한 적을 자신이 직접 상대할 필요는 없다. 적의 적을 이용하는 것이 더욱 효과적이다. 그것이 사검영의 생각이었다.

"선택하라, 멸제여."

"후후! 더 이상 들을 필요도 없는 말이군."

철군패의 말에 사검영이 미소를 지었다. 자신과 손을 잡겠다는 뜻으로 받아들인 것이다. 그러나 이어 들려온 철군패의 대답은 그의 예상을 뒤엎는 것이었다.

"개소리는 천마 앞에서나 하도록."

"나의 제안을 거절하겠다는 말인가?"

"나는 배신을 일삼는 자를 믿지 않아. 한 번 배신한 존재는 언제든지 다시 배신할 수 있지."

"후회할 것이다, 멸제."

"후회? 믿지 못할 자와 손을 잡았다가 배신을 당한 후에 피눈물을 흘리는 것보다는 낫겠지."

"놈!"

사검영의 표정이 사납게 변하고 노기가 줄기줄기 뻗쳐 나왔다. 철군패가 자신의 제안을 일거에 거절할 것이라고는 생각지도 못했기 때문이었다.

"놈! 반드시 후회할 것이다."

"후회는 네가 먼저다."

쾅!

갑자기 폭음과 함께 사검영의 몸이 뒤로 훌훌 날아갔다. 무서운 속도로 튕겨져 나가는 사검영이 검붉은 선혈을 울컥 토해내고 있었다. 예고도 없이 펼쳐진 철군패의 일격포에 온몸이 바스러지는 듯한 충격이 느껴졌다. 그나마 가공할 사기(邪氣)가 몸을 보호하고 있었기에 이 정도지, 맨몸으로 철군패의 공격을 허용했다면 그의 숨은 이미 끊어졌을 것이다. 그러나 사검영은 한가하게 고통을 음미할 시간도 없었다. 철군패의 이격이 곧바로 이어졌기 때문이다.

사검영은 철군패를 잘못 생각했다. 그는 자신의 능력이라면 철군패를 충분히 뜻대로 요리할 수 있을 거라 생각했지만, 철군패는 그렇게 녹록한 존재가 아니었다. 오히려 철군패는 사검영이 자신의 앞에 나타난 것을 기회라고 생각했다. 그를 없앨 절호의 기회라고 말이다.

쾅!

다시 폭음이 울려 퍼졌다. 하지만 사검영의 모습은 그 어디서도 보이지 않았다. 위기의 순간 사술(邪術)을 펼쳐 철군패의 공세를 벗어난 것이다.

"감히 나의 호의를 거절하다니. 크게 후회할 것이다, 멸제."

허공에서 분노에 찬 사검영의 목소리가 울려 퍼졌다.

"누가 후회하게 될지는 두고 봐야겠지."

철군패는 더 이상 사검영에게 미련을 두지 않았다. 그를 완전히 제거하지 못했다는 아쉬움도 존재하지 않았다. 어차피 일격에 그를 죽일 수 있다고 생각하지 않았기 때문이었다.

사검영의 기척은 더 이상 느껴지지 않았다. 그리고 철군패도 더 이상 신경 쓰지 않았다. 철군패는 다시 설유원 등과 함께 계획을 최종적으로 점검했다.

"크윽!"

야산에 사검영이 모습을 드러냈다.

창백하게 변한 안색과 부들부들 떨리는 어깨가 그가 얼마나 엄중한 상처를 입고 있는지 보여주었다. 설마 철군패가 자신의 제안을 들은 척도 하지 않고 기습을 할 줄은 전혀 예상하지 못했다.

"가만두지 않겠다, 멸제. 감히 내 제안을 거절한 것을 후회하게 만들겠다."

사검영이 이빨을 뿌득 갈때 숲속에서 낯익은 그림자가 나타났다. 신도제원과 서문화영, 그리고 임관설이었다.

신도제원이 말했다.

"협상이 결렬됐나 보구려."

"대사조께서 그를 맡아주셔야겠소. 그는 우리의 제안을 거절했소."

"역시 내 생각이 맞았구려. 그는 결코 타인과 손을 잡을 사람이 아니오."

"부탁하겠소."

"알겠소."

신도제원이 고개를 끄덕였다.

어차피 소운천을 제거한 후에는 철군패도 제거하려 했다. 단지 순서가 바뀐 것뿐, 달라지는 것은 없다.

"그는 분명 나의 손에 죽을 것이오."

신도제원이 호언장담했다. 서문화영은 교소를 터트리고 임관설의 표정은 어두워졌다.

'오라버니.'

          *   *   *

다음 날, 철군패와 북풍대는 진군 속도를 높였다. 하지만 그들의 진군은 얼마 지나지 않아 막히고 말았다. 마해의 무인들이 그들을 막아서고 있었기 때문이다.

사도광천이 이끄는 마해의 주력이었다.

사도광천이 외쳤다.

"여기까지다. 더 이상은 가지 못한다, 멸제."

그러나 철군패는 대답 대신 화왕에 더욱 박차를 가했다. 대화 따윈 필요 없다는 뜻이었다. 북풍대가 철군패를 바싹 따랐다.

사도광천이 이끌고 온 무인들의 수는 무려 사천 명, 그중에는 십대장로에 포함된 무인들도 다수 있었다. 사도광천은 이번 기회에 반드시 철군패를 제거하고자 가용 전력을 모두 데리고 출진했다.

두두두!

철군패와 북풍대가 엄청난 박력을 풍기면서 그들에게 말을 달려오고 있었다. 불과 이백 명이었지만 그들이 뿜어내는 박력은 그 이상이었다. 그들의 박력과 기백에 살이 다 떨려올 지경이었다.

"여전히 오만하군. 하지만 그 오만을 후회하게 될 것이다, 멸제. 궁수들은 준비하라."

"옛!"

사도광천의 명령에 무인들 뒷줄에서 대기하고 있던 궁수 삼백 명이 앞으로 나왔다. 그들은 사도광천이 급조한 병력이었다. 먼젓번 철군패와의 조우 이후, 사도광천은 궁병의 필요성을 절감했다. 철군패가 이끄는 북풍대와 같은 기마병을 막기 위해서는 궁수들이 필요한 것이다. 그래서 급히 강궁을 구해 병사들에게 지급하고 짧은 시간 안에 강도 높은 훈련을 시켰다. 그렇게 해서 탄생한 이들이 바로 궁수들이었다.

간혹 활을 주무기로 사용하는 무인들도 있긴 하지만, 무림인들 대부분은 활 같은 무기는 군대에서나 사용하는 무기라며 천시하는 경향이 있었다. 그 때문에 무림에서 이 정도의 궁수들을 보유한 문파는 존재하지 않았다.

비록 급조했다고는 하지만 궁수들 역시 무공을 익힌 무인들이었다. 활의 원리를 이해하고 내력을 담을 수 있게 되자 그들이 발사하는 화살은 엄청난 위력을 발휘했다.

이를테면 그들은 오직 북풍대를 사냥하기 위해 급조된 부대였다. 그들은 특별히 주조된 강궁의 위력이라면 충분히 북풍대를 사냥할 수 있을 거라 자신했다.

궁수들의 우두머리인 정무용이 외쳤다.

"조금만 더 기다려라. 놈들이 사정권 안에 들어올 때까지."

그들의 사거리는 삼백 보 정도였다. 아직 북풍대가 사거리 안에 들어오기 전까지는 거리가 조금 더 남아 있었다. 하지만 삼백 보 안에만 들어서면 그들은 죽은 목숨이었다.

퍽!

"커헉!"

그때였다. 북풍대가 사거리 안에 들어오기만을 기다리던 궁수가 갑자기 외마디 비명과 함께 뒤로 나가떨어졌다. 바닥에 나뒹구는 궁수의 미간에는 화살이 꽂혀 있었다. 어찌나 강력한 힘으로 쏜 것인지, 화살 끝의 깃털이 아직도 부르르 떨리고 있었다.

"뭐, 뭐냐?"

궁수들의 얼굴에 동요가 나타났다. 그도 그럴 것이, 그 누구도 동료 궁수가 어떻게 당하는지 보지 못했기 때문이다.

피핑!

그때 또다시 날카로운 파공음이 울려 퍼졌다. 이어서 두 명의 궁수가 또다시 나가떨어졌다.

"뭐, 뭐냐?"

그제야 궁수들이 사정을 깨닫고 경악했다.

동료들을 쓰러트린 화살은 북풍대에서 날아온 것이 분명했기 때문이다.

"설마 오백 보 밖에서 화살을 날려 명중시켰단 말인가?"

피피핑!

그 순간에도 화살이 날아오고 있었다. 화살은 정확히 활을 겨누고 있던 궁수들의 미간에 꽂혔다. 화살을 날린 이들이 북풍대라는 사실은 너무나 자명했다.

두두두!

말을 달리는 북풍대의 손에는 어느새 활과 화살이 들려 있었다. 그들은 말을 멈추거나 내려오지 않고 화살을 연신 날렸다. 그때마다 북풍대가 사거리에 들기만을 기다리던 마해의 궁수들이 뒤로 나가떨어졌다.

사도광천은 북풍대에 대해 너무도 몰랐다. 북풍대는 단순한 기병이 아니었다. 그들은 활까지도 능수능란하게 사용할 줄 아는 궁기병이었다.

피피핑!

북풍대가 궁수들의 사거리에 들기도 전에 화살을 날려 그들을 격살했다. 예상치 못하게 피해가 커지자 사도광천이 소리쳤다.

"너희들도 화살을 쏴라."

"하지만 사거리가……."

"위협이라도 하란 말이다."

"알겠습니다."

사도광천의 채근에 못 이긴 궁수들이 화살을 쐈다. 하지만 그들이 쏜 화살은 북풍대의 발치에도 미치지 못하고 떨어졌다. 그에 반해 북풍대의 화살은 한 치의 오차도 없이 마해의 궁수들에게 명중했다.

급조된 가짜가 진짜배기를 당해내지 못하는 것은 당연한 일이었다. 하지만 사도광천은 눈앞의 현실을 인정할 수 없었다. 아니, 인정하기 싫다고 보는 것이 정확했다. 북풍대를 인정하면 자신이 준비한 모든 것을 부인하는 것 같았기에.

"어서 쏴. 저들을 쓰러트리란 말이다."

사도광천의 목소리가 높아졌다. 그의 초조하고 불안한 마음이 목소리에 담겨 있었다.

북풍대의 선두에서 달려오는 철군패를 바라보는 사도광천

의 눈동자가 흔들렸다. 아직도 그의 머릿속에는 철군패에 대한 공포가 짙게 남아 있었다.

천문산에서 겨우 목숨을 구함 받았지만, 아직도 철군패의 무서움이 뇌리에 남아 사라지지 않고 있었다. 시간이 흐를수록 철군패에 대한 두려움은 커져만 갔고, 결국 그를 초조하게 만들었다.

어느새 궁수들 태반이 바닥에 몸을 누이고 있었다. 그들의 몸에는 북풍대가 쏜 화살이 박혀 있었다. 화살 한 대에 정확히 한 명이었다.

어느새 북풍대는 삼백 보까지 접근해 있었다. 이젠 마해 궁수들의 사거리에 들어온 것이다. 하지만 아직 궁수들에 의한 사상자는 나오지 않고 있었다. 어느새 방패를 들어 전면을 가리고 있었기 때문이다.

적들의 화살 공세가 잠시 멈추면 방패를 거두고 활을 쏘고, 적의 화살 공세가 재개되면 방패로 몸을 보호한다.

단순하지만 뛰어난 눈썰미와 강단이 없으면 할 수 없는 행동이었다.

"그래봤자 겨우 이백 명에 불과할 뿐. 그에 비해 우리는 사천 명이 넘지 않느냐? 겁먹을 필요 없다."

사도광천이 수하들을 독려했다. 그의 독려에 용기를 얻은 마해의 무인들이 무기를 빼들고 북풍대를 향해 달려갔다.

흔히 전략을 수립할 때 가장 중요하게 생각하는 것이 수적인 우세였다. 병력의 우위만 확실히 점할 수 있다면 기타의 전략 따위 모조리 무용지물이 되는 것이다.

북풍대 이백 명이 제아무리 강하다 할지라도 사천 명에 이르는 마해의 무인들을 모두 감당할 수는 없었다. 사도광천이 할 일은 십대장로 중 세 명을 이용해 철군패의 발목을 붙잡고 북풍대를 말살하는 것이다. 그런 후에 다시 병력을 모아 철군패를 공격한다. 그것이 사도광천의 계획이었다.

사도광천이 뒤를 돌아봤다. 그의 뒤로 세 명의 노인이 보였다.

"세 분이서 멸제를 맡아주셔야겠습니다."

"드디어 우리 차롄가?"

"우습게 보면 안 됩니다. 그는 멸제입니다."

"알고 있네. 하지만 우리도 마해의 십대장로라네. 비록 그가 강하다고 하지만, 우리 셋이 힘을 모은다면 충분히 감당할 수 있을 것이네."

대답을 하는 노인은 적유의였다. 곁에 있는 붉은 장포를 입은 노인은 남황유였고, 짜리몽땅한 늙은이는 관지문이라고 했다. 그들은 모두 십대장로였다.

십대장로 중 세 명이 단 한 명의 남자를 상대하기 위해 동원됐다. 하지만 그들 중 누구도 자존심이 상한다는 이야기를 하는 사람은 없었다. 철군패는 그 정도의 자격을 갖춘 남자였기 때문이다.

쿠콰쾅!

그 순간, 북풍대와 마해의 전력이 정면으로 격돌했다.

이백 명과 사천 명.

창과 방패의 대결이라고 할까?

북풍대는 쐐기꼴의 진형을 이뤄 마해의 진영을 둘로 가르려 했고, 마해는 북풍대를 둥글게 에워싼 후 섬멸하려고 했다.

북풍대는 반드시 전진을 해야 했고, 마해는 반드시 막아야 했다. 여기서 뜻을 이루지 못하는 쪽은 오늘 큰 횡액을 당할 것이 분명했다.

적유의 등 십대장로 세 명이 철군패 앞을 막아섰다.

"너는 우리 몫이다."

"이곳이 너의 무덤이 될 것이다, 멸제."

"피를 보기 좋은 날씨군."

적유의와 십대장로들이 각각 말을 하며 철군패를 포위했다. 품(品) 자형의 대형을 이룬 그들의 몸에서는 삼엄한 기세가 피어오르고 있었다.

철군패는 굳이 그들의 정체를 캐묻지 않았다. 그저 적으로 인식하면 그뿐이었다. 십대장로들 역시 마찬가지였다. 그들에게 철군패는 대화를 나눠야 할 상대가 아니라 막아야 할 적이었다.

적유의 등이 각자 독문심공을 운용했다.

적유의는 성명절기인 참형마조(斬形魔爪)를, 남황유는 백사신검(白蛇神劍)을, 관지문은 극강의 권공인 구구연환신권(九九連環神拳)을 준비했다.

쿠우우!

그들의 몸에서 가공할 기세가 피어올랐다. 그러나 그들을 바라보는 철군패의 눈에는 한 점의 흔들림도 존재하지 않았다.

먼저 움직인 이는 적유의였다. 그가 허공으로 뛰어오르며 참형마조를 펼쳤다. 갈고리처럼 굽은 손가락이 허공을 가득 뒤덮었다. 세 치 두께의 철판이라도 단숨에 찢어발긴다는 참형마조의 절초인 참룡혈우(斬龍血雨)의 초식이었다.

적유의가 움직이자 뒤이어 남황유와 관지문이 움직였다. 백사신검의 절초와 구구연환신권의 최강 초식이 철군패를 향해 쏟아졌다. 그들의 공격은 매우 절묘해 한 치의 허점도 없어 보였다.

그들의 공세가 몸에 격중하기 직전, 철군패의 동체가 묘한 진동을 일으켰다. 파형권 극강의 방어기공인 천공패(天空牌)였다.

터엉!

"크윽!"

"음!"

"이, 이건?"

천공패를 공격한 세 사람의 얼굴에 황당하다는 빛이 떠올랐다. 특히 구구연환신권을 펼쳤던 관지문의 놀람은 극에 달했다.

그의 주먹은 뼈가 드러날 정도로 엄중한 상처를 입었다. 철군패를 공격했는데 오히려 반진력에 주먹이 상한 것이다.

예전의 천공패는 오직 방어만 할 수 있었다. 하지만 천우진과 겨룬 후, 철군패는 천공패를 이용해 공격까지 할 수 있는 경지에 올랐다.

세 사람이 주춤거릴 때, 철군패의 나직한 목소리가 울려 퍼졌다.

"이제 내 차례군."

세 사람의 안색이 변했다.

그 순간, 철군패의 어깨가 움찔하는 모습이 세 사람의 시야에 잡혔다.

쾅!

'와그작' 소리와 함께 마해의 무인이 북풍대의 기마에 짓밟혀 처참하게 짓이겨졌다. 그렇게 죽은 이가 수백 명이었다. 하지만 그 덕분에 북풍대의 진격 속도가 현저히 저하된 것도 사실이었다.

기마병의 생명은 바로 속도였다. 속도가 저하된 기마병은 오히려 적의 먹이가 되기 십상이다. 이제 약간만 더 속도가 저하된다면 마해의 병력 한가운데에 포위될 것이고, 그렇게 되면 자신들의 장점을 살리지도 못하고 몰살당할 것이 분명했다.

모두가 그렇게 생각했다. 때문에 북풍대의 진격 속도를 늦추는 데 몸을 아끼지 않았다.

앞을 가로막는 인(人)의 장벽에 결국 북풍대의 진격이 멈추고 말았다. 그러자 사도광천이 소리쳤다.

"그들을 말에서 끌어내리고 죽음을 내려라."

"와아아!"

용기가 백배한 마해의 무인들이 북풍대를 말에서 끌어내리려 했다. 하지만 그 순간, 북풍대는 서로 등을 기대어 둥글게 방진을 취했다. 그 모습을 보고 사도광천이 중얼거렸다.

"조금이라도 더 버티려고 하는 것인가? 어리석구나! 차라리 개개인으로 나눠서 탈출을 시도한 후 다시 모이는 것이 효과적인 방법이거늘."

어쨌거나 덕분에 사도광천이나 마해의 입장에선 한결 수월해진 것이 사실이었다. 아무리 방진을 취하고 완강히 저항한다고 하더라도 결국은 모든 기력이 소진되고 말 테니까.

사도광천과 마해의 모든 신경이 북풍대에게 집중됐다. 그들은 북풍대를 다 잡은 고기라고 생각했다. 일단 북풍대만 말살하면 철군패는 수족이 잘린 것이나 마찬가지였다. 혼자가 된 철군패를 제거하는 것이 무에 어려울까? 그들은 그렇게 생각했다.

변고가 일어난 것은 사도광천과 마해의 신경이 북풍대에게 집중되었을 때였다. 갑자기 마해의 배후에서 시끄러운 소음이 터져 나오더니 사람들의 목소리가 중구난방으로 들려왔다.

"으악!"

"뭐, 뭐냐?"

"적의 기습이다."

갑작스레 들려오는 목소리에 사도광천이 당혹스런 표정을 지었다. 그는 지금의 상황을 도저히 이해할 수 없었다.

"무슨 일이냐?"

"배후에서 적의 기습입니다."

"적이라니? 그게 무슨 말이냐? 인근에 적이 없다는 것은 이미 확인하지 않았느냐?"

"그, 그게 저희도 알지 못하겠습니다. 갑작스럽게 나타나서."

대답을 하는 수하의 얼굴에도 당혹한 기색이 역력했다.

북풍대에게 협력자가 없다는 것은 천하가 다 아는 사실이었다. 북풍대는 강한 만큼 오만해서 이제까지 그 어떤 협력자도 두지 않았다. 그런 그들에게 방조자가 있다니? 사도광천은 머릿속이 온통 뒤죽박죽되는 느낌이었다.

정체를 알 수 없는 적들이 마해의 배후를 급습하자 이제까지 둥글게 방진을 유지한 채 방어만 하던 북풍대의 진형이 바뀌었다. 그들이 다시 공세에 나선 것이다. 상황이 이렇게 되자 오히려 마해의 무인들이 협공을 받는 모양새가 되었다.

"이럴 수가!"

사도광천의 얼굴이 하얗게 질렸다.

현재 마해의 배후를 급습한 이들은 서천환희궁과 새외의 무인들이었다. 북풍대가 정면 돌파로 마해의 시선을 붙잡아두고 있는 틈에 배후로 접근해 급습한 것이다.

이 모든 계획을 짠 이는 바로 설유원이었다. 무영문을 통해 마해가 매복하고 있다는 정보를 얻었고, 그 정보를 바탕으로 서천환희궁과 새외의 무인들을 움직였다.

북풍대가 그렇게 정면으로 돌파를 시도한 것도 모두 마해의 시선을 붙잡아두기 위한 수법이었다. 기만술에 속아 넘어간 마해는 배후로 접근하는 서천환희궁과 새외 무인들의 존재를 까마득하게 몰랐고, 결국 협공을 당하게 됐다.

역습에 나선 북풍대의 위력은 그야말로 무서울 정도였다. 이제까지 수세에 몰려 있었던 분풀이라도 하듯이 그들은 무서운 위용을 떨쳤다.

"장로들은?"

사도광천이 급히 십대장로들을 찾았다. 그들이 철군패의 발목을 붙잡기 위해 싸우고 있단 사실은 알고 있었다. 하지만 상황이 너무나 급박해 그 사실을 고려할 여유가 없었다. 지금은 십대장로라는 전력을 멸제 하나에 붙들어둘 만큼 여유가 있는 상황이 결코 아니었다. 그러나 십대장로에게도 여유가 없기는 마찬가지였다.

한쪽에서 세 장로가 철군패와 싸우고 있었다. 아니, 그것은 대등한 싸움이 아니었다.

쾅!

철군패의 어깨가 움찔하자 남황유가 기겁한 표정을 지으며 뒤로 물러났다. 백사신검을 펼치던 그의 검은 이미 산산조각이 나서 손잡이밖에 남지 않은 상태였다. 그 때문에 철군패의 강력한 권공을 막을 방도가 존재하지 않았다.

"놈!"

위기에 처한 남황유를 구하기 위해 적유의와 관지문이 협공을 했다. 그들은 철군패의 몸통에 자신들이 알고 있는 가장 강력한 초식을 펼쳤다. 하지만 철군패는 피할 생각도 하지 않고 그대로 남황유를 향해 주먹을 날렸다.

쾅!

쩌어엉!

두 가지 이질적인 소리가 동시에 울려 퍼졌다.

하나는 남황유의 몸에 철군패의 주먹이 작렬하는 소리였고, 다른 하나는 그런 철군패의 몸에 적유의와 관지문의 공격이 작렬하는 소리였다.

비명도 없었다. 하지만 누군가 죽었다.

"크르륵!"

적유의가 피거품을 게워 올리며 무너져 내렸다. 그의 가슴은 철구(鐵球)에라도 맞은 듯 움푹 함몰되어 있었다. 철군패의 주먹에 맞은 흔적이었다.

그렇게 적유의는 허무한 최후를 맞이했다. 그 대가로 철군패도 두 사람의 공격을 허용했지만, 대부분의 충격은 천공패가 상쇄했다. 그 덕분에 철군패는 거의 상처를 입지 않았다.

철군패의 공격이 이제는 적유의와 관지문을 향했다. 그의 일격포가 다시 터져 나왔다.

쾅!

"커헉!"

"큭!"

차원이 다른 위력에 두 사람이 답답한 신음성을 흘렸다. 그런 그들을 향해 철군패가 다시 일격포를 날리려는 자세를 취했다. 두 사람이 급히 몸을 피했다. 정면대결로는 승산이 없다는 것을 몸으로 느낀 까닭이었다. 하지만 이번 공격은 일격포가 아니었다. 일격포와 비슷하지만 위력의 차원이 다른 혈륜마화포였다.

쿠와앙!

허공에 굉음이 울려 퍼졌다.

비명도 없었다. 적유의와 관지문은 비명조차 지르지 못했다. 마해의 십대장로 중 세 명이 합공을 하고도 철군패에게 상처 하나 입히지 못하고 절명한 것이다.

강호사의 일대사건이었지만, 지금 현장에 있는 사람들 중 누구도 그것에 신경을 쓸 만한 여유를 가진 사람은 없었다. 오직 단 한 명, 사도광천을 제외하고 말이다.

덜덜!

사도광천의 이가 딱딱 부딪혔다. 철군패의 시선을 정면으로 마주하자 천문산에서의 기억이 떠오른 탓이다. 그가 급히 주위를 둘러봤다. 하지만 어디에도 그에게 구원의 밧줄을 내려줄 사람은 보이지 않았다.

사도광천이 주춤주춤 뒤로 물러났다. 그만큼 철군패가 다가갔다. 사도광천의 얼굴이 파리하게 질렸다. 철군패의 목표가 너무나 명확했기 때문이다.

철군패는 사도광천은 노리고 있었다. 사도광천이 마해의 두뇌임을 아는 까닭이다. 여기서 그를 놓친다면 후환이 끝이 없을 것이 분명했다.

"크윽!"

사도광천의 입술을 비집고 다급한 신음성이 흘러나왔다. 그는 철군패에게서 조금이라도 멀어지기 위해 주춤주춤 뒤로 물러났다. 하지만 어느 순간, 그의 등이 커다란 나무에 부딪혔다.

사도광천의 눈에 절망의 기운이 떠올랐다.

'그는 왜 움직이지 않는단 말인가? 설마 공조하기로 한 약조를 파기한 것인가?'

사도광천은 지금 이 자리에 없는 누군가를 떠올렸다. 그의 약조를 믿고 이 일을 벌였는데, 정작 그가 나타나지 않으니 그저 원망스럽기만 할 뿐이었다.

"자, 잠깐! 내 말 좀……."

사도광천이 손을 내저으며 철군패에게 말을 걸려 했다. 하지만 철군패는 그의 말을 전혀 들은 척도 하지 않고 무심히 다가올 뿐이었다.

"내 말을 들어봐라. 너에게 줄 중요한 정보가…… 컥!"

쾅!

그러나 사도광천은 말을 채 끝내기도 전에 강력한 일권을 얻어맞고 뒤로 날아갔다. 일격포 한 방에 그의 몸이 항거불능 상태에 이르렀다.

가슴이 움푹 함몰된 사도광천이 피거품을 게워 올렸다. 그가 흘리는 피거품 사이에 산산조각 난 내장 조각이 섞여 있었다.

"크르륵! 내 말 좀 들……으……."

"듣고 싶지 않아."

퍼석!

사도광천은 끝내 말을 잇지 못했다. 머리가 박살 난 사람이 말을 할 수는 없기 때문이다.

철군패는 그렇게 사도광천의 숨통을 끊었다.

그에게 있어 가장 큰 위협은 무공이 강한 자가 아니라 사도광천처럼 조그만 두뇌로 천하를 우롱하는 자들이었다. 그래서 그의 세 치 혀에 현혹되기 전에 숨통을 끊은 것이다.

　문득 철군패의 시선이 인근에 있는 야산의 정상으로 향했다.

제 9 장

대혼돈(大混沌)

　신도제원의 표정이 더할 수 없이 딱딱하게 굳어 있었다.

　본래 그는 사도광천을 도와 철군패를 죽여야 했다. 그것이
사검영과 그가 맺은 밀약이었다. 자신들의 편으로 끌어들이지
못할 바에는 아예 후환이 될 여지 자체를 없애는 것이 최선의
선택이었다. 그래서 그렇게 하려 했다.

　사도광천이 사천 명의 병사들로 철군패와 북풍대를 상대하
고 있을 때 그가 배후를 급습하기로 했다. 그 계획대로 되었다
면 분명 철군패를 죽일 수 있었을 것이다.

　하지만 그는 그러지 못했다. 안 한 것이 아니라 할 수가 없
었다.

쿠쿠쿠!

그의 눈앞에 거대한 회색 운무가 넘실거리고 있었다.

조금 전 신도제원이 철군패의 배후를 치기 위해 출진하려던 순간에 갑자기 나타난 거대한 회색의 안개 바다. 그 시작이 어디이고, 그 끝이 어디까지인지 도저히 짐작할 수 없는 거대한 회색의 안개 바다는 신도제원과 수하들을 가로막고 있었다.

"크윽! 누구냐? 누구기에 감히 또다시 나의 앞을 막는 것이냐?"

신도제원이 노성을 토해냈다.

그는 예전에도 이 회색의 안개 때문에 철군패를 죽이는 것을 포기할 수밖에 없었다. 그때의 두려움을 신도제원은 아직도 잊지 못하고 있었다.

"아아!"

임관설과 서문화영의 눈동자가 흔들렸다.

그녀들은 지금 이 순간 신도제원이 느끼는 것보다 더욱 엄청난 심령의 충격을 받고 있었다. 관설은 감히 항거할 수 없다는 느낌과 공포를, 서문화영은 어딘지 모르게 익숙한 느낌과 공포를 함께 느꼈다.

서문화영의 피부 위로 온통 소름이 돋아 올라 있었다. 지난 이십 년 동안 단 한 번도 느껴보지 못한 소름끼치는 느낌. 문득 이십 년 전의 기억이 그녀의 뇌리를 스치고 지나갔다.

"이건? 설마 당신인가?"

도화지를 먹물에 담근 것처럼 순식간에 그녀의 뇌리가 시꺼
멓게 물들어갔다. 그녀의 기억은 어느새 이십 년 전의 그날로
거슬러 올라가고 있었다.

　"천우진."

　서문화영의 입술을 비집고 이제까지 금기시하고 있던 단어
가 튀어나왔다.

　그녀의 목소리가 높아졌다.

　"천—우—진!"

　메아리가 되어 울려 퍼지는 서문화영의 목소리가 날카롭기
만 했다. 서문화영의 눈가가 쭉 찢어지며 붉은 피가 흘러내렸
다. 그 모습이 꼭 피눈물을 흘리고 있는 것 같았다.

　서문화영의 시선은 회색의 안개를 난도질할 듯 무섭게 번뜩
이고 있었다. 사람을 죽일 수 있는 눈빛이 있다면 지금 이 순
간의 서문화영의 눈빛과 같을 것이다.

　그녀가 다시 한 번 외쳤다.

　"천—우—진!"

　듣는 이의 고막을 찢을 것 같은 음성에 회색 안개가 넘실거
렸다. 그리고 회색 안개가 좌우로 쫙 열리며 길이 나타났다.

　서문화영의 시선이 회색 안개 사이로 열린 길로 향했다. 그
녀의 눈에 서서히 걸어 나오는 한 남자의 모습이 보였다.

　어둠과도 같은 검은 옷에, 마찬가지로 검은 머리카락. 그 사
이로 보이는 요요한 검은 눈동자와 붉은 입술, 그리고 태어나

서 단 한 번도 햇볕을 받지 못한 사람처럼 창백하기 그지없는 피부.

그 모든 것이 서문화영의 뇌리에 남아 있는 이십 년 전의 기억과 똑같았다. 누구에게나 공평한 시간이 오직 그에게만은 빗겨나간 듯 보였다.

"천우진, 드디어 만났구나."

서문화영이 원독어린 음성을 토해냈다.

"천우진? 진짜 십전제?"

신도제원이 눈을 빛냈다. 서문화영은 구주천가에 얽힌 비사를 불과 얼마 전에 알려줬다. 그녀의 이야기를 듣고 신도제원은 깜짝 놀랐다. 설마 구주천가의 가주에게 쌍둥이 형이 있을 줄이야.

서문화영은 이십 년 전에 금지에 갇히고 나서야 그런 사실을 알았다. 신도제원에게까지 비밀로 하고 있다가 구주천가가 무너진 직후에야 알려줬다.

신도제원이 중얼거렸다.

"진짜 십전제. 그랬군. 그랬어."

그제야 신도제원은 자신이 왜 그를 피해 도주했는지 이유를 알 수 있었다. 상대가 진짜 십전제라면 자신이 느꼈던 감정도 무리는 아니었을 것이다.

신도제원의 눈이 빛났다.

그의 눈앞에 최강의 무인이 있었다, 이십 년 전 난세를 평정했던 최강의 무인이. 그가 갈아탈 최고의 육신을 가진 존재가.

신도제원이 외쳤다.

"너의 그 육신, 내가 갖겠다."

츠으으!

그의 권능이 발휘됐다. 이제까지 숨을 죽이고 있던 그의 종속들이 일어섰다. 물경 사천 명에 이르는 무인들. 모두 그가 의지를 제압한 무인들이었다.

신도제원의 목소리가 그들을 움직이게 만들었다.

천우진을 향해 다가오는 사천 명의 괴인들. 그들을 보는 천우진의 입가가 뒤틀렸다. 천우진 특유의 조소였다.

"건방진……."

천우진의 눈동자에 한 줄기 광기가 떠올랐다.

뚜둑!

그가 고개를 꺾자 섬뜩한 뼛소리가 울려 퍼졌다.

스르릉!

그의 양옆으로 마수가 일어났다. 열 개의 어둠 중 흑야(黑夜)가 펼쳐진 것이다.

크르르!

어둠의 마수가 울음을 터트렸다.

천우진을 중심으로 일대의 어둠이 요동치고 있었다.

콰우우!

마수들이 신도제원의 병력을 향해 뛰어들었다. 마수가 무인들의 목을 물어뜯으니 피분수가 피어올랐다. 단 두 마리에 불과할 뿐이었지만 마수들의 기세는 신도제원이 부리는 무인들 전체의 그것을 능가했다.

마수들이 한창 살육을 자행하는 그 순간, 천우진의 귓전으로 신도제원의 나직한 음성이 울려 퍼졌다. 천우진의 정신을 제압하려는 것이다. 하지만 그 순간, 천우진의 비웃음이 터져 나왔다.

"킥! 이따위 잡술이라니."

"컥!"

순간 신도제원이 피를 토하며 뒤로 물러났다. 술법이 깨지면서 심맥에 타격을 입은 것이다.

천하의 철군패마저도 고전하게 만들었던 수법이 천우진에게는 아예 통하지 않았다. 오히려 그의 한마디에 신도제원은 그만 심맥에 충격을 받고 말았다.

상식이 통하지 않는 괴물, 천우진이 눈앞에 있었다.

이제야 신도제원은 천우진이 왜 십전제라고 불렸는지 알 것 같았다. 하지만 아직 포기한 것은 아니었다.

"놈! 차지할 수 없다면 말살해주마."

신도제원이 양팔을 활짝 펼쳤다. 그러자 사기가 폭발적으로 확장되어 천우진을 덮쳐갔다. 하지만 천우진은 손을 휘두르는 간단한 동작으로 신도제원의 사기를 소멸시켰다.

"겨우 이 정돈가? 칠백 년 전의 껍데기."

"큭! 감히 나를 모욕하다니. 좋다! 후회하지나 말거라. 네놈에게 처참한 최후를 안겨줄 테니까."

츠츠츠!

말이 끝남과 동시에 신도제원의 몸이 일렁였다. 잠시 후, 그의 주위로 거대한 사기가 넘실거리며 퍼져나갔다.

사해(邪海).

신도제원이 펼칠 수 있는 최고의 수법이었다. 자신의 모든 사기를 증폭시켜 발출, 폭발시키는 수법으로, 엄청난 사기가 소모되는 극악한 수법이어서 신도제원도 펼치길 꺼려하는 것이었다. 그런 수법을 펼쳤다는 것 자체가 신도제원이 얼마만한 위기감을 느끼는지 보여주는 대목이었다.

사해가 천우진을 덮쳐왔다.

천우진의 입가에 떠오른 미소가 짙어졌다.

푸확!

갑자기 그의 눈빛이 무시무시한 빛을 발했다. 백야(白夜)의 귀안이 발동한 것이다. 그의 몸에서 일어나는 엄청난 기세, 혈야까지 더했다.

사해에 뒤덮이는 순간 천우진의 육신이 감쪽같이 사라졌다. 그림자를 타고 움직이는 환야(幻夜)의 마영이 펼쳐진 것이다.

마치 공간을 이동한 것처럼 천우진의 몸이 신도제원의 앞에 불쑥 나타났다. 이어 그의 손이 허공을 갈랐다.

츄화학!

갑자기 신도제원의 옷이 찢겨져나가며 가슴에 기다란 상처가 생겨났다. 예고도 없이 광야의 마조를 펼친 것이다.

상식에서 벗어난 천우진의 공격에 신도제원의 눈동자가 흔들렸다. 어지간한 상처 따윈 금세 나아버리는 그의 몸일진대, 상처에서는 고통만 느껴질 뿐, 회복될 기미가 전혀 보이지 않았다.

"이럴 수가!"

신도제원의 표정이 여지없이 깨져나갔다.

그 역시 칠백 년의 염원을 이어받은 존재였다. 열한 명의 사조를 탄생시켰고, 새외를 지배했던 지고한 존재였다. 그런 자신이 천우진의 대수롭지 않은 공격에 타격을 입고 있다는 사실이 도저히 믿어지지가 않았다.

"어떻게?"

"훗!"

천우진의 입가에 어린 비웃음이 더욱 짙어졌다. 그의 어둠이 더욱 폭발적으로 확장되었다. 이제 그만 끝내려는 것이다.

신도제원은 본능적으로 자신이 절벽 끝으로 몰렸음을 직감했다. 상대는 가공하다는 말로도 표현이 모자란 괴물이었다.

괴물 중의 괴물.

이런 존재가 자신과 동시대에 살아간다는 사실이 도저히 믿겨지지가 않았다. 하지만 그에게도 비장의 수는 존재했다. 그가 서문화영에게 외쳤다.

"잠시만, 아주 잠시만 시간을 벌어다오."

신도제원의 외침에 서문화영이 갈등어린 표정을 지었다. 이
대로는 상대가 되지 않는단 사실을 그녀 역시 알고 있었다. 하
지만 지금이 아니면 천우진에게 복수할 기회는 영원히 존재하
지 않을 거란 사실도 알고 있었다.

그녀의 가문을 멸망시키고 오라버니를 죽인 자.

그의 공포에서 벗어나고자 새외로 도주했고, 신도제원을 만
나 오늘에 이르렀다. 지금 그에게 대항하지 못한다면 그녀에
겐 영원히 기회가 없으리라.

그 사실을 자각한 순간, 서문화영은 마치 미친 사람처럼 교
소를 터트리며 천우진에게 달려들었다.

"오호호호!"

그녀의 교소가 마치 귀곡성처럼 들렸다. 그만큼 짙은 원한
이 담겨 있었다.

그녀의 채대가 쭈욱 늘어나며 천우진을 휘감아왔다. 하지만
천우진은 손을 휘젓는 간단한 동작으로 채대를 갈기갈기 찢어
버렸다. 채대를 잃은 서문화영에게는 더 이상 무기가 존재하
지 않았다. 하지만 그녀는 물러서지 않고 오히려 자신의 육신
을 천우진에게 던져왔다.

"천우진, 천우진."

천우진의 이름을 거듭 부르며 서문화영이 달려들었다. 마치
육탄공세를 하는 것처럼 맨몸으로 부딪쳐오는 모습을 보면서

도 천우진은 피하지 않았다.

구주천가에서 쫓겨난 이후 새외를 떠돌면서 수많은 남자들을 만나 관계를 가지고, 그들의 원정을 빼앗은 서문화영이었다. 그 때문에 공력 하나만큼은 천하제일이라고 자부하고 있었다.

덥석!

서문화영이 천우진의 몸을 껴안았다. 그리고 두 손으로 깍지를 꽉 끼었다. 그때까지도 천우진은 어떠한 행동도 하지 않았다.

그 상태로 서문화영이 천우진의 귀에 속삭였다.

"이제 우리의 은원을 여기서 끝내자. 너와 나, 모두 함께 지옥에 가는 거다."

투둑! 투두둑!

서문화영의 눈에 핏발이 서더니 온몸의 혈관이란 혈관이 모두 불거져 나왔다.

그토록 많은 이들의 원정을 갈취하고 흡수했지만, 천우진을 죽일 방도는 보이지 않았다. 그래서 서문화영이 선택한 방법이 바로 동귀어진(同歸於盡)이었다.

몸속에 쌓아둔 원정과 공력을 모조리 격발시킨다면 천우진을 죽이지는 못해도 치명상을 입힐 수는 있을 거라고 서문화영은 자신했다. 그러면 신도제원이 천우진의 목숨을 끊어 지옥에 동행시켜줄 것으로 믿었다.

마지막으로 서문화영이 천우진의 귀에 속삭였다.

"천우진, 다음 생에 다시 태어난다면 너의 연인이 되어 평생을 괴롭혀 주겠다. 호호호!"

지금 이 순간 서문화영이 할 수 있는 최고의 저주였다.

서문화영의 몸이 점점 부풀어 오를 때, 천우진이 처음으로 그녀에게 말했다.

"그것도 좋겠지. 그럴 수 있다면……."

천우진의 대답에 서문화영의 입가에 희미한 미소가 어리는가 싶더니 곧 그녀의 몸이 폭발했다.

콰아앙!

엄청난 폭발과 함께 후폭풍이 사방으로 몰아쳤다. 이어 무언가가 후두둑 떨어져 내렸다. 서문화영의 마지막 잔재인 육편이었다.

그때, 신도제원은 임관설의 양어깨를 잡고 있었다.

"대……사조님?"

"흐흐! 이제 너에게 맡겨두었던 나의 힘을 가져가야겠구나."

"하지만……."

"그래! 내가 힘을 가져가면 너는 죽을지도 모르지. 하지만 어차피 너는 이 순간을 위해 키워온 존재. 나를 위해 죽어다오."

신도제원은 잔인한 소리를 아무렇지도 않게 했다. 그에 임관설이 눈을 감았다.

그녀는 언제고 이런 순간이 올 것을 알고 있었다.

사실 신도제원의 힘은 매우 불안정했다. 그 때문에 여러 인격이 같이 생겨나지 않았던가? 그래서 다른 사조들에게 힘을 나눠준 것과 같은 이유로 신도제원은 임관설에게 자신의 힘을 맡겼다. 가장 파괴적인 대사조의 힘을 말이다.

그 힘을 자신이 간직하고 있으면 언제고 인격에 변화가 올 것임을 알기에 취한 조치였다. 그래서 그 힘을 임관설의 몸에 주입시켜 순화시켰다. 그 과정에서 임관설이 죽을 수도 있었지만, 요행히도 살아났다. 이를테면 임관설은 신도제원 최후의 패나 마찬가지인 셈이었다.

신도제원은 힘과 함께 대사조의 인격마저 넘겼다. 대사조는 수족으로 부리기에는 너무 위험한 인격이라 임관설의 몸속에 봉하는 것이 최선이었다. 그는 대사조의 인격이 오래지않아 임관설의 몸속에서 각성할 것으로 예상했지만, 어찌된 일인지 끝내 눈을 뜨지 않았다. 어쩌면 철군패를 만난 영향인지도 몰랐다. 그래도 이제는 상관없었다. 대사조의 인격이 눈을 뜨든 그렇지 않든, 힘을 다시 넘겨받기만 하면 되니까.

주입하는 것도 위험했지만, 보관한 힘을 빼앗아오는 것도 위험한 일이었다. 오히려 주입할 때보다 죽을 확률이 훨씬 높았다. 하지만 신도제원에겐 이것저것 따질 겨를이 없었다.

츄화학!

그가 대롱으로 물을 빨아들이는 것처럼 임관설의 몸에 담긴 자신의 힘을 끌어당겼다. 불거지는 온몸의 혈관, 핏발 서는 눈동자, 거꾸로 솟구쳐 해초처럼 일렁이는 머릿결이 신도제원을 악마처럼 보이게 만들었다.

"어차피 너희 십이사조들은 나를 위한 피조물. 그러니 나를 위해서 죽어라."

잔인하도록 차가운 말을 들으며 임관설은 정신을 잃었다.

저벅!

그때 천우진이 신도제원을 향해 걸어왔다.

마치 걸레쪽처럼 옷이 찢겨져 나가있었지만, 옷 사이로 드러난 그의 피부는 여전히 하얗고, 상처 하나 없었다. 아니, 상처를 입었지만 순식간에 회복한 것이다.

서문화영이 자신의 목숨까지 희생했지만, 겨우 약간의 시간을 번 것에 불과했다. 하지만 그것만으로도 신도제원은 만족했다. 그가 붉은 혀를 핥으며 말했다.

"십전제여, 진정한 승부를 가리자."

"웃기는군!"

"뭣이?"

"겨우 그 정도 사술로 감히 나와 눈을 마주하려 했는가? 너와 나의 차이를 이제 보여주지."

"놈!"

"오를 수 없는 산은 감히 쳐다보지도 못하도록 말이야."

천우진은 신도제원을 굽어보고 있었다.

이것이 그들의 차이였다.

있는 곳이, 바라보는 곳이 너무나 달랐다. 천우진은 세상 전체를 자신의 발아래로 내려다보고 있었다.

"놈!"

분노한 신도제원이 천우진을 향해 달려 들어갔다. 그를 바라보는 천우진의 입가에 짙은 미소가 어렸다.

그의 그림자 위로 검은 마신이 내려앉았다.

십야마정갑.

천우진은 마신(魔神)이 되었다.

          *   *   *

철군패는 파죽지세로 마해의 저지선을 돌파했다. 마해의 무인들은 강력하게 저지했으나 사도광천의 죽음으로 구심점을 잃은 상태였다. 명령체계가 무너진 마해는 북풍대와 서천환희궁 등의 연합 병력의 상대가 되지 못했다.

사도광천이 이끌고 왔던 마해의 무인들이 모두 죽거나 도주했을 때, 서천환희궁 무인들 사이에서 낯익은 노무인이 다가왔다.

철군패에게 정중하게 예를 취하는 노무인.

"서천환희궁의 염 모가 멸제를 뵙습니다."

노무인의 정체는 서천환희궁의 무사부인 염휘였다. 철군패를 돕기 위해 염휘가 직접 키운 제자들을 이끌고 중원으로 들어온 것이다.

"오랜만이오."

"오랜만입니다."

"고맙소!"

"멸제께서 본궁에 베푸신 은혜에 비하면 큰일이 아닙니다. 오히려 이렇게 중원에 들어오니 기분이 좋군요. 이렇게 설 공도 보게 되어 더욱 기분이 좋습니다."

염휘의 시선이 설유원을 향했다.

철군패가 떠난 동안 설유원은 서천환희궁에 머물면서 염휘와 친분을 쌓았다. 나이를 떠나 염휘는 설유원에게 진정으로 감복했고, 형제와도 같은 정을 쌓았다. 다른 서천환희궁의 무인들도 마찬가지였다. 그들은 설유원을 돕기 위해 움직인 것이나 마찬가지였다.

철군패가 말했다.

"시간이 없소. 이들이 몰살당하고 새외의 무인들이 움직였다는 소식이 마해의 귀에 들어가기 전에 구주천가의 본성으로 가야 하오."

"걱정하지 마십시오. 저희는 이미 만반의 준비를 끝냈습니다."

염휘의 대답에 철군패가 고개를 끄덕이더니 설유원을 바라봤다.

"형이 이들과 함께 움직여. 어찌해야 할지는 형이 더 잘 알고 있을 테니까."

"걱정하지 말거라."

설유원이 자신 있는 표정으로 대답했다.

"그럼 움직입시다."

철군패가 화왕 위에 올라탔다.

철군패는 이 기세를 살려 단숨에 구주천가까지 쳐들어갈 생각이었다. 언뜻 보면 무모하다 할 수도 있었지만, 철군패는 지금의 기회를 놓치면 또다시 이런 기회를 얻기는 힘들 수도 있다고 판단했다.

철군패가 선두에 서서 말을 달리자 북풍대가 따랐다. 그 모습을 보며 염휘가 고개를 저었다.

"정말 불같은 행동력이군."

"그 점이 군패의 장점이기도 하지요. 이제 우리도 움직이죠. 우리는 이쪽입니다."

설유원이 철군패가 향한 반대쪽 길을 가리켰다. 이곳 역시 방향은 다르지만 구주천가로 가는 길이었다.

"알겠네. 참! 오악에는 우리가 정예들을 보내놨네. 하지만 이미 늦은 것이 아닌지 모르겠군. 정말 천마도 엄청난 생각을 했군. 천하를 진으로 덮어버리다니."

"그러니까 천마겠지요. 오악의 일은 그들에게 맡겨두고, 우리는 전선에만 집중하지요. 많은 이들이 죽어나갈 겁니다."

"알겠네. 어서 가세."

"예!"

설유원과 염휘를 필두로 서천환희궁과 새외의 무인들이 움직였다.

그렇게 철군패와 북풍대가 한바탕 폭풍을 몰고 왔을 때, 누구도 예상치 못한 일이 벌어졌다. 이제까지 흔적도 없이 잠적해 있던 구주천가의 병력이 갑자기 태호 부근에서 모습을 드러내더니, 인근의 마해 지부를 쓸어버린 것이다.

이제까지 숨어서 힘을 길렀던 것일까? 그들은 무서운 기세로 마해의 지부를 쓸어버리며 철군패와 보조를 맞춰 옛 구주천가의 터, 지금은 마해의 본거지가 된 그곳을 향해서 진군을 했다.

그야말로 누구도 예상치 못한, 그러나 바라 마지않던 대반격이 시작된 것이다. 이제 상황이 바뀌었다. 예전의 구주천가가 본성에 의지해 반격을 했다면, 이젠 마해가 구주천가의 성에 의지해 수성을 해야 할 판이었다.

상전벽해(桑田碧海)라는 말이 이보다 어울릴까?

천하는 그렇게 급변하고 있었다. 아울러 더욱더 엄청난 혼란 속으로 빠져들고 있었다. 마치 천하 전체가 파국을 향해 달려가는 것처럼 말이다.

철군패는 쉬지 않고 구주천가로 향했다.

그 소식은 곧 마해의 수뇌부에까지 전해졌다. 수뇌부들의
얼굴에 침통한 표정이 떠올랐다. 설마하니 사도광천이 사천
명이나 되는 병력을 대동하고도 몰살당할 줄은 꿈에도 생각하
지 못했기 때문이다.

더구나 천하의 움직임이 심상치 않았다. 잠적했던 구주천가
의 무인들이 다시 반격을 하고 있었고, 새외에서 무인들이 들
어온 정황도 포착됐다. 모든 것이 마해에게 불리하게 돌아가
고 있었다.

위기감을 느낀 금청사가 직접 회의를 주재했다.

"멸제라는 애송이 하나를 막지 못한단 말인가?"

"그는 혼자가 아닙니다. 그는 자신의 군대를 효율적으로 운
용할 줄 압니다. 그들은 소수지만, 천하에 영향력을 행사할 수
있을 만큼 강력한 무력을 소유하고 있습니다. 그것은 결코 쉽
게 넘길 일이 아닙니다."

대답을 한 이는 무해주 금기영이었다.

"저희들이 구주천가를 병탄할 때 썼던 방법을 그들이 그대
로 쓰고 있습니다."

"할 수 없지. 밖으로 나가 있는 정예들을 모조리 불러 모으
도록. 이 성에 의지해 적들을 물리친다."

"알겠습니다. 헌데, 지존은 나서지 않으시는 겁니까?"

무해주의 물음에 모두의 시선이 모아졌다.

상황이 시시각각 급변하고 있는데도 정작 소운천은 어떠한 움직임도 보이지 않고 있었다. 그가 한마디 말만 해줘도 용기가 솟을 텐데 침묵을 지키고 있으니 마해의 수뇌부들도 답답한 심정이었다.

그들의 기대어린 시선에 금청사가 짧게 답했다.

"때가 되면 지존께서도 움직이실 것이다."

"오오!"

금청사의 말에 마해의 수뇌부들이 용기백배했다. 소운천이라는 존재는 그렇게 언급하는 것만으로도 사기에 영향을 끼쳤다. 설령 전력의 열세에 처하더라도 소운천만 있다면 얼마든지 상황을 역전시킬 수 있다는 믿음이 그들에겐 있었다.

"서두르게. 그들이 도착하기 전에 전력을 완성해야 하네."

"알겠습니다."

수뇌부들이 힘찬 대답과 함께 물러났다.

홀로 남은 금청사가 나직한 한숨을 내쉬었다.

"휴! 지존이시여."

*   *   *

소운천은 구주천가의 가장 높은 전각 지붕위에서 세상을 굽어보고 있었다.

"오고 있는가? 나의 악연(惡緣)들이여."

소운천의 입가에 희미한 미소가 떠올라 있었다. 그는 무엇이 그리 기꺼운지 웃고 있었다. 물경 사천 명에 이르는 수하들이 떼죽음을 당했음에도 불구하고 전혀 신경 쓰는 모습이 아니었다.

세 곳에서 적이 몰려오고 있었다.

철군패가 이끄는 북풍대, 새외에서 들어온 무인들, 그리고 구주천가의 잔당들이 마지막 남은 힘을 끌어 모아 이곳으로 진격해오고 있었다. 그럼에도 불구하고 소운천은 전혀 당황하지 않았다.

"진정한 싸움은 지금부터지. 그러려면 지금부터 제대로 된 판을 벌여야겠지. 인간은 절박한 상황에 몰렸을 때 진정한 힘을 발휘하니까."

소운천이 눈을 감았다.

그가 무어라 중얼거리기 시작했다. 너무 나직해서 무엇을 말하는지 명확히 알 수는 없었지만, 그의 말이 이어짐에 따라 주변에 이상한 현상이 일어나기 시작했다.

쿠르르!

대기가 요동치기 시작하더니 곧 바람이 불기 시작했다. 통상의 바람과는 전혀 다른 느낌의 음상한 바람은 천하 전체로 퍼져나가기 시작했다.

천하 곳곳에 설치된 진이 그의 의지에 공명하기 시작했다.

마치 이제까지는 시작에 불과했다는 듯이 잔뜩 응축되었던 기운이 한꺼번에 방출되기 시작했다.

둑이 터진 듯 방출되기 시작한 기운은 미친 듯이 천하를 휩쓸었다. 진이 방출한 기운에 노출된 사람들이 털썩 쓰러지기 시작했다. 조그만 마을이나 거대한 도시에서 겨우 버티던 사람들도 너나 할 것 없이 쓰러졌다. 심지어는 깊은 산속에 있는 자들조차 예외 없이 의식을 잃었다. 개와 고양이 같은 조그만 생물들까지도 진의 영향을 받아 의식을 잃었다.

버티고 서 있는 사람들은 오직 무공을 익힌 사람들뿐이었다. 하지만 이대로 시간이 조금만 더 흐르면 그들 역시 다른 사람들과 마찬가지로 의식을 잃고 쓰러질 것이다.

사람들이 의식을 잃고 쓰러짐에 따라 천하 전체가 적막에 잠겼다. 불어오는 바람소리 말고는 그 어떤 소리도 들리지 않았다.

이것이 소운천이 원하는 고요한 세상이었다.

어떤 분란도 없고, 어떠한 소음도 없는 세상. 소운천을 이기지 못하는 이상 언제까지고 이런 세상이 유지될 것이다.

진의 주체는 바로 소운천이었다. 오악과 천문산 등에 설치된 진법은 소운천의 의지를 증폭시키고, 천하 전체로 퍼져나가도록 확장시킨다. 따라서 소운천이 죽지 않으면 이런 현상은 언제까지고 이어질 수밖에 없었다.

소운천이 몸을 돌렸다.

그가 향하는 곳은 구주천가의 옛 금지, 칠백 년 동안 그가 잠들었던 곳이었다. 그가 최후로 택한 결전지였다.

"오라. 모든 것이 시작된 곳에서 끝을 낼지니."

제 **10** 장

종점(終點)

　철군패와 북풍대는 무서운 속도로 질주를 했다. 사도광천이
이끌고 왔던 전력을 박살냈기에 더 이상 거치적거리는 것이
없었다. 마해 역시 전력을 거둬들여 본성에서 승부를 내기로
작정했기에 더더욱 걸릴 것이 없었다.

　그렇게 그들은 말을 달려 단숨에 구주천가 앞에 도착했다.

　구주천가는 여전히 철벽과 같은 모습으로 서 있었다. 거대
한 철옹성을 구축한 구주천가는 누구도 공략할 수 없을 듯 보
였다. 성벽 위에는 수많은 마해의 무인들이 도열해 서 있었다.
가시를 잔뜩 세운 고슴도치처럼 한 치의 빈틈도 없는 모습이
었다.

철군패와 북풍대는 일단 성으로부터 오백 장 떨어진 곳에 멈춰 섰다. 잠시 숨을 고르려는 것이다.

검운영이 철군패 곁으로 다가왔다.

"역시 만만치 않아 보입니다. 정면으로 돌파하려다가는 애꿎은 희생만 늘 것 같습니다."

"음!"

철군패가 고개를 끄덕였다.

저런 성에 의지해 농성전을 한다면 북풍대가 아니라 천하의 그 어떤 조직도 쉽게 함락시키지 못할 것이다. 실제로 마해 역시 그런 점을 두려워해 구주천가의 모든 전력이 밖으로 나간 틈을 노려 빈집을 강탈하지 않았던가?

더구나 북풍대의 수는 겨우 이백여 명에 불과했다. 어느 정도 희생을 각오하고 물량공세를 펼칠 수 있는 입장도 아닌 것이다. 그렇게 철군패와 북풍대가 고민에 빠져 있을 때, 뜻밖의 목소리가 들려왔다.

"저희가 돕겠습니다."

철군패의 시선이 목소리가 들린 곳으로 향했다.

"당신은?"

"오랜만입니다, 멸제여."

정중하게 고개를 숙여 보이는 남자는 무화장의 장주인 북관주였다. 그의 뒤에는 북천빙궁의 맥을 이은 무인들이 이백 명이나 있었다. 특이하게도 대막에서 빙공을 익힌 무인들이었다.

북관주의 등장에 철군패가 고개를 끄덕였다. 북관주는 칠백 년 전 십대초인 중 일인이었던 예운향의 맥을 잇고 있었다. 당연히 그 역시 천마와 악연으로 얽힌 사이였다.

북관주는 양천의와 검운영과도 인사를 나눴다. 그렇게 북관주와 수하들이 합류했지만 여전히 전력의 열세였다.

"우리도 있다. 우리의 성은 우리가 탈환할 것이다."

그때 또다시 귀에 익은 목소리가 들렸다. 목소리가 들려온 곳을 바라보니 낯익은 얼굴이 보였다.

철군패가 그의 얼굴을 확인하더니 나지막한 음성을 토해냈다.

"천위강."

"솔직히 반갑다는 말은 못하겠군. 내 집 앞에서 이런 꼴로 만나게 돼서 말이야."

차가운 목소리로 말하는 남자는 바로 천위강이었다. 그의 뒤에 구주천가와 정파의 무인들이 따르고 있었다. 그 속에 온유하도 보였다. 철군패가 구주천가로 진격했다는 소식에 그들 역시 마지막 전력을 추슬러 이곳까지 단숨에 달려온 것이다.

천위강이 말했다.

"시간이 없으니 간단하게 말하겠다. 구주천가의 성문은 우리가 열겠다."

"그건……."

"구주천가에는 세상에 알려지지 않은 비밀통로가 몇 개 존재한다. 전에는 미처 그런 비밀통로를 활용할 틈도 없이 본성을 빼앗겼지만 이번에는 다르다. 이미 결사대가 비밀통로로 들어갔으니 곧 있으면 성문이 열릴 것이다. 구주천가는 반드시 우리의 손으로 탈환할 것이다."

천위강의 얼굴에는 굳은 의지가 담겨 있었다.

그동안의 고난이 그를 성장하게 만들었다. 이제까지의 그가 온실 속의 화초였다면 지금의 그는 온갖 풍파를 다겪은 백전노장이나 다름없었다.

그가 처음으로 철군패에게 고개를 숙였다.

"구주천가는 반드시 우리의 손으로 탈환할 것이다. 그러니까 천마를 부탁한다. 마해를 멸망시켜도 천마가 건재하다면 제이, 제삼의 마해가 얼마든지 다시 나타날 수 있다. 분하지만 아직 나의 무력은 천마를 상대하기에 역부족이다. 그러니 부탁하겠다. 그를 상대해다오."

자존심 강한 남자가 처음으로 고개를 숙였다. 그것도 자신의 숙적이라고 생각하는 남자에게. 이것을 결심할 때까지 얼마나 많은 고민과 번민을 했을까?

철군패는 그의 진심을 받아들였다.

"어차피 천마는 내가 상대하려 했다. 그러니 고개 숙일 필요 없다."

"이번이 마지막이다. 타인에게 고개를 숙이는 것은. 다음에 다시 만날 때, 나는 너와 대등한 곳에 서 있을 것이다."

그것은 자신에게 하는 약속이었다. 그의 신념어린 말에 철군패가 고개를 끄덕였다.

"부디 그럴 수 있길 바라지."

"반드시 그렇게 될 것이다."

천위강이 주먹을 꽉 쥐었다.

철군패의 시선이 천위강을 지나 온유하를 향했다. 그 순간, 온유하는 철군패와 선뜻 눈을 마주치지 못하고 있었다. 그 이유를 알기에 철군패는 굳이 그녀에게 뭐라 말하지 않았다. 그러다 온유하의 뒤쪽으로 시선이 갔을 때 반가운 얼굴을 볼 수 있었다.

그를 보며 눈을 반달처럼 휘며 웃음을 짓고 있는 여인이 있었다. 철군패와 시선이 맞닿자 검지로 입을 가리며 '쉿' 하는 입 모양새를 만드는 여인은 단월이었다.

해후를 만끽하는 것보다 우선 눈앞의 상황에 집중하라는 그녀만의 배려인 것이다. 철군패의 입가에도 피식 미소가 어렸다.

멀리서 서천환희궁과 새외의 무인들이 합류하고 있었다. 평상시라면 절대 한자리에 모일 수 없는 무인들이 한자리에 모였다. 이제야 온전한 전력이 완성됐다. 드디어 최후의 최후를 위한 준비가 갖춰진 것이다.

그렇게 모인 전력이 모두 철군패를 바라보고 있었다. 좋든 싫든 이 진영의 중심은 바로 철군패였다. 모두가 그렇게 느끼고 있었고, 그게 사실이었다.

철군패가 화왕 위에 올라탔다.

"그럼 시작하지. 구주천가가 성문을 열고, 서천환희궁을 비롯한 새외의 문파들이 측면을, 그리고 북천빙궁이 배후를 맡는다."

"좋다."

대답과 함께 천위강이 수하에게 명령을 내렸다. 그의 명령은 순식간에 전달되어 구주천가 내부로 들어가는 비밀통로 근처에서 대기하고 있던 무인들의 귀에까지 들어갔다.

"문을 열어라."

이제까지 숨을 죽이고 있던 결사대는 비밀문을 열고 밖으로 뛰쳐나갔다. 그들이 뛰어나온 곳은 뜻밖에도 구주천가의 성문 안쪽에 있는 석상 바닥이었다. 석상 근처에도 마해의 무인들이 몇 명 있었지만, 전혀 낌새를 눈치채지 못하다가 갑작스럽게 그들이 출현하니 크게 놀라 소리쳤다.

"적이다."

"기습이다."

그들의 소리에 인근에 있던 다른 마해의 무인들이 달려 나왔다. 하지만 그때는 이미 결사대가 정문에 도달한 뒤였다. 결사대원 두 명이 문을 열고, 나머지 열 명이 필사적으로 마해의 무인들을 막았다. 마해의 무인들 역시 필사적이었다. 이렇게 어이없이 정문이 열린다면 피해가 기하급수적으로 커질 것이 분명하기 때문이었다.

"으아악!"

"컥!"

마해의 무인들을 막던 결사대원들이 하나둘씩 처참한 죽음을 맞이했다. 동료들이 죽어가는 소리를 들으며 두 명은 필사적으로 정문을 열었다.

끼기긱!

그리고 마침내 구주천가의 정문이 열렸다. 하지만 결사대원들은 거의 마해의 무인들에 의해 전멸을 당한 뒤였다. 마지막까지 필사적으로 저항하던 결사대원 역시 피를 흩뿌리며 죽임을 당했다. 하지만 그는 죽는 그 순간까지 만족스런 미소를 지었다. 자신의 임무를 완수했기 때문이다.

"이런! 어서 정문을 닫아라."

겨우 저항하던 결사대원들을 쓰러트린 정문 경비 책임자가 열린 정문을 다시 닫으려 했다.

쾅!

그 순간 벽력탄이 터지는 듯한 소리와 함께 그의 몸이 뒤로 나가떨어지고 누군가 구주천가의 정문으로 난입했다.

자신만큼이나 엄청난 덩치의 말을 타고 있는 남자의 모습을 확인하자 약속이라도 한 듯이 마해의 무인들이 외쳤다.

"멸제다."

"멸제가 난입했다."

그들의 말이 채 끝나기도 전에 북풍대가 뒤를 따라 구주천가 안으로 들어왔다. 그들을 필두로 구주천가의 무인들과 새 외의 무인들이 밀려들어왔다.

"놈들을 막아랏."

"정문에서 막아야 한다. 내성까지 들어가게 해서는 안 된다."

마해의 무인들도 필사적이었다. 그들은 외성에 침입한 무인들을 막기 위해 동분서주했다.

"어서 놈들을 막아라."

"비월당과 묵검당은 한 놈도 내성으로 들어가지 못하도록 막아라."

누구의 것인지 모를 목소리가 어지럽게 울려 퍼졌다.

죽고 죽이는 아비규환이 펼쳐졌다. 무인들의 피가 구주천가의 대지를 붉게 물들였고, 사람들의 비명소리가 하늘에 울려 퍼졌다. 인간의 고기를 탐한 까마귀들이 구주천가로 날아들어 하늘을 새까맣게 뒤덮었다.

두두두!

철군패는 화왕과 한 몸이 되어 구주천가를 내달렸다. 이미 구주천가의 구조를 잘 알고 있는 철군패였다. 그의 질주엔 거침이 없었다.

쾅!

앞을 가로막고 있던 내성의 문이 그의 일격포에 산산이 부서져 나갔다. 철군패는 부서진 문틈으로 내성에 들어갔다. 북풍대 역시 그를 따랐다.

그렇게 얼마나 질주했을까?

"놈! 멈추거라."

슈아악!

대로한 음성과 함께 갑자기 한 줄기 수강(手罡)이 철군패를 향해 내리꽂혔다. 철군패가 파형권을 펼쳐 수강을 해소했지만, 성안에 진입한 이후 처음으로 걸음이 멈추고 말았다. 화왕이 충격에 주춤하고 만 것이다.

그렇게 철군패와 북풍대의 질주가 멈추자 열한 명의 무인이 철군패 앞에 나타났다. 나이를 짐작하기 힘든 노인과 오싹한 기운이 풍기는 열 명의 젊은 남자였다.

노인이 철군패를 보며 말했다.

"거기까지다, 멸제. 지존이 계신 곳엔 들어갈 수 없다."

노인은 바로 금청사였다. 마해가 누란의 위기에 처하자 그가 직접 나선 것이다. 그가 대동한 이들은 바로 천마십위였다. 방금 수강을 날린 이 역시 금청사였다.

금청사는 일생을 소운천을 위해 살아온 노인이었다. 충성심만큼이나 무공 역시 강했다. 금청사의 몸에서 흘러나오는 기도는 실로 막강했다.

금청사를 물리치려면 적지 않은 시간이 소요될 것 같았다. 그는 철군패가 이제까지 만나온 그 어떤 적들보다 강력한 기도를 소유하고 있었다.

"할 수 없지."

어차피 물러설 수도 없다. 소운천에게 가기 위해서는 반드시 금청사를 물리쳐야 했다. 약간의 전력을 소모하더라도 전력을 다해야 했다.

그때였다.

"크하하하!"

갑자기 광기어린 웃음과 함께 허공에서 거대한 무언가 뚝 떨어져 내렸다.

쾅!

떨어져 내린 물체는 금청사를 직격했다. 금청사가 급히 호신강기를 끌어올려 전신을 보호했지만 적잖은 충격을 받았는지 안색이 급변했다.

"너는?"

"흐흐! 네놈은 나의 몫이다."

온몸을 쇠사슬로 휘감은 거한이 금청사를 보며 섬뜩한 웃음을 짓고 있었다. 실로 살이 떨릴 정도의 위압감과 살기를 분출하는 거한은 바로 원개세였다.

금청사가 원개세를 알아봤다.

"혈마인."

"흐흐! 그동안 몸이 근질거렸는데 잘됐구나. 한번 피터지게 싸워보자꾸나."

"방해를 할 작정이냐?"

"바보 같은 소리를 하는군. 너와 나는 적. 그렇다면 나의 행동이 당연한 것 아닌가?"

"으음!"

원개세의 심드렁한 말에 금청사의 얼굴이 더할 수 없이 딱딱하게 굳었다. 원개세가 종잡을 수 없는 인물이란 것은 익히 알고 있었지만, 하필 지금과 같은 중요한 시기에 나타날 줄은 예상치 못했기 때문이다.

금청사가 분노를 터트렸다.

"원개세, 내 앞을 막겠다면 가만두지 않겠다."

"흐흐! 바라던 바다, 마해의 늙은 호랑이야."

"노옴!"

결국 분노를 참지 못한 금청사가 먼저 원개세를 공격했다. 금청사가 움직이자 천마십위도 움직였다. 그러자 북풍대가 나섰다.

"네놈들은 나의 몫이다."

양천의가 먼저 대부를 휘두르며 천마십위에게 달려갔다. 그 뒤를 따르며 검운영이 철군패에게 말했다.

"이들은 저희가 맡겠습니다. 형님은 천마에게 가십시오."

"알겠다."

철군패는 망설이지 않았다. 비록 천마십위가 강하다고 하지만 양천의와 검운영이 이끄는 북풍대라면 능히 그들을 감당할 수 있을 거라 생각했다.

어차피 이 전쟁은 천마를 죽이기 전에는 끝나지 않는다. 천
마를 죽여야만 끝날 전쟁. 그렇다면 최대한 빨리 그를 죽이는
것이 북풍대를 도와주는 일일 것이다.

쾅쾅!

등 뒤에서 폭음이 울려 퍼졌다.

원개세와 금청사가, 천마십위와 북풍대가 싸우는 소리가 들
려왔지만 철군패는 무시했다.

그는 화왕의 속도를 빨리했다.

우웅!

내성을 지나자 불길한 기운이 느껴졌다. 두말할 것도 없이
소운천의 기운이었다. 소운천이 있는 곳은 구주천가의 금지가
있던 곳이었다.

"천마!"

철군패가 거대한 외침을 토해내며 금지로 뛰어들었다.

쿠우우!

그곳에 그가 있었다.

세상의 모든 불길한 기운을 한 몸에 간직한 그 남자가.

희망이 사라진 두 눈으로 세상을 바라보고 있는 소운천이.
그가 철군패의 기척에 뒤를 돌아봤다.

"왔는가?"

"천마."

"의외군. 진짜 십전제가 이곳에 올 줄 알았더니. 하긴 그도

알았나보군. 어둠의 힘으로는 나를 제압할 수는 있어도 완전히 죽일 수는 없단 사실을."

소운천이 피식 웃었다.

그는 모든 것을 알고 있다는 듯한 모습이었다.

"하긴 그건 나도 마찬가지야. 그를 제압할 수는 있어도 완전히 죽일 수는 없지. 내가 뿌린 어둠의 씨앗이 발아해 싹을 틔워 최종적으로 완성된 이가 바로 십전제니까. 말하자면 그는 나의 자식이나 다름없지."

칠백 년 전에 백수경의 가족을 죽이지만 않았어도 십전제라는 존재는 탄생하지 않았을 것이다. 그가 백수경의 가족을 모조리 죽이고 마음에 어둠을 심어주면서부터 이 모든 일이 시작되었다. 결국 이 모든 일의 시발점은 소운천 자신이었다.

철군패가 소운천을 보며 말했다.

"천하에 펼친 진법을 거둬라. 이 이상 얼마나 많은 사람들의 피를 봐야 만족할 것인가? 칠백 년 전의 악몽은 이제 지울 때도 되지 않았는가?"

"후후! 너도 역시 그렇군. 자신의 일이 아니라고 쉽게 말하는 무책임한 족속들과 똑같다. 사실 대부분의 인간들이 그렇지. 타인이 입은 상처는 생각하지 않고 편하게 말하지. 이제 그만 잊어라, 용서하라. 허나, 과연 자신이 그와 같은 입장이 되어도 그런 말을 할 수 있을까? 과연 그럴 수 있을까? 그래서 칠백 년 전에 시험해봤다. 나와 같은 입장이 되어도 그런 말을 할 수 있을는지. 아는가? 그 결과가 바로 구주천가다. 나와 같은 일을 당한 사내가 십전제를 만들어냈고, 그의 형이 구주천가를 만들었다. 인간은 모두 똑같다. 과거나 지금이나 전혀 달라진 것이 없지."

"그렇다고 천하인 전체를 말살하려 하다니. 천하인들 전체를 죽이고 홀로 세상에 남아 무엇을 하려는가?"

"후후! 홀로 고독을 즐기는 것도 나쁘진 않겠지. 완벽히 정지된 세상은 그만큼 평화로울 테니까."

"미친!"

"어차피 나에겐 영원의 시간이 허락되어 있다. 그 정도의 여유를 즐길 시간은 충분히 남아 있지."

소운천이 희미한 웃음을 지었다.

그는 철군패는 안중에도 두지 않는 듯했다. 칠백 년을 살아온 자신감이 그를 그렇게 만드는 것인지도 몰랐다.

소운천이 철군패에게 말했다.

"네 앞에는 두 가지 길이 있다. 하나는 나를 쓰러트리는 것이고, 다른 하나는 나에게 죽는 것이다. 어차피 나를 쓰러트리지 못하면 이 땅의 모든 생명체는 죽음을 맞이하고 말 것이다. 나는 조금 전, 진의 운용을 더욱 가속시켰다. 그러니까 너에게 남은 시간은 기껏해야 한 시진밖에 없다. 한 시진이 지나면 무공을 익히지 못한 대부분의 사람들은 진에 의해 죽고 말 것이다. 그러니까 반드시 나를 쓰러트려야 할 것이다. 후후후!"

"철저히 미쳤군!"

"만일 네가 살아남는다면 훗날 너도 나의 이런 마음을 알게 될 것이다. 인간의 한계를 벗어나면 마냥 좋을 것 같지만, 그로 인해 누구도 상상하지 못할 고독을 느끼게 될 것이다. 물론 너에게 그런 일은 절대로 일어나지 않을 것이다. 왜냐면 이곳이 너의 무덤이 될 테니까. 나는 이곳에서 너를 죽이고, 분수도 모르고 이곳까지 쳐들어온 개미 같은 존재들을 모조리 죽일 것이다."

"천마!"

철군패의 외침이 폭풍이 되어 금지 안을 휩쓸었다. 하지만 소운천은 입가에 어린 미소를 거두지 않았다.

"최선을 다하거라, 멸제여!"

"챠앗!"

철군패가 화왕을 박차고 소운천을 향해 달려들었다.

우웅!

파형권이 대기를 울렸다.

소운천이 허공으로 손을 뻗었다. 그러자 보이지 않는 검이 잡혔다.

천마삼검.

소운천의 칠백 년 원한과 집념이 담긴 검공이 세상에 형체를 드러내고 있었다.

쩌어엉!

그들이 격돌했다.

                    *   *   *

쿠우우!

가공할 기파에 구주천가의 성벽이 다 들썩거렸다.

"드디어 시작했는가?"

피부로 느껴지는 기파에 사검영의 안색이 싹 변했다.

철군패에게 은밀한 제안을 한 직후, 그는 구주천가로 은밀히 귀환했다. 철군패가 구주천가에 나타난 것은 사검영에게도 뜻밖의 일이었다. 그는 신도제원의 힘이라면 능히 철군패를 제압할 수 있을 거라고 생각했었다.

"그렇다는 것은 대사조가 저 애송이에게 당했다는 말인가?"

믿을 수 없는 일이었지만, 현재로서는 그렇게 추론할 수밖에 없었다. 사검영은 아직 천우진이 나타난 사실을 알지 못했다.

"오히려 잘된 것인가? 천마와 멸제가 싸우다 힘이 빠지면 내가 그들을 없애면 될 테니까."

사검영은 이 순간에도 두 사람을 모두 제거하겠다는 꿈을 버리지 않았다. 그렇게 쉽게 포기할 것 같았으면 이때까지 참고 기다릴 수도 없었을 것이다.

사검영이 금지를 향해 걸음을 내딛었다. 하지만 그는 얼마

걷지 않아 멈출 수밖에 없었다. 그의 앞에 낯선 인영이 나타났기 때문이다.

늘씬한 교구에 서릿발처럼 차가운 기운을 줄기줄기 뿜어내는 아름다운 여인이었다. 그녀를 보는 순간 사검영의 표정이 딱딱하게 변했다.

"네년은? 혁련청화."

"오랜만이군요. 설마 당신이 이제까지 살아 있을 줄은 꿈에도 생각하지 못했어요. 이십 년 전 그때 죽었다고 생각했는데."

"후후! 그렇게 쉽게 죽을 것 같았으면 애초에 태어나지도 않았다. 이 몸은 불사의 사인이다."

"그렇다면 오늘 확실히 죽여주겠어요. 두 번 다시 살아나지 못하도록."

"건방진! 이십 년 전에는 너보다 약해서 죽음을 위장한 줄 아느냐?"

사검영의 인상이 험상궂게 일그러졌다. 그러자 사기가 폭발적으로 발산되어 나왔다. 그러나 혁련청화는 그의 사기를 정면으로 맞으면서도 표정에 변화가 없었다.

"부딪쳐보면 알겠지요. 누가 강하고, 누가 약한지."

"크크! 정말 살다보니 이 사검영이 별 수모를 다 당하는구나. 좋다. 내 오늘 네년을 죽지도 살지도 못하게 만들어 나의 노예로 삼으리라."

혁련청화의 말이 사검영의 역린을 건드렸다. 지금 그는 진심으로 분노하고 있었다. 하지만 그 모습을 보면서도 혁련청화는 두렵다는 생각을 하지 않았다. 그저 이십 년 전에 못 끝낸 일을 확실히 마무리 짓겠다는 생각만 하고 있었다.

슈슈슉!

미친 듯이 웃던 사검영의 몸에서 갑자기 눈에 보이지 않는 실들이 튀어나와 혁련청화의 몸을 휘감아왔다. 사검영의 무기인 혈령귀혼신사였다.

혁련청화도 물러서지 않았다. 그녀가 앞으로 손을 뻗자 빙기가 급속히 모여들어 빙벽을 형성했다. 혈령귀혼신사는 빙벽을 뚫지 못하고 튕겨져 나갔다.

혁련청화가 손을 들어 사검영을 가리키자 빙벽이 통째로 사검영을 향해 날아갔다.

"건방진!"

사검영이 눈을 번뜩였다. 그러자 혈령귀혼신사가 날카롭게 변해 빙벽을 난도질했다. 그의 눈앞에서 우수수 떨어져 내리는 얼음덩어리들. 하지만 혁련청화의 공격은 이제 겨우 시작에 불과했다. 얼음덩어리는 눈속임수일 뿐이었다. 혁련청화는 얼음덩어리 뒤에 숨어 사검영의 지척까지 접근하고 있었다.

쾅!

천빙요결을 운용한 주먹이 사검영의 혈령귀혼신사와 격돌하며 폭음이 울려 퍼졌다. 그 여파로 사검영의 어깨가 들썩였다.

그제야 사검영은 깨달았다. 혁련청화가 결코 녹록히 볼 존재가 아님을. 이십 년이란 세월은 한 여인을 무인으로 완성시키기에 충분한 시간이었다.

혁련청화는 이십 년 전의 그가 알고 있던 여인이 아니었다. 구주천가의 무상이라는 자리에 어울리는 무력을 갖춘 한 사람의 무인이었다.

"오냐! 그렇다면 나도 진심으로 상대해주마."

"당신은 진작 그래야 했어요."

혁련청화의 입가에 희미한 미소가 어렸다.

쿠오오!

사검영의 혈령귀혼신사가 올올이 강기를 담고 날아왔다. 하지만 그녀는 전혀 두렵다는 생각을 하지 않았다.

오늘날의 그녀를 있게 만든 천빙요결.

이제 천빙요결은 발전을 거듭해 그녀만의 영역을 확고히 구축했다. 그녀가 사검영에게 밀릴 이유가 없는 것이다.

구주천가 곳곳에서 치열한 전투가 벌어지고 있었다. 사람들의 피가 흘러 대지를 붉게 적시고, 까마귀들은 포식을 했다. 사람들의 비명소리가 하늘에까지 닿았다.

그 속에서 천위강은 구주천가의 무인들을 독려하며 성을 탈환하는 데 앞장섰다.

구주천가의 무인들만 있었다면 불가능했을 것이다. 하지만 서천환희궁과 새외의 무인들이 옆을 받쳐주고, 북관주를 비롯해 북천빙궁의 무인들이 마해의 배후를 교란하고 있었다. 그 덕분에 전세를 팽팽하게 이어갈 수 있었다.

북관주의 빙공은 실로 대단해서, 그 누구도 감히 그의 주위 십여 장 안으로 접근을 하지 못했다. 북관주는 전장을 주도하지는 않았지만, 불리한 곳이 있다 싶으면 실로 절묘하게 개입해 상황을 유리하게 바꿔놓았다.

염휘가 이끄는 서천환희궁의 무인들은 직접적으로 싸움에 개입하기보다는 부상자를 치료하거나 인질을 구출하는 데 힘을 모았다. 그 때문에 구주천가의 무인들은 한결 편한 마음으로 전투에 임할 수 있었다.

그렇게 얼마나 시간이 흘렀을까?

갑자기 서천환희궁의 무인들이 소리를 질렀다.

"뇌옥이다. 뇌옥에 몇몇 무인들이 갇혀 있다."

그들은 뇌옥에 갇혀있는 무인들을 구해 밖으로 나왔다. 예전에 포로로 잡혔던 구주천가의 무인들이었다. 그런데 그들 중 누군가의 얼굴을 구주천가의 무인들이 알아보고 소리를 질렀다.

"이럴 수가! 화 대주님이시다."

"화 대주님이 살아 계셨어."

서천환희궁의 무인들이 구한 이들 중 화진천이 있었다. 엉망으로 망가지긴 했지만 화진천이 분명했다. 끝까지 남아 구주천가의 무인들이 무사히 빠져나갈 수 있게끔 자신을 희생했던 남자. 그래서 모두가 화진천의 희생을 아깝고 안타깝게 생각했다. 그러던 차에 화진천이 목숨을 부지한 채 발견됐으니 모두가 뛸 듯이 기뻐했다.

"어서 서천환희궁의 의원들에게 화 대주님을 데려가라. 그들이라면 화 대주님을 살려줄 것이다."

화진천은 엉망으로 망가져 있었다. 이런 상태로 숨을 쉬고 있다는 사실이 믿기지 않을 정도였다. 워낙 강한 체력과 인내력을 가지고 있었으니 이만큼 버틴 것이지, 보통 사람이었다면 벌써 목숨을 잃었을 것이다.

단월은 그 모든 것을 지켜보았다.

인세에 지옥이 있다면 이곳일 것이다. 수많은 사람들이 서로를 죽이기 위해 무기를 휘두르고 있었다.

팔이 잘려 신음하는 사람, 가슴이 갈라져 뼈가 드러나 보이는 사람, 갈라진 복부 사이로 내장이 쏟아져 나오는 사람, 그들이 흘리는 고통스런 신음과 후각을 마비시킬 정도로 강렬한 혈향. 그리고 죽어가는 사람들을 바라보는 까마귀의 검은 눈동자. 그 모든 것이 단월에게는 감당하기 힘든 일이었다. 하지만 그녀는 결코 외면하지 않았다.

"두 번 다시 이런 일이 일어나선 안 돼."

단월이 조그만 주먹을 꽉 쥐었다.

"조심!"

캉!

그때 단월의 등 뒤에서 쇳소리가 들리며 누군가 날아오는 비도를 대신 쳐냈다.

단월을 보호해준 남자는 바로 흑영대주 지영정이었다.

"고맙습니다, 지 대협."

"조심하게. 전장에서는 눈먼 검에 맞아 죽는 자가 부지기수니까."

"명심하겠습니다."

단월이 감사의 뜻을 표했다. 그러자 지영정이 미소를 지으며 다른 곳으로 뛰어갔다.

종횡무진(縱橫無盡)이라는 말이 그렇게 잘 어울릴 수 없었다. 지영정과 흑영대는 구주천가의 전력이 밀리는 곳이 있다면 어디든 달려갔다. 그들 덕분에 목숨을 구한 자가 수백 명이 넘어갈 정도였다.

그렇게 전장의 혈투는 절정으로 치달아가고 있었다.

콰아아!

그 순간 모두의 기감에 파동이 느껴졌다.

땅에서 솟구쳐 하늘을 관통하는 거대한 기운이 마치 거대한 빛의 기둥 같았다. 빛의 기둥 속에 소운천이 있었다.

쿠르르!

금지를 둘러싸고 있던 거대한 성벽이 마치 해일에 휩쓸린 것처럼 흔적도 없이 사라졌다.

"지존이시여."

"천마다."

각자 다른 의미를 가진 음성이 터져 나왔다.

모두의 시선이 천마를 향했다.

"천마."

천우진의 눈빛이 차갑게 가라앉았다.

피가 들끓어 오른다. 어둠에 물들어 뜨거움을 잃은 피가 다시금 달궈지고 있었다. 그 모든 것이 소운천의 기운 때문이었다.

소운천이라는 존재가 그의 피를 뜨겁게 달구고 있었다. 간만에 느끼는 인간다운 느낌에 천우진이 웃었다.

하지만 신도제원은 웃을 수 없었다. 두 다리가 무릎 아래부터 사라진 사람이 한가하게 웃을 수는 없기 때문이었다. 그의 두 다리는 천우진의 가공할 일수에 흔적도 없이 사라졌다. 제아무리 엄청난 권능을 가진 신도제원이라 할지라도 없어진 두 발을 만들어낼 수는 없었다.

졸지에 키가 이 척이나 줄어들게 된 신도제원이 천우진을 노려봤다. 그는 두 다리가 사라진 고통도 느끼지 못하는 듯했다.

"당신은 악마인가?"

"악마? 그럴지도 모르지."

천우진이 하얀 이를 드러내며 웃었다.

그 잔혹함, 그 무신경함, 그 포악함이 신도제원의 가슴을 서늘하게 만든다.

신도제원이 흘깃 바닥에 쓰러져 있는 임관설을 바라보았다. 자신의 딸과 같은 존재를 희생시키면서까지 모든 능력을 끌어올렸다. 그런데도 천우진에게는 안 됐다.

십야마정갑을 입은 그의 모습이 악몽과도 같았다. 차라리 꿈이었으면 좋겠다고 신도제원은 생각했다.

그의 정신감응에 의해 지배를 받는 사천 명의 무인들은 감히 천우진에게 다가갈 생각도 못하고 있었다. 그들은 오히려 신도제원보다 천우진을 더욱 두려워하고 있었다. 그들은 공격을 하라는 신도제원의 명령을 거역하고 있었다.

사천 명의 무인이 오직 단 한 명, 천우진을 앞에 두고 두려움에 벌벌 떨고 있었다. 신도제원의 입장에서는 자존심이 상하는 일이었다.

천우진은 이미 신도제원에게 눈길조차 주지 않고 있었다. 그것이 신도제원의 자존심을 더욱 상하게 만들었다.

"내 반드시 너를 죽여 칠백 년의 염원을 이루겠다."

"지겹군. 이놈이나 저놈이나 다 칠백 년의 염원이라니."

천우진의 입술이 뒤틀렸다.

그의 눈이 섬뜩해졌다.

직접 천마를 상대하고 싶었지만, 지금은 눈앞에 있는 이자부터 완벽하게 처리하는 것이 우선이라는 생각이 들었다.

"운이 좋군, 애송이."

천우진은 소운천에게서 완벽히 신경을 끊었다.

"노옴!"

신도제원이 잘려나간 두 발 대신 양팔로 바닥을 차며 허공으로 튀어올랐다. 이어 그가 남은 힘을 모조리 끌어 모아 천우진을 공격하려 했다. 하지만 그 순간 신도제원은 주위의 모든 것이 어둠으로 물들었다는 사실을 깨달았다.

하늘도, 땅도, 그가 보는 모든 세상이 어둠으로 물들었다. 어둠 속에서 천우진의 붉게 물든 눈동자와 뒤틀린 입술만이 눈에 들어왔다.

"빌어먹을!"

푸화학!

순간, 검은 해일이 그를 덮쳤다. 신도제원은 비명도 지르지 못하고 어둠에 잡아 먹혔다.

"결국 죽고 나서야 후회하게 되지."

어둠 속에서 천우진의 목소리가 울려 퍼졌다.

신도제원의 시신을 뒤로하고 걸음을 옮기던 천우진의 얼굴에 문득 이채가 떠올랐다.

그의 시선이 바닥에 쓰러져 있는 임관설을 향했다.

"이 아이?"

천우진이 임관설을 향해 다가갔다.

                    *   *   *

철군패의 상의는 흔적도 없이 사라진 지 오래였다. 금지도
초토화가 된 지 오래였다. 그렇지 않아도 폐허로 변했던 땅은
또다시 속살을 드러내고 있었다.

철군패의 다리가 부르르 떨렸다.

막대한 충격을 온몸으로 감당해야 했기에 일어난 현상이었
다.

소운천이 펼친 것은 천마삼검 중 인멸검(人滅劍)의 일식이었
다. 이 세상에 존재하는 모든 인간을 멸하겠다는 소운천의 의
지가 담긴 초식이었다.

인멸검이라는 이름이 아깝지 않을 정도로 엄청난 위력이었
다. 천우진을 만나기 전의 철군패였다면 이 일식에 목숨을 잃
었을지도 몰랐다.

철군패를 내려다보는 소운천의 눈에 이채가 떠올랐다.

"그걸 버텼는가?"

인멸검은 말 그대로 인간을 말살하기 위해 만들어진 검이
다. 인간의 육신을 지닌 이상 인멸검을 버티는 것은 불가능에
가깝다. 그래도 버텨냈다는 것은 육체의 단단함이 인간의 한
계를 벗어던졌다는 것을 의미했다.

철군패가 인상을 쓰며 소운천을 올려다봤다. 소운천은 여전히 천지를 관통하고 있는 빛의 기둥 한가운데 둥실 떠 있었다. 그 모습이 기분 나쁠 정도로 오만하면서도 어울려 보였다.

철군패가 이빨을 뿌득 갈았다.

"건방진!"

상대가 칠백 년을 살아온 괴물이라는 것은 알고 있었다. 하지만 그렇다고 해도 이렇게 위에서 자신을 내려다보는 것은 용납할 수 없었다. 자신이 위로 올라가든가, 상대를 자신과 같은 위치로 끌어내리든가 해야 직성이 풀릴 것 같았다.

팟!

철군패가 택한 것은 전자였다. 그의 육중한 몸이 대지를 박차고 허공으로 뛰어올랐다.

쾅!

철군패의 거대한 몸이 들소의 돌진처럼 소운천에게 쇄도했다. 아니, 쇄도한 것처럼 보였다. 하지만 불과 이 척의 거리를 남겨두고 철군패와 소운천의 몸은 더 좁혀지지 않았다. 위기 상황에 처하자 소운천의 호신강기가 자연스럽게 발동한 것이다.

소운천의 호신강기는 여타 고수들의 호신강기와 차원을 달리했다. 기의 밀도나 응집력이 무척이나 농밀하면서도 끈적끈적해 철군패의 공격에도 끄떡없었다.

이십 년 전에도 그의 무력은 괴물이나 다름없었지만, 지금은 감히 추측조차 할 수 없는 경지에 올라 있었다.

소운천이 손을 휘둘렀다.

캉!

그 순간, 철군패는 강력한 충격을 받고 뒤로 나가떨어졌다. 하지만 튕겨나가기 무섭게 철군패는 다시 소운천을 향해 달려들었다. 그런 철군패를 향해 소운천이 다시 검을 휘둘렀다.

쉬이잉!

단순히 검을 횡으로 휘두른 것뿐이었다. 그 순간 철군패는 정신이 다 아득해지는 듯한 느낌을 받았다.

소운천의 손짓 하나에 천지가 그대로 양단되는 듯했다. 비단 철군패뿐만이 아니었다. 구주천가에 있던 모든 무인들이 철군패와 같은 느낌에 몸을 떨었다. 마치 자신들의 몸이 양단되는 듯한 느낌이 들었던 것이다.

철군패가 입술을 깨물었다.

그도 알고 있었다. 지금 소운천의 일검이 어느 정도의 위력을 가지고 있는지. 소운천의 칠백 년 집념이 응집되어 있는 이 일검에는 세상을 향한 그의 분노가 담겨 있었다.

천마삼검 제이검 생멸검(生滅劍).

세상에 존재하는 모든 생명체를 말살하기 위해 소운천이 만들어낸 일검이었다.

이름이야 알 수 없었지만, 그렇다고 피하고 싶지는 않았다.

우웅!

철군패의 몸이 떨리더니 두 겹, 세 겹으로 겹쳐보였다. 파형권 궁극의 방어기공인 천공패가 발동된 것이다.

천공패가 저 무시무시한 일검을 견딜 수 있을지는 자신할 수 없었다. 하지만 철군패는 자신이 익힌 파형권을 믿었다.

소운천이 칠백 년의 원한을 간직하고 있는 마인이라면 철군패 역시 칠백 년 전 환사영의 염원을 한 몸에 이어받은 남자였다. 회피는 용납되지 않았다.

"이야아아!"

철군패의 거친 기합이 천지를 울리며 양손이 강기를 토해냈다. 파멸강(破滅罡)이었다.

쿠와아앙!

생멸검과 파멸강이 격돌하며 거대한 폭발이 일어났다. 형태만 유지하고 있던 성벽이 흔적도 없이 사라지고, 오밀조밀 모여 있던 전각군이 산산이 부서져 사방으로 흩날렸다.

대지가 지진이라도 일어난 것처럼 쩍 갈라졌으며 대기가 미친 듯이 요동치며 사방으로 폭풍처럼 휘몰아쳤다. 그 여파로 한데 어우러져 싸우던 무인들이 거친 비명과 함께 바닥을 나뒹굴었다.

그 순간, 소운천의 외침이 천하에 울려 퍼졌다.

"너희들도 느끼거라. 그날의 기억을, 그날의 절망을. 그날의 절망이 오늘 너희의 절망이 되고, 그날의 눈물이 오늘 너희의 피눈물이 될 것이다."

우우웅!

대기가 이상하게 떨리더니 오악이 공명(共鳴)을 했다. 공명
은 대기를 타고 천하를 울리더니 종내 사람들의 귓전을 파고
들었다.

부르르!

무인들의 온몸에 소름이 돋는다.

그들의 뇌리가 새하얗게 비어간다.

머릿속의 모든 생각이 사라지며 그들의 세상이 온통 새하얗
게 변해간다.

그리고 그들은 보았다.

평화롭던 한 나라, 그곳에서 어울려 살아가던 순박한 사람
들을.

욕심도 없고, 오늘 하루 평화롭게 지내면 만족하는 그들의
모습이 보였다.

그들의 얼굴에 어린 웃음이, 보는 눈빛이 순박하기만 하다.
무인들은 자신들이 곧 그들이 된 듯하다는 착각을 느꼈다. 그
들의 감정 변화에 무인들의 감정 역시 기복을 일으켰다.

한없이 평화로운 시대, 그들의 입가에 웃음이 어린다.

쿠르르!

하지만 그들의 행복은 그리 오래가지 않았다. 갑자기 남녘
에서 검은 구름이 몰려왔다.

검은 구름처럼 몰려온 탐욕스런 무리들.

검을 들고, 도를 들고 사람들을 도륙하는 탐욕스런 무리들. 그들이 도를 휘두른다. 꿈을 꾸는 사람들은 자신들이 현실에서 도를 맞는 것처럼 움찔거렸다.

"보물을 빼앗아라."

"나란의 보물은 우리 것이다."

그들의 목소리가 현실처럼 들려왔다.

아귀처럼 죽이고, 또 죽이는 무인들. 그들은 보물을 찾아 사람들을 죽이고, 여인들을 겁탈했다.

지금 이 순간, 구주천가에 있는 무인들은, 아니, 천하의 모든 사람들은 같은 꿈을 꾸고 있었다. 꿈속에서 그들은 나란의 백성이 되어 중원의 무인들에게 처참히 짓밟히고 있었다.

사내는 팔다리가 잘려 처참한 죽임을 당하고, 여인들은 겁탈을 당하며 비명을 질렀다. 아직 자라지 못한 아이들은 더 이상 세상을 보지 못하게 됐고, 그들이 존재했었단 모든 흔적이 지워졌다.

아예 세상에 존재하지 않았던 것처럼 지워진 사람들. 그들의 일생을 체험하면서 사람들은 울었다. 눈물을 흘리고, 거친 숨을 토해내고, 자신의 모든 열기를 발산했다.

그렇다. 그들은 꿈을 꾸고 있었다.

찰나의 꿈. 그저 스쳐지나가는 순간의 꿈. 깨어나면 언제 잊혀질지 모르는 그런 불완전한 꿈을.

철군패 역시 꿈을 꾸었다.

찰나에 불과했지만 분명 그는 꿈을 꾸었다.

너무나 생생해서 실제라고 믿고 싶을 정도였다. 그래도 철군패는 꿈에 동화되지 않았다. 이미 환사영의 진수를 전수받을 때 경험했기 때문이다.

하지만 다른 사람들은 달랐다. 그들은 소운천이 보여주는 꿈에서 벗어나지 못하고 있었다.

그제야 철군패는 깨달았다. 소운천이 천하의 명산에 진법을 펼친 이유를.

'그는 보여주고 싶었던 것이다. 나란인의 기억을, 자신이 간직하고 있는 그들의 기억을.'

천하인의 말살?

어쩌면 그런 생각을 했을지도 몰랐다. 중간에 마음이 변한 것일 수도 있다. 어쩌면 이 정도가 최선이었는지도 모른다. 애초부터 진법으로 천하인 전체를 죽인다는 것 자체가 불가능에 한없이 가까운 일이었으니까.

칠백 년간 그가 소중히 간직해온 기억이다. 그 긴 세월 동안 인간의 모든 것을 잃어버렸지만, 가장 소중한 기억만은 간직해 천하인들에게 보여주고 있는 것이다.

그들이 꾸고 있는 꿈이 언제 깰지는 누구도 알지 못했다. 어쩌면 영원히 꿈의 감옥에 갇힐지도 몰랐다. 소운천이 존재하는 한 영원히 꿈을 꾸어야만 할지도 몰랐다.

철군패는 소운천에게 왜냐고 묻지 않았다.

우웅!

그의 몸에서 파멸력이 형성되기 시작했다. 이제까지와는 차원이 다른 위력의 파멸력이었다.

자신의 파멸력이 정말 소운천의 광기를 잠재울 수 있을지는 미지수였다. 그래도 자신이 아니면 그의 광기를 잠재울 가능성을 지닌 사람은 없었다.

"이야아아!"

그의 손바닥 위로 조그만 환(丸)이 형성되었다. 극고의 파멸력이 응축된 힘, 파멸환(破滅丸)이었다.

파형권 궁극의 경지.

칠백 년 전의 초인 환사영이 소운천을 죽이기 위해 창안하고, 철군패가 완성시킨 최후의 수법이었다.

칠백 년의 세월을 거쳐서야 처음으로 펼쳐졌다. 바로 소운천을 상대로.

그 순간, 소운천도 철군패를 향해 검을 내리긋고 있었다.

천마삼검 제삼검(第三劍) 천멸검(天滅劍).

그가 보여준 꿈과 함께 하늘이 두 동강이 나고 있었다.

'보고 있느냐? 이것이 하늘에 대항하는 나의 의지다.'

소운천은 마치 그렇게 외치고 있는 것 같았다.

하늘이 두 동강이 나고 대지가 둘로 갈라지려는 그 순간, 철군패가 자신의 모든 것이 담긴 파멸환을 날렸다.

"⋯⋯."

침묵 속에서 거대한 폭발이 일어났다.

사람들은 찰나의 꿈에서 깨어났다.

그 순간, 그들이 볼 수 있었던 것은 두 조각 났던 하늘이 다시 하나로 합쳐지는 광경이었다.

아무리 강한 힘을 가지고 있다 하더라도 하늘을 자를 수는 없었다. 소운천도 그런 사실을 알고 있었다. 그는 자신이 가른 하늘이 다시 합쳐지는 모습을 바라보고 있었다.

"빌어먹을 하늘."

처음으로 소운천의 입에서 인간적인 말이 나왔다. 그가 잠시 하늘을 바라보며 피식 웃다가 대지를 바라보았다.

그곳에 엉망이 되어 바닥에 처박힌 철군패가 있었다. 대지에 깊숙이 처박힌 채 피를 토해내는 철군패의 가슴은 붉게 물들어 있었다. 그런 철군패를 바라보며 소운천이 말했다.

"정말 징그러울 정도로 단단한 몸뚱이군."

"크윽! 그런 이야기를 많이 들었소."

온몸이 해체되는 충격 속에서 철군패가 그렇게 말했다.

문득 소운천이 물었다.

"봤느냐?"

"봤소."

"훗! 그저 보여주고 싶었다."

소운천의 입가에 미소가 짙게 걸렸다.

푸스스!

문득 소운천의 발이 먼지가 되어 부서지기 시작했다. 발에서 무릎으로, 무릎에서 다시 몸통으로 소운천의 몸은 먼지가 되어 사라져갔다. 그래도 소운천의 입가에 어린 미소는 사라지지 않았다.

"모두가 봤으면 그것으로 된 거야."

마지막 음성과 함께 소운천의 모습이 흔적도 없이 사라졌다.

철군패는 바닥에 누워 멍하니 그 광경을 바라봤다.

마치 모든 것이 꿈이었다는 듯이 바람 속으로 사라진 남자. 문득 그런 생각이 들었다.

"어쩌면 그는 쉬고 싶었는지도 모르겠구나."

자신의 생각이 맞는지 확신할 수는 없었다. 앞으로도 영원히 진실이 무엇인지는 알 수 없을 것이다.

푸화학!

그 순간, 철군패의 가슴 어림에서 피분수가 치솟아 올랐다. 기력을 모두 소진한 철군패는 정신을 잃고 말았다.

철군패가 정신을 잃은 직후, 거대한 회색의 안개가 허공에서 떨어져 내렸다.

"여전히 손이 많이 가는 애송이군."

천우진이었다.

회색의 안개 속에서 천우진의 시선이 허공으로 향했다.

"이제 삶이 허전하겠군."

천우진이 손을 뻗어 철군패를 어깨에 짊어졌다. 그리고 나타났을 때와 마찬가지로 흔적도 없이 사라졌다.

*   *   *

사검영이 피를 뿜었다.

"크헉!"

예전처럼 가짜가 아니라 진짜 그의 피였다. 토해내는 그의 핏속에는 부서진 내장 조각이 섞여 있었다.

사검영이 자신을 내려다보는 혁련청화를 보며 욕설을 내뱉었다.

"빌어먹을 년! 처음 만났을 때부터 재수가 없더라니."

그가 믿을 수 없다는 눈으로 자신의 하복부를 내려다봤다. 그의 하복부는 이미 흔적도 없이 사라진지 오래였다. 혁련청화의 빙공에 얼음과자처럼 산산이 부서져 나간 것이다.

치열한 전투의 승자는 혁련청화였다. 그녀 역시 사검영에 의해 심각한 상처를 입었다. 하지만 아직까지 그녀는 움직일 여력이 있었고, 사검영은 그렇지 못했다.

"천마를 죽이고 내 손으로 천하를 움켜쥐고 싶었는데. 하지만 염려 마라. 내 반드시 다시 살아나서 네년을 죽이고 천하를…… 켁!"

갑자기 사검영이 피를 토하며 비명을 질렀다. 어느새 혁련
청화의 손에서 형성된 빙창이 미간을 관통하고 있었기 때문이
다.

혁련청화가 싸늘한 목소리로 중얼거렸다.

"그런 일은 절대 없을 거예요."

이십 년 전의 기억을 잊지 않은 혁련청화였다. 그녀는 빙창
으로 사검영의 머리를 관통한 것도 모자라 빙공을 펼쳐 사검
영의 몸을 얼렸다가 다시 완전히 부쉈다.

예전과 같은 속임수로 가장한 죽음이 아니라 진짜 죽음이었
다. 이제 사검영은 두 번 다시 부활할 수 없을 것이다.

사검영을 완전히 죽인 혁련청화의 시선이 북쪽으로 향했다.
그녀의 시야에 거대한 회색 안개가 잡혔다. 마치 살아 있는 생
명체처럼 꿈틀거리며 이동하는 거대한 회색 운무의 모습에 혁
련청화의 눈썹이 파르르 떨렸다.

"천우진."

그녀가 안개를 따라 몸을 날렸다.

곧이어 그녀의 신형이 거대한 회색 안개를 따라 사라졌다.

종장(終章)

견(見)

　그날 천하인은 같은 꿈을 꿨다. 어떤 이들은 깨어나자마자
잊어버렸고, 또 어떤 이들은 흐릿하게 기억하다 잊기도 했다.
그리고 어떤 이들은 또렷이 기억했다.

　천마 소운천이 어떤 의도로 그런 꿈을 보여주었는지는 알
수 없었다. 이제 소운천은 세상에서 완전히 사라졌고, 더 이상
대답을 할 수 없었기 때문이다.

　꿈을 꾼 사람들에 의해서 조금씩 변화가 일어났다. 마치 직
접 겪은 것처럼 생생한 꿈은 그들의 의식을 변화시켰고, 무의
식적으로 검이나 무기를 멀리하게 만들었다. 그것은 아주 조
그만 변화였지만, 의미 있는 변화이기도 했다.

이유야 어쨌건 소운천은 사라졌고, 전쟁은 끝났다. 소운천이 죽음을 맞이한 그 순간, 마해의 무인들은 눈물을 흘리며 사라졌다. 당연히 구주천가의 무인들은 끝까지 그들을 추적해 제거하려 했지만, 꿈에서 깨어난 직후라 몸이 마음대로 듣지를 않았다.

마치 모든 게 꿈이었던 것처럼 끝이 났다. 천하를 뒤덮었던 진은 흔적도 없이 사라졌고, 전쟁도 그렇게 끝이 났다.

구주천가는 성을 탈환하고 다시 무림의 지배자로 우뚝 섰고, 그들을 도왔던 새외의 문파들은 다시 그들의 터전으로 돌아갔다.

그렇게 모든 것이 제자리를 찾아갔다.

구주천가의 가주는 천위강이 이었다. 전대 가주였던 천우경이 소운천에게 중상을 입어 운신하기가 힘들다는 이유 때문이었다. 다행히 서천환희궁의 의원들이 혼신의 힘을 다해 치료를 해서 목숨을 건졌지만, 당분간은 무공을 펼칠 수 없다고 했다.

온유하 역시 문상의 자리를 내어놓고 천우경을 보살피는 데 전력을 다하겠다고 했다.

화진천 역시 서천환희궁의 의원들 덕분에 목숨을 구했다. 그는 극구 사양했지만 천위강은 화진천을 새로운 무상으로 임명했다.

그렇게 옛 인물은 뒷전으로 물러나고 새로운 인물들이 일선으로 나왔다. 바야흐로 새로운 시대가 시작되는 것이다.

천위강은 칠백 년 전의 비극이 두 번 다시 되풀이되지 않게 하리라고 맹세했다. 그뿐만이 아니었다. 소운천에 의해서 꿈을 꾼 사람들은 모두 그와 같은 생각을 갖게 됐다.

*　　*　　*

천우경이 몸을 일으켰다.

아직도 전신에 아프지 않은 곳이 없었지만, 그래도 이제는 앉아있을 만했다. 서천환희궁에서 보내준 의원들 덕분이었다. 그들은 이십 년 전과 마찬가지로, 환혼신단을 복용시킨 후 의원을 붙여 치료를 했다.

그 덕분에 천우경은 겨우 의식을 회복하고 혼자 몸을 움직일 수 있을 정도가 되었다.

천우경이 아픈 몸을 이끌고 창가로 다가갔다. 밖에서 그의 기척을 느꼈는지 온유하가 문을 열고 들어왔다.

"그냥 주무시지 왜 일어나셨어요?"

"찬바람 좀 쐬고 싶어서."

"상처에 좋지 않을 텐데."

온유하의 말에 천우경이 빙그레 미소를 지으며 창문을 열었다. 그러자 찬 공기가 방 안으로 밀려들어왔다. 찬바람이 상처에 닿아 욱신거렸지만 천우경은 그런 느낌마저도 기분 좋게 즐겼다. 자신이 살아 있다는 증거였기 때문이다.

그때였다. 갑자기 창밖 풍경이 급속히 회색으로 물들어갔다. 어디선가 안개가 일어나 시야를 가리기 시작한 것이다.

천우경의 동공이 확장되고 온유하의 표정이 급속히 흔들렸다. 이젠 그들도 이 회색 안개가 누군가의 흔적이란 사실을 알고 있었다.

"혀, 형님?"

천우경이 회색 안개를 향해 입을 열었다. 그러자 짙은 회색 운무 속에서 한 쌍의 섬광이 나타났다.

보는 이의 눈을 멀게 할 정도로 강렬한 섬광에 천우경과 온유하는 눈을 제대로 뜨지 못했다.

천우경이 눈을 가늘게 뜨며 말했다.

"역시 형님이시군요."

"오랜만이구나."

안개 속에서 천우진이 모습을 드러냈다. 긴 세월이 흘렀음에도 불구하고 여전히 예전의 모습 그대로였다.

"형님!"

"멍청한 짓을 했더구나. 알고 있겠지?"

"죄송합니다."

천우진의 목소리는 여전히 차가웠다.

이십 년 만에 재회하는 형제였건만, 여전히 그의 태도는 전과 달라진 것이 없었다. 그 모습이 무정할 법도 하건만 천우경은 오히려 기껍다는 표정을 하고 있었다.

"형님."

"앞으로 무얼 할 생각이냐?"

"가주께서는 구주천가를 재건하셔야 합니다."

대답을 한 이는 온유하였다.

천우진의 시선이 서서히 온유하를 향했다. 그와 시선을 마주하는 순간, 온유하는 마치 벼락을 맞은 것처럼 몸을 부르르 떨었다.

이십 년이란 세월이 흘렀는데도 저 시선은 도저히 익숙해지지 않는다. 스스로 철혈의 여인이라고 자부하는 온유하였지만 감히 천우진의 시선을 마주할 수 없었다.

온유하가 입술을 지그시 깨물었다. 그녀는 몇 번이나 뭐라 말하려 했지만 천우진의 가공할 위세에 질려 더 이상 말문을 열지 못했다.

천우진의 입이 서서히 열렸다.

"구주천가 따위, 개에게나 줘버려라."

"하지만 구주천가가 없으면 천하는 극심한 혼란에 빠질 겁니다."

"천마마저 사라진 마당에 아직도 칠백 년 전의 망령을 붙잡고 살아갈 셈이냐? 후세의 일은 후세에게 맡겨야 하는 법. 네가 굳이 구주천가의 망령을 끌어안고 살아갈 필요는 없다."

"형님."

"과거의 망령에서 벗어나거라. 그리고 나의 망령에서도. 이젠 나의 그림자가 아닌 천우경 자신으로 살아가거라."

천우진의 말에 천우경의 어깨가 가늘게 떨렸다.

천우진은 알고 있었다. 동생이 자신의 그림자에 짓눌려 얼마나 힘들게 살아왔는지.

이제는 천우경도 스스로의 삶을 살아갈 때가 되었다고 생각했다.

"형님은 어쩌시렵니까?"

"나는 이제 대막으로 갈 것이다."

"대막 말입니까?"

"멸제의 여자가 한 가지 소식을 알려주더구나."

"어떤?"

"나를 낳아준 여자가 대막에 있다더구나. 그래서 한번 만나볼 생각이다."

천우진은 어머니라는 말을 하지 않았다. 아직까지 그에게는 어떤 의미도 없는 단어이기 때문이다.

"정말……입니까?"

천우경의 목소리가 절로 떨려나왔다. 온유하도 그의 말에 놀랐다. 하지만 그들과 달리, 천우진은 태연한 표정으로 말을 이었다.

"이제부터 사실을 확인해볼 생각이다."

"어머니가 살아계시다니?"

"나는 아직 그녀를 어미로 인정하지 않았다. 단지 눈으로 보고 확인하고 싶을 뿐이다."

냉정한 천우진에 비해 천우경은 눈에 띄게 격동하고 있었다. 천우진은 그런 천우경을 무심한 표정으로 바라보다 몸을 돌렸다. 천우경을 찾아온 자신의 용건이 모두 끝났기 때문이다.

"다시 말해두겠다. 이까짓 구주천가, 개에게나 줘버려라."

"형님!"

천우경이 다급히 불렀지만, 천우진은 이미 흔적도 없이 사라진 뒤였다. 남겨진 천우경은 멍하니 천우진이 사라진 자리를 바라보았다.

콰!

뒤늦게 누군가 천우경의 거처로 뛰어들었다. 바로 구주천가의 무상인 혁련청화였다.

방 안의 풍경을 본 그녀의 표정이 딱딱하게 굳었다.

"천우진."

누구도 천우진이 왔었다는 이야기를 하지 않았지만, 그녀는 본능적으로 알아차렸다.

"무상!"

등 뒤에서 온유하가 불렀지만 그녀는 곧장 천우진이 사라진 방향으로 몸을 날렸다.

방 안에는 천우경과 온유하만이 덩그러니 남았다.

"이제 갈 시간이다."

"오라버니?"

한월이 안타까운 시선으로 섬호를 바라봤다. 섬호가 부드럽게 미소를 지으며 한월의 머리를 쓰다듬어주었다.

"어디로 가실 건가요, 오라버니?"

"주군을 따라 대막으로 갈 것이다."

"대막?"

"그래! 차후 시간이 날 때 한번 꼭 들르거라."

"그냥 여기 계시면 안 되나요?"

"미안하구나. 내가 있어야 할 곳은 여기가 아니라 주군의 곁이다. 이젠 더 이상 네가 위험해질 만한 일이 없을 테니, 나는 마음 놓고 주군의 곁을 지킬 수 있다. 부디 잘 살거라. 혹여 무슨 일이 생기면 바로 연락을 하고."

"오라버니."

섬호가 부드러운 미소를 지어보였다. 한월의 눈에 금세 눈물이 고였다. 섬호가 한월의 눈물을 닦아준 후 자리에서 일어났다.

그는 진심으로 한월의 행복을 기원했다.

동생과 헤어지는 것이 안타까웠지만, 한월에게 새 생명을 준 천우진과 떨어진다는 것은 상상도 할 수 없었다.

그가 한월에게 다시 한 번 인사를 한 후 거대한 회색 운무를 따라 몸을 날렸다.

그 순간, 멀리서 종제영의 목소리가 들려왔다.

"빌어먹을! 같이 가자니까, 또 말도 없이."

*   *   *

시간은 쏜살같이 흘러서, 중원에 나갔던 북풍대가 돌아온 지 석 달이 지났다. 마을에서는 그들을 위해 떠들썩하게 잔치를 해줬다. 돌아오지 못한 이들에게는 애도를, 돌아온 이들에게는 축복을 기원하며 사람들은 술을 마셨다.

그런 시간이 보름이나 이어졌다. 무려 보름 동안 술과 고기로 잔치를 치른 것이다. 그런 후에야 사람들은 평범한 일상으로 돌아갔지만, 아직도 그들의 마음속에는 여운이 남아 있었다.

모일려도 그런 사람들 중 한 명이었다. 평상시에는 혼자 있는 것을 고집했지만, 북풍대가 귀환했을 때는 누구보다 앞에 나서서 그들의 귀환을 축복해주었다.

북풍대가 귀환하고 사람들이 늘었지만 모일려의 일상에는 변함이 없었다.

모일려는 오늘도 새벽부터 일어났다. 잠에서 깨어 가장 먼저 한 일은 모옥 옆에 있는 무덤에 난 잡풀을 뽑는 것이었다.

"불과 하루도 지나지 않았는데 이렇게 풀이 자라다니. 이제 이곳에도 지력(地力)이 온전히 돌아왔구나."

그녀의 입가에 행복한 미소가 어렸다.

이곳에 들어와서 평생을 꽃을 가꾸는 데 바쳤다. 그 결과,

그녀가 사는 동산은 온갖 기화이초가 자라나 형형색색의 아름다움을 자랑했다.

하지만 꽃밭을 바라보며 행복해하는 것도 잠시, 이내 그녀의 얼굴에 그늘이 드리워지더니 한숨을 토해냈다.

"후!"

항상 이랬다.

무언가를 이루고 나면 항상 마음이 이렇게 허전했다.

처음 모래뿐인 이 땅을 온갖 꽃이 자라나는 곳으로 만들겠다고 결심한 것도 따지고 보면 허전한 마음을 조금이라도 달래기 위해서였다.

"역시 자식을 버린 에미는 어디서도 마음의 안정을 찾을 수 없는 건가?"

마치 가슴 한구석이 뻥 뚫린 듯 아파왔다.

그렇게 모일려가 홀로 가슴 아파하고 있을 때, 갑자기 동산에 회색의 안개가 자욱이 끼기 시작했다. 하지만 모일려는 그런 사실을 알지 못하고 흐느껴 울고 있었다.

안개는 점점 더 짙어져가고 있었다.

마치 모일려를 위로하는 것처럼 그녀의 몸을 휘감는 회색 안개. 그 속에서 한 쌍의 눈이 나타났다.

* * *

양천의가 말했다.

"그는 아주머니를 만났을까?"

"글쎄!"

철군패가 언덕에 누워 팔베개를 한 채 심드렁하게 대답했
다.

"임마, 너는 궁금하지도 않냐?"

"뭐, 별로."

또다시 양천의가 뭐라고 말했지만 철군패의 귀에는 들리지
않았다.

멀리서 여인 두 명이 철군패에게 뭐라 소리를 질렀다. 한 명
은 단월이고, 또 다른 한 명은 임관설이었다.

옆에서 양천의가 또다시 투덜거렸다.

"쳇! 복 많은 놈."

그는 진심으로 부러운 표정을 지었다.

이곳 대막으로 다시 돌아오는 동안 철군패는 몸을 완전히
회복했다. 단월은 당연히 그를 따라왔고, 뜻밖에도 임관설을
만났다. 임관설을 만나게 해준 사람은 천우진이었다. 임관설
은 신도제원에게 모든 기력을 빼앗기고 목숨을 겨우 부지했
다. 천우진은 그런 그녀에게 호기심을 느끼고 목숨을 살려주
었다.

신도제원에게 모든 사기를 빼앗겼기에 평범하게 변했지만,
임관설은 오히려 그 사실에 기뻐했다. 그리고 단월과 함께 철

군패를 따라 대막으로 들어왔다.

단월은 천우진에게 모일려의 존재를 알려주었다. 냉소를 흘렸지만 결국 그는 이곳 대막까지 왔다. 그가 모일려를 만나 싸우든, 외면하고 그냥 돌아 나오든, 철군패가 알 바가 아니었다.

양천의의 시선이 기화이초가 만발한 동산으로 향했다.

"젠장! 그나저나, 운영이와 북풍대는 인근을 지나가는 상단을 호위한다더니 어디 다른 곳으로 빠진 것 아냐? 왜 이렇게 늦는 거야?"

오늘 양천의는 모든 게 불만인 모양이었다.

그때, 모래투성이인 사막에서 홀로 낙타를 타고 마을로 들어오는 여인이 있었다. 마을에 들어서자 그녀가 입을 가리고 있던 천을 풀었다. 그러자 낯익은 얼굴이 드러났다.

양천의가 그녀의 얼굴을 확인하고 벌떡 일어났다.

"당신은 구주천가의 무상?"

혁련청화가 말없이 고개를 끄덕였다. 양천의의 얼굴에 곤혹스런 빛이 떠올랐다. 혁련청화가 왜 이곳에 왔는지 이유를 알 수 없었기 때문이다. 하지만 철군패는 당황하지 않고 손가락으로 동산을 가리켰다.

"저기에 있소."

"고마워요."

혁련청화가 철군패에게 고개를 숙여보이고는 동산으로 낙타를 몰았다.

"아! 젠장. 여기에도 이젠 마음 편히 있기 힘들겠구나. 어떻게 괴물들만 나타난다냐?"

양천의가 울상을 했다.

철군패가 몸을 일으켰다.

"어디 가려고?"

"궁금한 것도 많다."

"젠장할 놈! 지는 따르는 여자가 둘이나 되니까 심심하지나 않지. 누구는 여자 한 명 없는데 소개시켜줄 생각은 하지 않고. 그러고도 네가 친구냐?"

"시끄러."

철군패가 양천의를 간단히 무시하고 걸음을 동쪽으로 옮겼다.

해가 뜨고 있었다.

사막을 온통 붉게 물들이며 떠오르는 붉은 해.

'봤느냐?'

바람결에 그의 목소리가 들려오는 것 같았다.

철군패가 고개를 들었다.

'봤소.'

'보여주고 싶었다.'

終

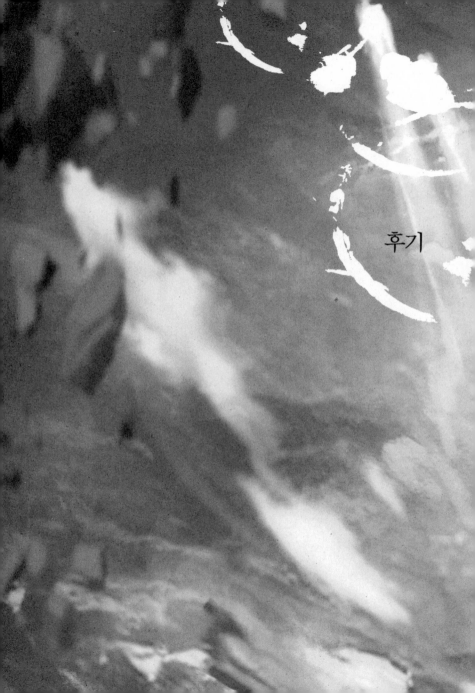

후기

또다시 찬바람이 부는 겨울이 다가왔습니다.

작년 이맘때에 파멸왕을 시작했는데, 벌써 일 년이란 세월
이 흘렀습니다.

십지신마록(十地神魔錄)이라는 기획 의도를 갖고 십전제를
시작으로 환영무인, 파멸왕까지 쉴 새 없이 달려왔습니다.

개인적으로는 각별한 의미가 있는 작품들이었고, 재밌게 쓸
수 있었던 작품들이었습니다.

한 가지 아쉬운 점이 있다면 제가 만들어 놓은 세계관에 갇
혀 후반으로 갈수록 글을 쓰는 게 쉽지 않았다는 겁니다.

파멸왕은 저에게 절망과 희망을 동시에 느끼게 해준 작품입
니다. 제 역량의 부족함을 절실히 느끼게 해준 작품이었고, 많
은 것을 깨달아 희망을 준 작품이었습니다.

그럼에도 불구하고 아쉬움이 남는 것은 어쩔 수 없지만 말
입니다.

천마의 이야기.

천우진의 이야기.

철군패의 이야기.

이렇게 많은 이야기를 한꺼번에 사골처럼 만족스럽게 우려
내기에는 제 역량이 아직은 부족한가 봅니다.

하지만 아쉬움은 이제 훌훌 멀리 날려야겠지요.

아마 2011년은 저에게는 꽤나 큰 변혁의 해가 될 것 같습니다.

개인적으로는 새 작품을 시작하고, 크게는 여러 명이 진행

하는 큰 프로젝트를 시작할 것 같습니다. 물론 제가 주도적으로 하는 것이 아니라 먼저 시작한 선배의 발자국을 따라가는 일에 불과하지만, 저에게는 설렘이 가득합니다.

같은 사무실의 초우 형, 운영이 형, 동생 백연이에게 항상 고맙습니다. 여러분들이 있어 올 한 해도 재밌게 글을 쓸 수 있었습니다.

미흡한 제 글을 책으로 엮어내 주시는 삼양출판사 관계자 분들에게도 고마움을 느낍니다.

오광백 본부장님, 이제는 퇴사하신 김경인 편집장님, 새로이 들어오신 허경란 편집장님, 그리고 담당인 신동철 씨와 관계자 여러분 모두 감사합니다.

2011년엔 열심히 준비해서 신작으로 다시 찾아뵙겠습니다.

독자 여러분들도 하시는 모든 일 건승하시길 빌겠습니다.

연남동에서 우각 올림